कुछ तो है तुमसे राब्ता

लेखक और उनके कार्यों के लिए प्रशस्ति

"ताजी हवा जैसा सामान्य और आसानी से समझ आनेवाला लेखन।"

—न्यू वूमेन

"त्वरित भावों व विचारों से पढ़ी जानेवाली पुस्तक।"

"सकारात्मक और जीवंत लेखन।" **—डी.एन.ए., वित्तीय दुनिया**

"सरल भाषा के साथ बुद्धिमत्ता का मेल एक गहरा प्रभाव छोड़ देता है।"

—एक्सोटिका

"वे कमाल की चतुराई से अपनी कहानियों को बुनती हैं।" **—ईव्स टाइम्स**

"पाठक को पहले से आखिरी पेज तक बाँधे रखती हैं।" **—आफ्टरनून वॉयस**

"चुंबकीय, मनोरंजक और सम्मोहक।" **—वन इंडिया वन पीपल**

"एक तीव्र कथन, जो आपकी भावनाओं के साथ खेलता है।"

—न्यू इंडिया एक्सप्रेस

"प्रीति शेनॉय ने कर दिखाया।" **—द हिंदू**

"इसमें हर किसी के लिए कुछ है।" **—द हिंदू**

"दिल को सुकून देनेवाली प्यारी कहानी।" **—बंगलौर मिरर**

"अकल्पनीय प्रदर्शक।" **—डेक्कन क्रॉनिकल**

"उत्सुकता से भरा मनोभाव।" **—डी.एन.ए.**

"अद्भुत, भावुक, आम कहानी।" **—द सेंटिनल**

कुछ तो है तुमसे राब्ता

प्रीति शेनॉय

प्रभात पेपरबैक्स
www.prabhatbooks.com

प्रकाशक
प्रभात पेपरबैक्स
प्रभात प्रकाशन प्रा. लि. का उपक्रम
4/19 आसफ अली रोड, नई दिल्ली–110002
फोन : 23289777 • हेल्पलाइन नं. : 7827007777
इ–मेल : prabhatbooks@gmail.com ❖ वेब ठिकाना : www.prabhatbooks.com

संस्करण
प्रथम, 2021

अनुवाद
स्वेता परमार

संपादन
रचना भोला 'यामिनी'

मूल्य
दो सौ पचास रुपए

मुद्रक
आर–टेक ऑफसेट प्रिंटर्स, दिल्ली

★

KUCHH TO HAI TUMSE RABTA
novel by Smt. Preeti Shenoy
(Hindi translation of 'LOVE A LITTLE STRONGER')

Published by **PRABHAT PAPERBACKS**
An imprint of Prabhat Prakashan Pvt. Ltd.
4/19 Asaf Ali Road, New Delhi-110002
by arrangement with Srishti Publishers & Distributors

ISBN 978-93-90378-77-7

₹ 250.00

पिता
को
समर्पित

मृत्यु कुछ भी नहीं।
मैं केवल दूसरे कक्ष में चला गया।
मैं, मैं हूँ और तुम, तुम हो
हम एक-दूसरे के लिए जो भी थे,
वही आज भी हैं।

—हेनरी स्कॉट हॉलैंड

परिचय

इस समय जो पुस्तक आपके हाथों में है, वह मेरे लिए बहुत खास है। एक दशक से ज्यादा समय हो गया, जब मैंने इसे पहली बार लिखा था। मैंने कभी इसके प्रकाशित होने की उम्मीद नहीं की थी, न ही मैंने कभी सोचा था कि मेरे सिवाय कोई और भी होगा, जो मेरे दैनिक जीवन से जुड़े छोटे-छोटे संस्मरण पढ़ने के लिए उत्सुक होगा।

मैंने कुछ समय पहले पिता को खोया था और मुझे अपने लेखन व कला से ही दिलासा मिलता था। इस पुस्तक में मैंने अपनी आत्मा, मेरा दुःख, मेरी इच्छा, जीवन के प्रति मेरा दृष्टिकोण और जो मैंने महसूस किया—सब शब्दों में ढाल दिया। मैंने एक पुस्तक लिखने के बारे में कभी सोचा भी नहीं था और अब लगभग हजारों लोग मेरी कृतियाँ पढ़ रहे हैं। मैंने कभी उम्मीद नहीं की थी कि पाठक मेरे जीवन के इन निजी प्रसंगों से प्रेरित होंगे।

लेकिन पिछले कुछ वर्षों में हजारों पाठकों ने मुझे यह लिखा कि उन्हें मेरा लेखन बेहद पसंद है और जो मैंने लिखा है, वे उससे खुद को जोड़ पाते हैं।

उसके बाद काफी कुछ बदल गया। मेरे बच्चे, जो उस वक्त काफी छोटे थे, अब वयस्क हैं। न केवल वे बड़े हुए हैं, बल्कि एक लेखक के रूप में मैं भी बड़ी हुई हूँ।

पाठक के हाथों में यह पुस्तक आएगी तो उसे मेरी जो छवि दिखेगी, वह मेरे मौजूदा हालात से कहीं अलग लगेगी। चूँकि आप जो वर्तमान में पढ़ रहे हैं, वह मेरे अतीत और बीते कई सालों का संस्करण है, मेरे प्रकाशकों और मुझे लगा कि अब कुछ बदलाव करने का समय आ गया है।

इस पुस्तक में मैंने नई कहानियों को शामिल किया है और कई पुरानी कहानियों में बदलाव किए हैं। इस पर फिर से काम करने के बाद हमने महसूस

किया कि पुराना शीर्षक (34 बबलगम्स और कैंडीज) इस संस्करण के साथ उपयुक्त नहीं लग रहा था।

मेरे लिए यह बेहद खुशनुमा अहसास था कि मुझे अपनी यादों को नए सिरे से जीने का अवसर मिला। मैंने उन यादों को चुना, जिन्होंने मुझे कोई सीख दी या फलने-फूलने में मदद की।

यह किताब रोजमर्रा के किस्सों से भरी है। ये अकसर हमारी जिंदगी के ऐसे नीरस पल होते हैं, जो जिंदगी में जीने लायक बनाते हैं।

आप में से वे पाठक, जो पुराने शीर्षक (34 बबलगम्स और कैंडीज) के बारे में भ्रमित हैं, मैं उनके लिए परिचय के उस अंश को भी शामिल करूँगी, जो इस शीर्षक को ठीक से समझाता है। (संयोग से एक मित्र ने बताया कि बबलगम का बहुवचन बबलगम है, लेकिन शब्दकोश में खोज करने पर और कई अन्य साइट्स के अनुसार बबलगम्स सही है और इसलिए मैंने इसे वैसे ही लिखा है, क्योंकि हम हमेशा हमारे बबलगम्स को गिन सकते हैं। हैं न? जैसे हम अपने आशीर्वादों की गिनती करते हैं।)

यहाँ मेरी पहली पुस्तक की प्रस्तावना है—

खुशनुमा अंत सिर्फ परियों की कथाओं में होता है और नायक हमेशा जीत हासिल करता है। असल जिंदगी में शायद ही कभी ऐसा होता है। वह ज्यादातर अधूरा होता है। ऐसा कई बार होता है, जब कुछ ऐसी चीजें होती हैं, जो हमें आपको शर्मिंदा कर देती हैं कि हम चाहते हैं कि हमें जादूगर की तरह भागने की शक्तियाँ प्राप्त हो जाएँ या हम ऐसा बदलाव कर पाएँ, जो चुटकी में हो जाए; जैसे जब आप किसी टी.वी. कार्यक्रम को पसंद नहीं करते तो बदलते चैनलों की तरह पलक झपकने के साथ चीजों को बदल सकते हों। ऐसे कोई किस्मत साथ नहीं देती। आपको सिर्फ मुसकराना और सहन करना है, लेकिन अच्छी बात यह है कि कोई फर्क नहीं पड़ता कि यह क्या है। इसका कहीं-न-कहीं कोई अंत जरूर होता है। जैसे कैंडी पिघलते हुए गायब हो जाती है और बबलगम, जिसे आप मुँह से निकालकर फेंक देते हैं, जब उसकी मिठास खत्म हो जाती है।

जब मैंने इस पुस्तक के शीर्षक के बारे में एक मित्र को बताया तो उसने कहा, "दिलचस्प लगता है, वास्तव में बेहद दिलचस्प, लेकिन कैंडीज और बबलगम ही क्यों?"

"क्योंकि ऐसी कई घटनाएँ हैं, जो आपको विचार करने या सोचने और फिर

से सोचने को मजबूर कर दें, जैसे किसी बबलगम को चबाते हैं, फिर कभी-कभी कुछ किस्से अपने साथ हँसी की खुराक लाते हैं और तब आप बेहतर महसूस करते हैं, जैसे कोई कैंडी खा ली हो।" मैंने समझाया।

उसे यह सुझाव पसंद आया।

इस पुस्तक की ज्यादातर घटनाएँ मेरे साथ और उनमें से कुछ मेरे दोस्तों के साथ हुई हैं। आप कुछ घटनाओं से संबंधित हो सकते हैं और उनमें से कुछ में खुद को देख भी सकते हैं।

वे सिर्फ यह दिखाती हैं कि कोई फर्क नहीं पड़ता, चाहे आपका दिन कितना भी बुरा गुजरा हो और चाहे आप कितनी भी निराशाजनक स्थिति में हों, चाहे वे आपको अभी कैसी भी दिख रही हों, चीजें हमेशा बदलती रहती हैं, हमेशा! यह बस वक्त की बात है।

अगर दिन अच्छा न हो तो कैंडी का जार खोल लें और कुछ सोचने-समझने का मूड हो तो बबलगम चबा लें।

इस पुस्तक में मैंने अपने जीवन से 18 कैंडीज और 16 बबलगम्स जमा किए हैं; लेकिन जो मेरे लिए कैंडी है, वह आपके लिए बबलगम हो सकती है। यह तय करने के लिए है कि वह क्या है और हम सभी यह जानते हैं कि यह कितनी भ्रामक हो सकती है। जैसे ये मीठी, रंगीन छोटी-छोटी गोल कैंडी की तरह दिखते हैं, लेकिन जब आप काटते और चबाते हैं तो वे आश्चर्यचकित रूप से बबलगम में बदल जाती हैं। या फिर बबलगम, जो अचानक फीकी लगने लगती है या अपना रस खो देती है, अपने केंद्र से गहराई से मिठास उगलने लगती है।

हर सुबह जब आप अपनी आँखें खोलते हैं तो आपको 86,400 सेकंड व्यतीत करने का उपहार मिला होता है और यही अपने आप में जश्न मनाने की बात है।

इस ताजा संस्करण में मैंने उन सभी कहानियों को शामिल किया है, जो आपको आशा दें, आपको सोचने पर मजबूर करें, आपके दिल को किसी-न-किसी तरह छुएँ, आपको हँसाएँ या कम-से-कम आप मुसकराएँ।

मैंने उन लेखों को भी शामिल किया है, जो उन प्रश्नों के उत्तर देते हैं, जो मुझसे बार-बार पूछे जाते हैं—लेखन, ब्लॉगिंग और जो कुछ मैंने बौद्धिक स्तर पर सीखा—उन सब के बारे में। यह सब इस पुस्तक के अंतिम भाग में है।

मुझे आशा है कि आप इस पुस्तक को पढ़ने का आनंद लेंगे, उतना ही

जितना मुझे इसे लिखने में आनंद आया और मैंने सब एक साथ एकत्र कर लिया।

यहाँ दिखाई देनेवाली सभी कहानियाँ वास्तविक हैं; बस, कुछ नाम बदल दिए गए हैं।

यह सब पढ़ने के लिए बहुत-बहुत धन्यवाद।

प्यार सहित,

—प्रीति शेनॉय

अनुक्रम

परिचय 7

अभिभावकों का जाल

1. मेरा खास दोस्त 17
2. जॉन सीना बनाम डैडी 21
3. अ-हा क्षण 26
4. अच्छे दिन और बुरे दिन 29
5. हैमस्टर्स 32
6. माँ ने कहा 37
7. भूतिया रोग 41
8. प्रीति के पेरेंटिंग नियम 44
9. किशोरों को अपने कमरों की सफाई के लिए प्रेरित करना 47
10. बढ़िया पालतू 49
11. आपकी माँ वास्तव में क्या चाहती हैं 51

जिंदगी, प्यार और हँसी

12. हँसी का उपहार 57
13. स्कूटर रोमियो 61

14. बंपिटी बंप 65
15. आपके लिए एक उपहार 68
16. दो समुद्री घोड़ों की कहानी 71
17. हँसी का दौरा 74
18. एक फ्लॉपी की कहानी 78
19. फ्री व्हीली 81
20. वेज बॉल्स 85
21. मैसेज स्टोरी 88
22. बिन बुलाए मेहमान 92
23. एक रात यह हुआ 98

हे भाई!

24. माँ मुझे ज्यादा प्यार करती हैं! 105
25. बॉर्बी, गणित और बेबी सिटिंग 106
26. आदर्श बच्चा 111
27. बड़े भाई और आंतरिक शांति 113
28. असली जासूस 115
29. जरूरत महसूस करना 119
30. एक छोटा सा उपहार 123
31. म्याऊँ-म्याऊँ, मैं तुमसे प्यार करती हूँ 126
32. एक छोटा सा प्रेम-पत्र 132
33. कमांडो दाँत परी 135

प्यार, थोड़ा और गहरा

34. विश्वास का जादू 141
35. एक अजनबी का नेक कार्य 144

36. आपसी वैर के बिना भाई-बहन 146
37. मुश्किल घड़ी 148
38. एक वादा 151

जितना अच्छा बन सकते हो, वो बनो

39. हमें गले से लगाओ, हम आपके जैसे ही हैं! 157
40. एक छोटा काला बिंदु 161
41. दो शक्तियाँ 164
42. डायरी-लेखन 168
43. संकल्प 170
44. सफेद झूठ 174
45. डी.आई.वाई 179
46. दस बातें, जो मैंने अपने बच्चों से सीखीं 182
47. इक्यावन चीजें और गिनती 184
48. वेव-लैंथ 187
49. परिवार या कॅरियर 191
50. राइटर्स हाई 194
उपसंहार 198

अभिभावकों का जाल

आपके बच्चे आपके बच्चे नहीं हैं,
वे उस जीवन की संताने हैं,
जो स्वयं को उनके माध्यम से प्रकट करना चाहती है।
वे आप के माध्यम से आते हैं, लेकिन आप से नहीं,
और यद्यपि वे आपके साथ हैं, फिर भी वे आपसे संबंध नहीं रखते।

—खलील जिब्रान

मेरा खास दोस्त

हम में से कई लोगों के पास कोई एक ऐसा दोस्त होता है, जो सिर्फ एक मित्र होने से ज्यादा होता है। यह एक ऐसा रिश्ता है, जो केवल शब्दों से नापा नहीं जा सकता। एक ऐसा रिश्ता, जिसका अंदाजा समाज द्वारा बनाए गए मानदंडों से नहीं लगाया जा सकता है। यह एक ऐसा रिश्ता है, जिसे हम अनमोल खजाने की तरह सहेजकर रखते हैं और यह आपकी जिंदगी को अधिक समृद्ध, सार्थक और खुश बनाता है। आपके लिए यह रिश्ता अनमोल होता है। क्या आपने कभी सोचा है कि अगर वह व्यक्ति आपके जीवन में नहीं होता तो क्या होता ? क्या आप उनके बिना अपने जीवन की कल्पना कर सकते हैं ? मैं भी इस एहसास से अलग नहीं हूँ। मेरे भी जीवन में ऐसे एक खास दोस्त थे। मैं आपसे उनका परिचय कराती हूँ। मैं उन्हें 'के' कहकर पुकारती थी। मैं आपको, प्रत्यक्ष या अप्रत्यक्ष कारणों से, उनका नाम नहीं बताऊँगी।

मुझे जितना याद है, 'के' हमेशा मेरे जीवन का एक अटूट, अभिन्न हिस्सा रहे हैं। हमारे बीच उम्र के बड़े अंतर के बावजूद—हालाँकि वह मुझसे बहुत बड़े थे—पर हम सचमुच एक-दूसरे से बहुत अच्छी तरह से हिल-मिल गए थे। हमारे बीच की उम्र के अंतर ने हमें कभी परेशान नहीं किया। 'के' अपनी उम्र से बहुत छोटे लगते थे। उनके पास अपने से आधी उम्र के व्यक्ति जितनी ऊर्जा और अपने से दोगुनी उम्र के व्यक्ति की परिपक्वता थी। वे एक दुर्लभ, परिपूर्ण और संयोजनशील व्यक्ति थे। वे एक बहुत ही आकर्षक व्यक्तित्व के साथ बहुत लंबे और सुंदर थे।

वे एक कमाल के तैराक थे। जब मुझे तैरना सीखना था तो उन्होंने ही मुझे तैरना सिखाया। वह अपने हाथों की तेज दोहराव वाली गति से मुझ पर पानी की बहुत तेज बौछार करते थे और मेरी मस्त हँसी की खनखनाहट में शामिल हो जाते, उस समय मैं उनके मजबूत हाथों की ताकत से बने पानी के भँवर में घिरी होती।

समंदर-तट पर जाकर तो हम दोनों जैसे बच्चे ही बन जाते थे। 'के' वास्तव में तेजी से चल सकते थे और मैं उनका साथ पकड़ने के लिए अपने पैरों से तेजी से चलने की कोशिश करती थी, जितना वह मुझे ले जा सकते थे। लेकिन जब मैं नहीं चल पाती थी और पसीने से तर होकर गिरने वाली होती थी तो मैं रुक जाती और उन्हें पुकारती। वह हमेशा हँसते थे और कहते थे, "तुम्हें पूरी कोशिश करनी होगी। कभी हार नहीं मानना।"

मैं उन्हें तहेदिल से प्यार करती थी और मुझे लगता है कि वे यह बात जानते थे। लेकिन हमने इसके बारे में कभी बात नहीं की। जब मैं अपनी किशोरावस्था में थी और अपने पैरों पर खड़ा होने की कोशिश कर रही थी तो 'के' भी वहाँ अपनी सौम्य समझदारी लिये हमेशा मेरे साथ होते। आखिरकार वह एक पुरुष थे और यहाँ पर मैं केवल कुछ मूर्ख लड़कों से निपटने के लिए समझौते कर रही थी। जब मैं एक लड़के से बात कर रही थी तो उन्होंने सुन लिया, सचमुच सुन लिया था। मैं उनसे हर तरह की बात कर लेती थी, जिसमें मेरे प्रेमियों की बातें भी शामिल होती थीं। मुझे लगता है कि वे जानते थे कि मैं किसके बारे में क्या सोचती थी। वे हमेशा विनम्र और अच्छी तरह से उन लड़कों से बात करते थे। मैं उन लड़कों के बारे में उनसे बातें करती थी।

'के' ने हमेशा मुझे अपनी पूरी क्षमता से अपने लक्ष्य तक पहुँचने के लिए प्रोत्साहित किया और केवल उनके प्रोत्साहन की वजह से ही मेरे पास आज कई शैक्षणिक डिग्रियाँ हैं। वे मेरी सभी चित्रित कृतियों को पसंद करते; जबकि दूसरों के अनुसार वे सिर्फ साधारण चित्र होते थे। 'के' हमेशा कहते थे कि वे शानदार थीं। मुझे नहीं लगता कि उन्होंने कभी मुझसे झूठ बोला था।

'के' ने हमेशा मुझे अपनी पूरी क्षमता से अपने लक्ष्य तक पहुँचने के लिए प्रोत्साहित किया और केवल उनके प्रोत्साहन की वजह से ही मेरे पास आज कई शैक्षणिक डिग्रियाँ हैं। वे मेरी सभी चित्रित कृतियों को पसंद करते; जबकि दूसरों के अनुसार वे सिर्फ साधारण चित्र होते थे। 'के' हमेशा कहते थे कि वे शानदार थीं। मुझे नहीं लगता कि उन्होंने कभी मुझसे झूठ बोला था। वे ईमानदारी से मानते थे कि उन्होंने क्या कहा, क्योंकि वे तो एक सीधी रेखा भी नहीं खींच सकते थे। मैं अकेली चित्रकारी करती थी और मजे की बात यह थी कि उनके विश्वास

ने मुझे बेहतर बनने में मदद की—केवल पढ़ाई, खेल-कूद या कला के क्षेत्र में ही नहीं, मुझे एक बेहतर इनसान बनने में भी मदद की।

'के' मेरे जीवन में आए तो उनका विवाह हो चुका था। वे अपनी पत्नी को बहुत प्यार करते थे और जिस तरह से वह अपनी पत्नी का खयाल रखते थे, वह बहुत सराहनीय था। मैं चाहती थी कि जिस आदमी से मैं शादी करूँ, वह भी मुझसे इसी तरह बरताव करे।

जब मेरी शादी हुई तो 'के' वहीं थे। इसमें कोई आश्चर्य नहीं था कि मैंने 'के' जैसे ही एक आदमी को शादी करने के लिए चुना था। मेरे पति को 'के' के साथ मेरा विशेष रिश्ता समझ आ गया था और अगर वह ईर्ष्या करते भी थे तो उन्होंने उसे कभी नहीं दिखाया। बाद में 'के' और वह अच्छे दोस्त बन गए और दोनों में अच्छी बनती थी।

जब भी मौका मिलता, 'के' हमारे यहाँ आ जाते थे। जब मेरे दोनों बच्चे पैदा हुए थे, तब भी वे आए थे और बीच में भी कई बार वह हमसे मिलने आते थे और ढेर सारा समय हम साथ बिताते थे। मेरे दोनों बच्चों को 'के' के साथ रहना बहुत पसंद था।

जब भी मौका मिलता, 'के' हमारे यहाँ आ जाते थे। जब मेरे दोनों बच्चे पैदा हुए थे, तब भी वे आए थे और बीच में भी कई बार वह हमसे मिलने आते थे और ढेर सारा समय हम साथ बिताते थे। मेरे दोनों बच्चों को 'के' के साथ रहना बहुत पसंद था।

फिर जीवन हमें अलग-अलग दिशा-निर्देशों में ले गया। हम देश के अलग-अलग शहरों में थे। फिर भी हर सुबह, मेरे पति के काम पर जाने के बाद और मेरे बच्चों के स्कूल जाने के बाद, मैं जो सबसे पहला काम करती थी, वह था 'के' से बात करना। इतनी सकारात्मक सोचवाला व्यक्ति मैंने कभी नहीं देखा। मैंने कभी उन्हें किसी के बारे में बुरा कहते नहीं सुना, जितने भी वक्त से मैं उन्हें जानती थी। 'के' की हँसी संक्रामक थी, एक उत्साही आत्मा, सिर्फ उनसे बात करके ही मुझे बहुत सुकून मिलता था। जब मैं शहर चली गई तो मैं चाहती थी कि 'के' मुझसे मिलने आएँ। पूरे पाँच महीने हो गए थे मुझे इस नए शहर में बसे हुए और उन्हें पता भी नहीं था कि मेरा नया घर कैसा था। मैंने शिकायत की। वह थोड़े आग्रह के बाद मान गए और अपने विमान के लिए टिकट सुरक्षित करवा लिये। मैंने उनसे मिलने के लिए दिन गिनना शुरू कर दिया।

मैंने कल्पना की कि हम दोनों हमारे बाग में सैर करेंगे। मैंने उन जगहों की सूची भी बना ली थी, जहाँ हम घूमने जा सकते थे। मेरे घर में एक प्यारा-सा बगीचा था, एक लॉन के साथ और मैंने सोचा था कि 'के' अपनी सुबह की कॉफी का प्याला हाथ में लेकर अखबार के साथ यहाँ बैठेंगे तो उन्हें कितना मजा आएगा! मैंने अपनी छत पर एक झूला लगवा दिया था। मैं मन-ही-मन देखती कि वे झूले में लेटे सितारे देख रहे हैं।

मैंने कल्पना की कि हम दोनों हमारे बाग में सैर करेंगे। मैंने उन जगहों की सूची भी बना ली थी, जहाँ हम घूमने जा सकते थे। मेरे घर में एक प्यारा-सा बगीचा था, एक लॉन के साथ और मैंने सोचा था कि 'के' अपनी सुबह की कॉफी का प्याला हाथ में लेकर अखबार के साथ यहाँ बैठेंगे तो उन्हें कितना मजा आएगा! मैंने अपनी छत पर एक झूला लगवा दिया था। मैं मन-ही-मन देखती कि वे झूले में लेटे सितारे देख रहे हैं। (मेरे पास उनके साथ दार्शनिक चर्चाओं की यादें हैं, सितारों के नीचे, किसी और समय के दौरान)। 'लंबे समय तक नहीं, लंबे समय तक नहीं।' मैंने खुद को उत्साहित प्रत्याशा में रखा। मैंने उन्हें लेकर आने के लिए हवाई अड्डे जाने की योजना बनाई थी।

फिर मेरी जिंदगी का सबसे खराब पल आया, जब मुझे एक फोन आया, जिसमें कहा गया कि 'के' नहीं रहे। उनके दिल की धड़कनों ने उनका साथ छोड़ दिया था। वह एक बहुत बुरे सपने जैसा था, जिस पर मैं विश्वास नहीं कर पा रही थी। यह सब तो फिल्मों में होता था। यह असल में कैसे हो सकता था? उस हादसे ने मुझे सुन्न कर दिया था। मैं वहीं जड़ हो गई, जैसे होंठों पर एक चुप्पी सी लग गई हो। मुझे यह तब नहीं पता था कि इस दर्द से उबरने के लिए मुझे शायद पूरी जिंदगी लग जाएगी। यह हमेशा के लिए दुःख के साथ मेरे सभी प्रसन्नता के क्षणों को भी छीन लेगा। इस हादसे ने मेरे जीवन को देखने के नजरिए को ही बदल दिया था और मैंने जीवन को बदलाव के साथ जीना शुरू किया।

आप जानते हैं, 'के' न केवल मेरे खास दोस्त थे, बल्कि वह मेरे डैड भी थे। □

जॉन सीना बनाम डैडी

पतझड़ का मौसम था और हम उस समय ब्रिटेन में रह रहे थे। बाहर हवा में शरीर को चीरती हुई ठंडक थी। सर्दियाँ अपना डेरा जमा रही थीं। पेड़ों से फूल और पत्तियाँ झड़ चुके थे। सर्दियों में शाम बहुत जल्दी गहरा जाती थी। उन दिनों मेरे बच्चे हर उस चीज के बारे में मेरे साथ देर तक बातें करना पसंद करते थे, जो उन्हें लुभाती थीं।

इन बातों के साथ ही वे यादें भी लौट आतीं, जो मेरे और डैड की ऐसी बातचीत से जुड़ी थीं।

मैं अकसर उनसे पूछती, "आप एक मृत सम्राट् या जीवित भिखारी में से क्या बनना चाहेंगे?"

"एक मृत सम्राट्।" मेरे पिता बिना किसी हिचकिचाहट के जवाब देते थे।

"क्यों?" मैं पूछती थी।

"क्योंकि इसका मतलब था कि उसने एक महान् जीवन का नेतृत्व किया था। यही वजह थी कि वह एक सम्राट् था।" मेरे पिता उचित कारण बताते।

तब मैं कहती, "लेकिन पिताजी, वह मर चुका है।"

मेरे पिता जवाब देते कि हर किसी को एक दिन इस दुनिया से जाना पड़ता है और अगर एक सार्थक अस्तित्व के साथ, जहाँ आप किसी के लिए कुछ अच्छा कर रहे हैं, तो वह जीवन को जीने के लिए सार्थक है। तब मैं तर्क देती कि मैं एक जीवित भिखारी रहना चाहती हूँ, क्योंकि मेरा मतलब था कि मेरे जीवन को बदलने का मुझे अभी भी मौका मिल सकता था। मैं यह बताना चाहूँगी कि जीवित होना बेहतर है, क्योंकि इसका मतलब था कि आप कुछ कर सकते हैं, अपने लक्ष्यों को पूरा कर सकते हैं। आपको भी अपनी जिंदगी को नए सिरे से शुरू करने का हर पल मौका मिलता है।

"हाँ माँ, आपको उसे लड़ते हुए देखना चाहिए था। वह अद्भुत है।" मेरी छह साल की बेटी ने कहा, जो उस युग में थी, जहाँ उसे वही करना था, जो उसके बड़े भाई ने किया। वह सबकुछ उसी के अनुसार करती थी। जो भी वह कहता था, वही पत्थर की लकीर था। अगर उसने कहा कि वह चिली सॉस के साथ सब्जियों को खाना पसंद करता है तो वह घोषित कर देगी कि वही उसका भी पसंदीदा भोजन था। अगर उसने कहा—पोकीमॉन कूल होते हैं, तो बस होते हैं।

डैड हमेशा मेरे सिद्धांतों और तर्कों को सुनते। वह कभी ऐसे प्रश्नों से थकते नहीं थे, जो मैं बहुत नियमित अंतराल पर करती रहती थी। उन्होंने कभी नहीं कहा कि वे इस तरह के काल्पनिक प्रश्नों के लिए बहुत व्यस्त थे (जो वे थे) और हम कई घंटों तक बातें करते थे, जीवन के गहन अर्थों पर विचार करते थे। मैंने अपने डैड के साथ बातचीत में कई घंटे बिताए, जिनकी यादों को मैं सँजोकर रखती हूँ।

मैंने अपने बच्चों के साथ इस परंपरा को आगे बढ़ाया और उन्हें हमेशा मेरे साथ संवाद स्थापित करने के लिए प्रोत्साहित किया। वे अपने जीवन के उस चरण में थे, जिसमें उनमें हर बात को जानने का जुनून-सा था। मेरे बेटे को जो चीजें पसंद थीं, उनमें से एक अन्य दस वर्षीय लड़के की तरह WWF की कुश्ती व लड़ाई देखना भी शामिल था। वह सभी पहलवानों के नाम जानता था—किसने किसको हराया था और मैं भी उन्हें जानती थी।

"मॉम, क्या आप जॉन सीना को पसंद करती हैं?" उसने मुझसे एक दिन पूछा।

मैंने जॉन सीना के बारे में तथ्यों के माध्यम से अपने मस्तिष्क में ही मानसिक आदान-प्रदान किया और फिर तय किया कि हाँ, मैं वास्तव में उसे पसंद करती थी। वह एक ऐसा पहलवान था, जो न केवल अच्छा दिखता था, बल्कि एक रैपर और अभिनेता भी था, लेकिन वास्तव में मैंने कभी नहीं सोचा था कि मैं जॉन सीना को पसंद करती थी या नहीं। जहाँ तक मेरा सोचना था, हमारी दुनिया बिल्कुल अलग थी और मेरे लिए वह इतना मायने नहीं रखता था कि मैं उसे बेहद नापसंद करूँ।

"हम्म, मैंने कभी इसके बारे में नहीं सोचा; लेकिन वह ठीक ही लगता है।" मैंने अपने बेटे को बताया।

"मॉम, आप कैसे कह सकती हो कि वह सिर्फ ठीक है? वह सबसे अच्छा है।" मेरे बेटे की आवाज में नाराजगी की झलक दिखी। उसकी मॉम उसके प्रिय

व्यक्ति को कैसे पसंद नहीं करतीं, जैसे वह करता है।

"हाँ माँ, आपको उसे लड़ते हुए देखना चाहिए था। वह अद्‌भुत है।" मेरी छह साल की बेटी ने कहा, जो उस युग में थी, जहाँ उसे वही करना था, जो उसके बड़े भाई ने किया। वह सबकुछ उसी के अनुसार करती थी। जो भी वह कहता था, वही पत्थर की लकीर था। अगर उसने कहा कि वह चिली सॉस के साथ सब्जियों को खाना पसंद करता है तो वह घोषित कर देगी कि वही उसका भी पसंदीदा भोजन था। अगर उसने कहा—पोकीमॉन कूल होते हैं, तो बस होते हैं।

"सीना के बारे में तुम वास्तव में क्या पसंद करते हो?" मैंने उससे पूछा।

"माँ, आपको उसे कुश्ती करते हुए देखना चाहिए।" उसने जवाब दिया।

जब मेरे बेटे ने देखा कि जॉन सीना की ताकत का मुझ पर कोई असर नहीं हुआ तो उसने मुझे प्रकाश दिखाने के लिए दूसरी युक्ति सोचने का फैसला किया।

"जरा सोचो—क्या होता, अगर जॉन सीना आपके पति होते?" मेरे बेटे ने पूछा।

मैं एक पल के लिए रुकी और उसके बारे में सोचा।

फिर मैंने कहा, "सोचो, अगर वह तुम्हारे पिता होते तो क्या होता? क्या तुम्हें अच्छा लगता?"

मेरी बेटी इस दिलचस्प 'वयस्क चर्चा', जो उसके नायक—उसका बड़ा भाई, जॉन सीना नहीं—और उसकी दूसरी प्रेरणास्रोत उसकी माँ के बीच हो रही थी, को ध्यान से सुन रही थी।

अब सोचने की बारी मेरे बेटे की थी।

"हम्म, शायद मुझे बहुत अच्छा लगता, बड़ा मजा आता!" मेरे बेटे ने जवाब दिया।

"खैर, मैं उसे अपने पति के रूप में पसंद नहीं करती। निस्संदेह नहीं और बड़ी निश्चितता के साथ मैं यह कह सकती हूँ कि मैं नहीं करती।"

"और क्यों नहीं करतीं? आप इतने यकीन से कैसे कह सकती हैं?"

"क्या तुम सोच सकते हो कि जॉन सीना रसोई में मेरी मदद कर रहे हैं? मुझे नहीं लगता कि उसे समय मिलेगा।" मैंने कहा।

"हाँ, आपकी बात में दम है। यह कुछ ऐसा हो सकता है, जो वह न करे।" मेरा बेटा मेरी बात से सहमत हो गया।

"और क्या तुम मुझे उसके लिए खाना पकाने की कल्पना कर सकते हो? क्या तुम जानते हो कि वह कितना खाना खाता है? मैं शायद रसोईघर में ही हर समय रहती, उसके भोजन की योजना बनाते हुए। शायद उसे दो भोजन के बीच बहुत कम

"और क्या तुम मुझे उसके लिए खाना पकाने की कल्पना कर सकते हो? क्या तुम जानते हो कि वह कितना खाना खाता है? मैं शायद रसोईघर में ही हर समय रहती, उसके भोजन की योजना बनाते हुए। शायद उसे दो भोजन के बीच बहुत कम अंतराल की जरूरत होगी। आखिरकार, वह एक पहलवान है। उसे खाने के लिए एक टन खाना चाहिए।" मैंने कहा।

अंतराल की जरूरत होगी। आखिरकार, वह एक पहलवान है। उसे खाने के लिए एक टन खाना चाहिए।" मैंने कहा।

मेरी बेटी को भी अब इस बातचीत के बीच में बोलना था।

"और माँ," उसने अपनी आँखों को बड़ा कर अपना योगदान दिया, "जॉन सीना के पास होमवर्क करने में हमारी मदद करने के लिए कभी समय नहीं होता।"

"और तुम्हें पार्क में ले जाने के लिए भी।"

"अगर वह हमारे साथ कुश्ती खेलने का नाटक भी करता तो हम मर जाते।" मेरे बेटे की यह छोटी सी बात ने मुझे उसकी परख की होशियारी पर मुसकराने को मजबूर कर दिया।

मेरी बेटी ने चर्चा में कहा, "उनके पास केवल अपने जिम और अपने व्यायाम के लिए ही वक्त होता और वह सिर्फ यही करते।"

"तो, यह तय हुआ कि हमें जॉन सीना नहीं चाहिए और हम पापा से चिपके रहेंगे।" मैंने निष्कर्ष निकाला।

दोनों बच्चे हँस रहे थे और इस बात पर सहमत हुए थे।

इस बीच, जब मेरे पति काम पर थे, वे इस परमानंद से अनजान थे कि उन्हें पृथ्वी ग्रह पर अल्फा नर के सर्वश्रेष्ठ नमूनों में से एक के खिलाफ खड़ा किया गया था।

उस शाम उनके घर आने के बाद बच्चों ने उनसे कहा, "पापा, आप दुनिया में सबसे अच्छे हैं। आप जानते हैं, आप जॉन सीना की तुलना में लाखों गुना बेहतर हैं।"

उन्होंने चुपके से मुसकराकर मुझे देखा और कहा, "बिल्कुल, यही वजह है कि तुम्हारी माँ ने मुझसे शादी की, न कि उससे।"

हम सब एक साथ हँसे।

मेरे बच्चों के पिता के लिए पहला दौर था यह।

उस रात मैंने परिवार, विवाह और अपने बच्चों की परवरिश के बारे में सोचा

था। ऐसे वातावरण में, जहाँ संचार की पंक्तियाँ खुली हैं, बच्चों को खुद को व्यक्त करना सीखना है, एक निरंकुश व आधिकारिक माहौल में सभी की रक्षा होती है। जब आप किसी चीज के बारे में खुली बातचीत करते हैं, जहाँ आप हर विचार पर चर्चा कर सकते हैं और कोई मनाही नहीं है तो आपको कठिन मामलों में भी अंतर्दृष्टि मिल सकती है। यह सच है मजबूत रिश्तों के लिए।

हमें बात करने की जरूरत है, हमें संवाद करने की जरूरत है और हम सभी को समझा जाना चाहिए।

हम सभी को गहरी जरूरत है कि हमें भी कोई प्यार करे और स्वीकार करे, बिल्कुल वैसे, जैसे हम हैं।

और हाँ, यह अच्छा लगता है, भले ही आप जॉन सीना हैं।

□

अ-हा क्षण

एक अखबार का लेख, जिसे मैंने एक बार पढ़ा था, उसमें 'अ-हा क्षणों' के बारे में बात की थी—ऐसे क्षण, जो यूरेका पल थे; जब आप बाधाओं को पार कर जीत का जश्न मनाते हैं। अखबारवालों ने कई लोगों से बात की, जिनके पास साझा करने के लिए बहुत सी चीजें थीं। एक फैशन डिजाइनर ने कहा कि उसका अ-हा क्षण वह था, जब उसने बौद्ध दर्शन का अभ्यास करना शुरू कर दिया था। एक समाज-शास्त्री ने कहा था कि उसका अ-हा क्षण था, जब वह पहली बार मिस दिल्ली बनी थी। एक हीलर ने कहा कि उसका अ-हा क्षण वह था, जब उसने अपने एक ग्राहक के हाथ की सूर्यरेखा को देखा और उसने फेंग शुई के कुछ बदलावों की सलाह दी, जिससे उसका जीवन बच गया (उसके ग्राहक का, उसका खुद का नहीं)। यह एक क्षण था, जिसे उन्होंने कहा था कि उनके लिए आँख खोलने वाला था। वह उस क्षण के कारण समझदार बन गए थे। उनका जीवन अमीर हो गया। जरूरी नहीं कि उनके जीवन में अंक बदल रहे थे, लेकिन उनके भीतर कुछ नया हुआ था, जिससे उन्हें एक नई रोशनी दिखी और उनका नजरिया व सोच बदली। उन्होंने स्थितियों को एक नई नजर तथा एक नए नजरिए से देखना शुरू किया।

जहाँ तक मेरा सवाल है, मैंने अपनी जिंदगी थोड़ी कम चमकीली और ज्यादा आम तरीके से जी है। मैंने अपने ही अ-हा क्षणों के बारे में थोड़ी देर तक सोचा। क्या मेरे पास कोई ऐसा क्षण है? जैसे-जैसे मैंने अपनी सोच पर प्रकाश डाला, मुझे एहसास हुआ कि मेरे पास यह क्षण है। वास्तव में मेरे पास कई ऐसे क्षण हैं।

हाल ही में मुझे एक अ-हा क्षण मिला था, जब मुझे एहसास हुआ कि मैं चप्पल पहनना भूल गई, जो मैं आमतौर पर घर पर पहनती थी (हाँ, मैं एक सच्ची भारतीय हूँ, 'हवाई चप्पल' उनके लिए एक उपयुक्त शब्द होगा, जैसा हर

भारतीय जानता है) और मेरा बेटा, जो उस समय सात साल का था, अपने लेगो ब्लॉकों को उठाना भूल गया। वह एक अ-हा क्षण था। साफतौर पर कहूँ तो यह एक आऽऽऽऽऽऽऽऽऽऽऽऽऽऽऽऽ-हाऽऽऽऽऽऽऽऽऽऽ क्षण था। क्या आपने कभी नंगे पैर के साथ लेगो ब्लॉक पर पैर रखने की कोशिश की है ? मैं जोरदार शब्दों में सिफारिश करती हूँ कि आपने ऐसी कोशिश नहीं की होगी। कोई ऐसे अ-हा क्षणों के बिना कर सकता है, लेकिन अगर आपके पास ऐसा एक क्षण था तो वह आपकी जिंदगी बदल सकता था। आप एक महत्त्वपूर्ण अभिभावक कौशल सीखते हैं, जब आपके बच्चे एक निश्चित उम्र में होते हैं। आप हर समय सही जूते पहनना सीखते हैं और सतर्क रहना भी सीखते हैं।

लेगो ब्लॉकों के अ-हा क्षण के बाद एक और बार, जब मुझे पता चला कि आलू की टिक्की—जो कि फ्रीजर से सीधे निकालकर उबले हुए तेल में डाल देते हैं—वास्तव में वह विस्फोट कर सकती है। तेल की छोटी-छोटी बूँदें फ्राइंग पैन से बाहर उछलती हैं आपके चेहरे की ओर; आपका चेहरा, जिसकी त्वचा चमकती थी, वह अब छोटे-छोटे छींटों के निशानों के साथ ऐसा लगता है, जैसे किशोरावस्था में कील-मुहाँसे के साथ दिखता था, सिवाय इसके कि यह क्रीम से नहीं हटेगा, जो लड़के व लड़की के साथ चमत्कार का वादा करती है—चाहे आप जो भी करें।

एक अन्य अ-हा क्षण तब हुआ, जब सहायिका काम पर नहीं आई। मैं एक बालटी और पोंछा लेकर सबसे आगे जा पहुँची (यह कितना मुश्किल हो सकता है—और मैं अपने फर्श को गंदा देखने से नफरत करती हूँ)। मैं शानदार झाड़ू-पोंछे के साथ काम पर थी। यह सच में एक आऽऽ-आऽऽऽऽऽ-हाऽऽ पल था, जिसमें कई घंटों की कड़ी मशक्कत के बाद भी ऐसी मांसपेशियों

एक अन्य अ-हा क्षण तब हुआ, जब सहायिका काम पर नहीं आई। मैं एक बालटी और पोंछा लेकर सबसे आगे जा पहुँची (यह कितना मुश्किल हो सकता है—और मैं अपने फर्श को गंदा देखने से नफरत करती हूँ)। मैं शानदार झाड़ू-पोंछे के साथ काम पर थी। यह सच में एक आSS-आSSSSS-हाSS पल था, जिसमें कई घंटों की कड़ी मशक्कत के बाद भी ऐसी मांसपेशियों से वास्ता नहीं पड़ा था, जो उस दिन किसी मूवी स्टार के होम प्रोडक्शन में गेस्ट रोल निभाने वालों की तरह सामने आ गई थीं।

से वास्ता नहीं पड़ा था, जो उस दिन किसी मूवी स्टार के होम प्रोडक्शन में गेस्ट रोल निभाने वालों की तरह सामने आ गई थीं।

बाकी बचे हुए दिन में मैं ठीक वैसे ही चलती रही, जैसे दूरदर्शन पर बार-बार दिखाई गई लाइव एक्शन सीरीज में बड़े रोबोट चलते थे। हमारे स्कूली दिनों में हम भारत का यही राष्ट्रीय टी.वी. चैनल देखते थे।

बेशक वे अ-हा क्षण हैं, जहाँ आप बाधाओं को दूर करते हैं और जीत का जश्न मनाते हैं। आप उन्हें और क्या कह सकते हैं? आप सीखते हैं जीवन के उलझे हुए जाल को बेहतर ढंग से संचालित करना।

कौन कहता है कि इन्हें अनुभव करने के लिए आपको एक समाज-शास्त्री या 'मिस दिल्ली' होना चाहिए? हम खुद अपने लिए बहुत अ-हा क्षण बना सकते हैं, खासकर तब, जब घर चलाने की बात आते ही आप भी मेरी तरह अस्त-व्यस्त रहते हों।

□

अच्छे दिन और बुरे दिन

कोई भी माता-पिता, जिनके स्कूल जानेवाले बच्चे हों, उन्हें पता होगा कि हर दिन अच्छा दिन, बुरा दिन और वास्तव में खराब दिनों में बाँटा जा सकता है। मुझे पता है, क्योंकि मैंने उन्हें जिया है और कहानी बताने के लिए बचाकर रखा है।

एक अच्छे दिन पर मेरे शयनकक्ष में बहुत चीजें ऐसे बिखरी होती थीं, जैसे द्वितीय विश्वयुद्ध में, युद्ध के मैदान में भूमिगत बारूदी सुरंगें। उन चीजों में कहानी की पुस्तकें, खिलौनों के कुछ हिस्से, शिल्प सामग्री के टुकड़े, रंग भरनेवाली पुस्तकें, मोम के रंग, बिना ढक्कन के मार्करों और बिना मार्करों के ढक्कन के साथ सब बिखरा होता था। एक बुरे दिन में बस, मुझे मूसा जैसी शक्तियों की तीव्र इच्छा होती, जिसने समुद्र को अलग किया था।

एक अच्छे दिन में मैं—'चलो देखते हैं, कौन अधिकतम चीजें एक मिनट में जमा करता है?'—प्रतियोगिता का आयोजन पति और दोनों बच्चों की उत्साहपूर्ण भागीदारी के साथ करती हूँ, जिसका पुरस्कार यह है कि विजेता को विशेष रूप से मेरे द्वारा बनाया गया खास व्यंजन मिलेगा। ज्यादातर मेरे पति ही सबसे अच्छे दिनों में जीतते हैं। उनका कहना है कि पुरस्कार अनूठा है। एक बुरे दिन पर मैं अपने ध्वनि यंत्र को व्यवस्थित करती हूँ और चिल्लाती हूँ जोर से। यह हमेशा काम करता है, जिसका एक फायदा होता है; क्योंकि जब मैं क्रोधित और खराब मूड में होती हूँ, मुझे 6 x 6 के बिस्तर पर नींद आ जाती है। इसलिए इस बावलेपन के लाभ की वजह से मुझे यह पसंद है।

एक अच्छे दिन पर मैं अपने आप बिस्तर से बाहर आती हूँ। कम-से-कम तीन बार अलार्म घड़ी पर स्नूज बटन को चुप कराने के बाद बेतुके तरीके से कोशिश करती हूँ कि अपनी आँखें खुली रखूँ, स्टोव जलाती हूँ और कॉफी बनाती हूँ—सबकुछ एक ही समय पर। एक बुरे दिन में बच्चे मुझे जगाने के लयबद्ध मंत्रों के साथ बिस्तर से

एक अच्छे दिन पर, मैं 10:30 बजे अखबार पढ़ती हूँ, जब सब अपने-अपने काम पर चले जाते हैं। एक बुरे दिन पर, मुझे पता चलता है कि अखबार को एक स्कूल परियोजना को लपेटने के लिए इस्तेमाल किया गया है। यह बात मुझे तब पता चलती है, जब मैं उसे गद्दों सहित हर संभव जगह खोज चुकी होती हूँ कि कहीं बच्चों ने खराब दिन में चिल्लाने का बदला लेने के लिए ऐसा न किया हो।

बाहर खींचते हैं, "उठो मॉम, हमें देर हो जाएगी। उठो मॉम, आठ बज चुके हैं।"

एक अच्छे दिन में चालीस मिनटों के अंतराल में बच्चों के बीच कम-से-कम तीन बार गंभीर लड़ाई होती है—स्कूल के लिए तैयार होने से पहले, मॉम की चिल्लाहट के साथ उदारतापूर्वक चिल्लाते हुए, "माँ, ये मुझे मार रहा है। जल्दी आओ!" "माँ," उसने इसे शुरू किया, "अगर आपने कुछ नहीं किया तो मैं पुलिस को बुलाऊँगा।" एक बुरे दिन में मेरे पति और मैं झगड़ते हैं। हम चिल्लाते नहीं, लेकिन एकदम शांत, शीत युद्ध करते हैं। चतुराई से हँसना, नकली मिठास ओढ़ना, ताने मारना और अतीत की बातों को कुरेदना भी नहीं भूलते।

एक अच्छे दिन में स्कूल की टाई और पहचान-पत्र पंद्रह मिनट के खोज अभियान के बाद मिलता है, जिसमें आया, दादी और परेशान पिता और उससे भी अधिक परेशान माँ शामिल होती हैं। वे सभी जगहों पर पागलों की तरह खोज करते हैं, खासकर कपड़े धोनेवाली मशीन में। एक बुरे दिन पर, यह आधे घंटे की खोज के बाद पाया जाता है और बच्चों में से एक से सच निकलवाया जाता है, दरअसल जिसने लड़ाई के बाद दूसरों की टाई छिपाई। वास्तव में, एक बुरे दिन पर हम इसे खोने के लिए एक फॉर्म भरकर स्कूल में भुगतान करते हैं, उसके बाद वह मिल जाती है।

एक अच्छे दिन पर, मैं 10:30 बजे अखबार पढ़ती हूँ, जब सब अपने-अपने काम पर चले जाते हैं। एक बुरे दिन पर, मुझे पता चलता है कि अखबार को एक स्कूल परियोजना को लपेटने के लिए इस्तेमाल किया गया है। यह बात मुझे तब पता चलती है, जब मैं उसे गद्दों सहित हर संभव जगह खोज चुकी होती हूँ कि कहीं बच्चों ने खराब दिन में चिल्लाने का बदला लेने के लिए ऐसा न किया हो।

अच्छे दिनों में मैं खुद को हमेशा याद दिलाती हूँ कि दिन बुरे भी हो सकते हैं।

बुरे दिनों में मुझे चार्लेन की बात याद आती है, "मम्मा ने कहा था कि ऐसे बुरे दिन होंगे, पर यह नहीं कहा था कि कितने होंगे!"

मैं अच्छे दिनों के लिए शुक्रगुजार हूँ और बुरे दिनों के लिए भी आभारी हूँ। इसका मतलब यह है कि मैं ठीक और स्वस्थ हूँ। मुझे चिंता करने के लिए कोई गंभीर बीमारियाँ नहीं हैं। मेरे पास सुखी परिवार और आरामदायक घर है। इसके अलावा, मैं हमेशा बुरे दिन पर एक शानदार बाल कटवाने जा सकती हूँ। मेरी हेयर ड्रेसर मुझे बताती है कि वह इन्हें सबसे अच्छा स्टाइल कर पाती है, जब वे गुस्से में खड़े होते हैं।

अब मेरे बच्चे बड़े हो गए हैं और अच्छे दिन व बुरे दिन अब अस्तित्व में नहीं हैं। लंबे अंतहीन दिन बिना किसी बाधा के पसरे रहते हैं। खोई हुई चीजों के लिए कोई झगड़ा नहीं करता है, कोई सामान फर्श पर नहीं पड़ा होता है और सबकुछ घड़ी की सुइयों के समान चल रहा है।

तो इन दिनों जब लोग मुझसे कहते हैं, "आपका दिन शुभ हो!" मैं मुसकराती हूँ और खुद से कहती हूँ, "मुझे लगता है कि होगा।"

□

हैमस्टर्स

किसी भी तरह की हानि की भरपाई करना मुश्किल होता है। कभी-कभी सेहत में सुधार हो सकता है, पालतू को बदला जा सकता है, पर किसी अपने के जाने के बाद उसे न तो लौटा सकते हैं और न ही कोई उसकी जगह ले सकता है।

ब्रिटेन में मेरे एक दोस्त के पास एक पालतू जीव के रूप में एक सफेद चूहा था और वह मर रहा था। वह मुझे हमारे हैमस्टर की याद दिलाता था, जिनके साथ बच्चों और मैंने कई अच्छे घंटे बिताए थे।

हम कभी हैमस्टर नहीं रखना चाहते थे। मैं अपने बेटे को उसके जन्मदिन पर चूजों का जोड़ा देना चाहती थीं, जो पैट स्टोर से आराम से मिल जाता। मेरी सहायिका को भी सुनकर अच्छा लगा। वह उन्हें पालना चाहती थी। हालाँकि वह चाहती थी कि हमारे पास मादा चूजे हों, जो आगे चलकर अंडे दे सकें।

इसलिए हम पालतू जीवों की दुकान पर गए—एक उत्साही माँ और दो उत्साहित बच्चे! पालतू जीवों की दुकान के मालिक जानते थे कि कैसे संभावित ग्राहकों को आकर्षित करना है! उसने हमें हैमस्टर्स दिखाए। फिर उसने एक हाथ अपनी जेब में डाल दिया तथा वह स्टुअर्ट लिटिल जैसे झाँक रहा था और उसकी आँखें बटनों जैसी लग रही थीं। हम पूरी तरह आकर्षित हो गए थे। मेरा बेटा उसे लेने की विनती करने लगा। मैं मना नहीं कर सकती थी। आखिर उसका जन्मदिन था और यह कुत्ता या बिल्ली को रखने से वास्तव में आसान था। चूजों को वह भूल गया था।

तो हम दो हैमस्टर्स और एक हैमस्टर हाउस के साथ वापस आ गए। मेरे पति, जो एक पशु-प्रेमी नहीं हैं, बहुत ज्यादा नाराज हुए थे। उन्होंने यह उम्मीद नहीं की थी, लेकिन अब उन्होंने इस मामले में कुछ नहीं कहना था। आया भी चकरा सी गई। इससे पहले उसने हैमस्टर कभी नहीं देखा था और पूछा था कि क्या वे 'बिना पूँछवाले सुनहरे चूहे' थे?

बच्चे बहुत खुश थे। उन्होंने उन्हें 'स्मार्ट' और 'क्यूटी' नाम दिए लेकिन मुझे आधुनिक अंग्रेजी नामों में से कोई पसंद नहीं था, इसलिए मैंने उनके नाम 'चुन्नु' और 'मुन्नू' में बदल दिए। ये नाम उन्हें पसंद आ गए। अब बच्चे घर में घंटों चुन्नू और मुन्नू के साथ समय बिताते थे।

फिर एक समस्या हुई। मेरे ससुरजी कुछ दिनों के लिए हमारे साथ रहने आ रहे थे। वह पालतू जानवरों को बिल्कुल पसंद नहीं करते थे और उन्हें लगता था कि वे स्वास्थ्य संबंधी खतरों का कारण बनते हैं। सभी चीजों में अगर उन्होंने हैमस्टर को घूमते देखा तो हम निश्चित तौर पर 'पालतू जीवों को रखने का खतरा और उनके कारण क्या नुकसान हो सकता है' पर व्याख्यान को कई घंटे सुनना पड़ता!

मैंने बच्चों को चेतावनी दी थी कि यदि उनके दादाजी को नए पालतू जीवों के बारे में पता चला तो उन्हें स्टोर में वापस जाना होगा। अब वे अपराध में साथी थे। मेरे पति को भी इसमें शामिल किया गया था। वह भी व्याख्यान सुनना नहीं चाहते थे।

मेरे ससुर अगले दिन पहुँचे। हम सब अब इस 'हैमस्टर्स छिपाओ' खेल के खिलाड़ी थे। हमने हैमस्टर्स को पिंजरे में रखकर अपने बेटे के कमरे में रखा और दरवाजा बंद कर दिया। बच्चे हाई अलर्ट पर थे। जब भी उनके दादाजी ने कमरे में प्रवेश करने की कोशिश करते, उनमें से एक उनका ध्यान भटका देता और दूसरा उन्हें कहीं और ले जाता।

हम उन्हें उस कमरे से बाहर रखने में कामयाब रहे, लेकिन हम कई बार फँसते-फँसते बचे।

उन छोटे और चुस्त जीवों को पिंजरे से बाहर जाने का मौका मिले तो उन्हें पकड़ना मुश्किल हो जाता है। उस दिन वे पिंजरे से बाहर आ गए और हम चिंता से अधमरे हो गए कि ससुरजी ने आधी रात को उन्हें घर में घूमते देखा तो कहीं चूहा समझकर मार ही न दें।

उन छोटे और चुस्त जीवों को पिंजरे से बाहर जाने का मौका मिले तो उन्हें पकड़ना मुश्किल हो जाता है। उस दिन वे पिंजरे से बाहर आ गए और हम चिंता से अधमरे हो गए कि ससुरजी ने आधी रात को उन्हें घर में घूमते देखा तो कहीं चूहा समझकर मार ही न दें।

कुछ देर तक बेदम होने के बाद हमने उन दोनों को ढूँढ़ लिया, जो अलमारी के नीचे रखे हुए पुराने जूते में मस्ती से छिपे बैठे थे।

हमने बाद में कार्डबोर्ड के साथ उनके लिए बड़ी लंबी सुरंग बनाईं और वे

उन डिब्बों पर चढ़ाई करने तथा सुरंग में चारों ओर घूमना पसंद करते थे। चुन्नू-मुन्नू सीरियन सुनहरे हैमस्टर्स थे। यह देखना बड़ा मजेदार होता था कि उन्होंने एक-दूसरे के साथ कैसे बातचीत शुरू की! वे दोनों एक-दूसरे के साथ छोटे-छोटे झगड़े करते थे, बिल्कुल इनसानों की तरह। मुन्नू (मादा) तब रूठ जाती थी और चुन्नू सुलह करने की कोशिश करता था। वह उसे छोटी फुनगी, सूरजमुखी का बीज लाकर देता और वह उसे बेमन से ले लेती। (मुझे यकीन है कि चुपके से वह सिर्फ उसके पास जाने के लिए मचल रही होती होगी, लेकिन हाँ, उसे इतनी आसानी से नहीं मानना नहीं चाहिए। सही है न? आदमी से थोड़ी मशक्कत करानी चाहिए।) और थोड़े ही समय में वे सीधे हो जाते हैं। उनके साथ से कुछ प्यारे बच्चों का जन्म होता था, जिनमें से कुछ मुन्नू ने ही खा लिये थे। मैं यह जानकर काँप उठी थी कि कई बार हैमस्टर अपने ही बच्चों को खा जाते हैं।

हैमस्टर का औसत जीवनकाल दो वर्ष है। चुन्नू और मुन्नू दोनों की मृत्यु एक-दूसरे के बाद हुई। काश मैं आपको बता पाती कि मुन्नू की मौत दिल टूटने से हुई होगी, पर वैज्ञानिक और तर्क देने वाले यही कहेंगे कि उनका जीवनकाल इतना ही होता है, वगैरह-वगैरह।

उन बच्चों में से एक बच गया। बच्चों के फिर कुछ आधुनिक नाम साथ आए। परंतु मैंने उसे 'चुन्नू-मुन्नू बेबी' पुकारने को कहा। कोई अन्य नाम सही नहीं लग रहा था।

हैमस्टर का औसत जीवनकाल दो वर्ष है। चुन्नू और मुन्नू दोनों की मृत्यु एक-दूसरे के बाद हुई। काश मैं आपको बता पाती कि मुन्नू की मौत दिल टूटने से हुई होगी, पर वैज्ञानिक और तर्क देने वाले यही कहेंगे कि उनका जीवनकाल इतना ही होता है, वगैरह-वगैरह।

हमने चुन्नू-मुन्नू-बेबी के साथ बहुत अच्छा समय बिताया। हम उसकी हरकतों को खुश होकर देखते थे। वह अपने माता-पिता की तरह पिंजरे से बाहर आना सीख गया। वह मेरी और मेरे बेटे की पहचान कर सकता था। मेरी बेटी उसे सँभालने के लिए राजी नहीं थी, लेकिन उसे प्यार से थपथपाती थी।

मेरे पति भी उसे पसंद करने लगे थे; लेकिन वह केवल उसे देखना पसंद करते थे, उसे स्पर्श करने या पकड़ने से घबराते थे।

मेरे करीबी दोस्तों में से एक हमारे साथ रहने के लिए आया था। उसके बच्चे

भी चुन्नू-मुन्नू बेबी के साथ प्यार में पड़ गए, लेकिन मेरे दोस्त मेरे पति की तरह उससे दूर रहे।

हमारे लिए यह सुनना विचित्र था कि मेरे पति ने उन्हें भोजन कराना कैसे सीखा। बच्चे और मैं कुछ दिनों के लिए मेरी माँ के पास गए थे।

मेरे पति पिंजरा खोलने से डरते थे, इसलिए उन्होंने पिंजरे के शीर्ष पर अंतराल के माध्यम से अपने कटोरे में सूरजमुखी के बीज को उसमें छोड़ने की कला को सिद्ध किया। वे हाथ को नब्बे डिग्री के कोण पर इस तरह रखते कि सारे दाने कटोरे में जाकर गिरें।

जब हम वापस गए तो पति की बदौलत हैमस्टर जीवित और खुश था। अगर हैमस्टर को 'बिना पिंजरा खोले खिलाना-प्रतियोगिता' हो तो वह उसमें जीत जाएँगे। मुझे लगता है कि कुछ लोग पालतू जीवों के साथ सहज होते हैं और कुछ नहीं होते हैं।

उन दिनों मेरे घर में हमेशा बच्चों का एक झुंड रहता था, क्योंकि वे सभी हैमस्टर में रुचि रखते थे।

उन सभी परेशानियों में जब हमने हैमस्टर को खो दिया था, मैं चुन्नू-मुन्नू बेबी के साथ मिलती-जुलती खुशियाँ याद रखने लगी। उल्लेख करने के लिए यह एक समृद्ध अनुभव था और बच्चों के लिए खुशी के साथ सीखने की एक प्रक्रिया थी।

जीवन का सभी रूपों में सम्मान किया जाना चाहिए और यदि आप ऐसा करने का प्रबंधन करते हैं तो आप इसमें जादू देख सकते हैं।

उन सभी परेशानियों में जब हमने हैमस्टर को खो दिया था, मैं चुन्नू-मुन्नू बेबी के साथ मिलती-जुलती खुशियाँ याद रखने लगी। उल्लेख करने के लिए यह एक समृद्ध अनुभव था और बच्चों के लिए खुशी के साथ सीखने की एक प्रक्रिया थी।

जीवन का सभी रूपों में सम्मान किया जाना चाहिए और यदि आप ऐसा करने का प्रबंधन करते हैं तो आप इसमें जादू देख सकते हैं।

हैमस्टर के बारे में कुछ तथ्य

- हैमस्टर सबसे आसान पालतू जीवों में से एक है, खासकर अगर आप किसी मकान में रहते हैं। उन्हें किसी प्रतिष्ठित पालतू जीवों की दुकान से प्राप्त किया जा सकता है। वे निशाचर हैं। उनके गाल में थैली

होती हैं, जिसे वे भोजन-संग्रहण के लिए उपयोग में लाते हैं। वे खाने को बाद में बाहर लाते हैं, बाकी वे रखते हैं जोड़ने के लिए, जैसे गिलहरियाँ करती हैं।

- उन्हें टीका लगाने की जरूरत नहीं पड़ती और वे किसी भी बीमारी का फैलाव नहीं करते हैं। इसके विपरीत, वे आपसे संक्रमित होकर ठंड पकड़ सकते हैं। इसलिए, यह आपकी जिम्मेदारी है कि आप अपनी खुद की स्वच्छता के बारे में सावधान रहें। ऐसा न हो कि हैमस्टर आपसे संक्रमण को पकड़ लें। हैमस्टर की औसत आयु लगभग दो वर्ष है और कई माता-पिता एक हैमस्टर खरीदते हैं, जो अपने बच्चों को किसी और के लिए देखभाल करना सिखाते हैं। उन्हें सिखाया जाता है कि किसी प्रिय को खो देने के भय से उबरा जा सकता है।

□

माँ ने कहा

क्या यह कभी ऐसा हुआ कि जब कोई थोड़ी निराशाजनक टिप्पणी करता है तो आपको नहीं पता होता कि उसी वक्त क्या कहना सही रहेगा? कुछ घंटे बाद जब आप इसके बारे में सोच रहे होते हैं तो एक विचार कौंधता है आपके जेहन में और फिर आप चाहते हैं कि काश, आपने उस समय यह सोचा होता! यह कभी-कभी मेरे साथ होता है। मुझे भी थोड़ी देर बाद ही कोई चुस्त जुमला सूझता है।

कुछ लोगों को त्वरित बुद्धि के साथ जीने का आशीर्वाद मिलता है और कुछ खुद को इस तरह से जीने के लिए प्रशिक्षित करते हैं। मुझे नहीं पता है कि मेरी माँ किस श्रेणी में आती हैं, लेकिन उनके शब्दों से बचना कठिन है, जो एक मशीनगन से गोलियों की बौछार की तरह है, जिससे आपके अहंकार में कई छेद होते हैं; लेकिन आप नहीं जानते कि आपको क्या कहना है या करना है?

उनके साथ वार्त्तालाप हमेशा मुझे पृथ्वी पर वापस गिरा देता है। कभी-कभी वह इतने जबरदस्त ताने मारती हैं, वह भी मीठी बातों में भिगोकर कि मुझे यह पता ही नहीं चला कि मैं गिरी, जब तक कि दर्द धीरे-धीरे सारे शरीर में नहीं फैल गया। यह सूर्योदय के शानदार लाल रंग की तरह है, जो नीरस नीले आसमान का एक हिस्सा है।

उसके पास हास्य की एक महान् भावना और तैयार बुद्धि का एक शस्त्रागार है, जो बड़ी चतुराई से व्यंग्य के एक झुंड में लिपटा होता है, जब तक कि आप बहुत तेज नहीं होते हैं। आप यह भी महसूस नहीं करते हैं कि कैसे आप अपने अहंकार को धीरे से तकियों में से हवा के रूप में बाहर निकालते हैं।

यदि आपको उनकी आदत नहीं है तो आप सबसे अधिक निंदा पाकर अपने खुले मुँह के साथ वापस जाएँगे। आप समझ नहीं पाओगे कि क्या कहना है लेकिन अगर आप उनके साथ बड़े हुए हैं तो आप उनके तरीके से और आदतों से परिचित हो जाते हैं। आप मनोरंजक, चालाक, मजाकिया, व्यंग्य और साथ ही 'सौम्य तरीके

से आक्रामक' हो जाते हैं। उनकी व्याख्या करने का इसके अलावा कोई और तरीका नहीं है। हालाँकि मुझे पता है कि यह एक 'ऑक्सीमोरॉन' है।

मेरी माँ के बुद्धिमत्तापूर्ण हाजिरजवाब को लेकर मेरे पास कई यादें हैं; लेकिन एक, जो मुझे विस्तार से याद है, वह यह है। एक बहुत ही अजीब से व्यक्ति थे, जो हमारे दूर के रिश्तेदार थे, जो हमेशा बिना बुलाए आ जाते थे और हम उनके अचानक होने वाले आगमन को दूर नहीं कर पा रहे थे। वे आमतौर पर भोजन के समय पर आते थे और हमें उन्हें भोजन करने के लिए कहना पड़ता था, क्योंकि हम उन्हें खाने के लिए कहे बिना उनके सामने कैसे खाना खा सकते थे?

जब कई निमंत्रणों के बाद भी हम उनके घर नहीं गए तो उन्होंने विचित्र निराशा में मेरी माँ से कहा, "अगर प्यासा कुएँ के पास नहीं जाता तो कुएँ को ही प्यासे के पास आना पड़ता है।"(एक हिंदी कहावत।) मेरी माँ ने तुरंत जवाब दिया, "ओह! यह वास्तव में उस व्यक्ति पर निर्भर करता है कि व्यक्ति प्यासा है या नहीं!" वह फँस गए और उनके अवांछित दौरे उसके बाद अचानक आना बंद हो गए। मुझे याद है, मेरे पिताजी इस पर बहुत देर तक हँसते रहे थे।

मैं समझ सकती था कि मेरी माँ उन्हें पसंद नहीं करती थी; लेकिन वह उस समय अपने आप को बहुत सहज बनाए रखते थे, जो उनके लिए शायद सुविधाजनक था। तब वह उस बारे में बात करते थे, जो उन्होंने किया था और वह कहाँ गए और वह कितने महान् थे, वह आगे बताते जाते थे। जब वह थक जाते थे या कोई विषय नहीं बचता था बात करने के लिए तो वह हमें अपने घर पर आने का निमंत्रण देते थे। हालाँकि हम कभी नहीं गए।

जब कई निमंत्रणों के बाद भी हम उनके घर नहीं गए तो उन्होंने विचित्र निराशा में मेरी माँ से कहा, "अगर प्यासा कुएँ के पास नहीं जाता तो कुएँ को ही प्यासे के पास आना पड़ता है।"(एक हिंदी कहावत।)

मेरी माँ ने तुरंत जवाब दिया, "ओह! यह वास्तव में उस व्यक्ति पर निर्भर करता है कि व्यक्ति प्यासा है या नहीं!"

वह फँस गए और उनके अवांछित दौरे उसके बाद अचानक आना बंद हो गए। मुझे याद है, मेरे पिताजी इस पर बहुत देर तक हँसते रहे थे।

दूसरी बार, एक अति बुजुर्ग रिश्तेदार हमारे पास आ रहे थे। मेरी माँ भारतीय आतिथ्य की सच्ची परंपरा में रसोईघर में घंटों तक व्यस्त थीं और बहुत स्वादिष्ट, चार समय का भोजन तैयार किया था, जिसमें कई सहायक खाद्य वस्तुएँ थीं। उन सज्जन ने शानदार भोजन का आनंद लिया। उन्होंने भरपेट खाया, लेकिन प्रशंसा या धन्यवाद का एक शब्द भी नहीं कहा। फिर उन्होंने मेरे भाई को और मुझे देखा और एक अजीब टिप्पणी की कि हम दोनों कंकाल की जोड़ी की तरह लग रहे थे। उन्होंने मेरी माँ की ओर मुड़कर पूछा कि क्या वह हमें भरपूर खाना नहीं खिला रही हैं?

एक बिल्कुल सपाट चेहरे के साथ मेरी माँ ने जवाब दिया, "इन्हें खाना? बिल्कुल नहीं! ज्यादातर दिनों में मैं इन्हें भूखा रखती हूँ, लेकिन जब हमारे पास थोड़ा कम भूखे लोग होते हैं तो मैं इन्हें खाना खाने देती हूँ, क्योंकि मुझे पता होता है कि भोजन कम नहीं पड़ेगा।" वह प्यार से मुसकराईं।

उन्होंने ऐसे जवाब की उम्मीद नहीं की थी और मैं उनके चेहरे से रंग को उड़ते देख सकती थी। वे बुरी तरह शर्मिंदा हुए, क्योंकि बात दिल को लगी थी।

मेरी माँ, उनके दिमाग में क्या चल रहा है, यह कहने में संकोच नहीं करतीं। वह स्पष्ट और निष्कपट हैं। उनके पास उसे टालने का एक तरीका है। वह चीजों को वैसे ही पेश करती हैं, जैसी वे होती हैं। उनसे बेहतर बन पाना कठिन है। उन्हें घटनाओं के बारे में विस्तार से बताना और वह एक हास्य भावना भी रखती हैं। उनके साथ टेलीफोन वार्त्तालाप पर सब हँसते हैं।

मेरी माँ, उनके दिमाग में क्या चल रहा है, यह कहने में संकोच नहीं करतीं। वह स्पष्ट और निष्कपट हैं। उनके पास उसे टालने का एक तरीका है। वह चीजों को वैसे ही पेश करती हैं, जैसी वे होती हैं। उनसे बेहतर बन पाना कठिन है। उन्हें घटनाओं के बारे में विस्तार से बताना और वह एक हास्य भावना भी रखती हैं। उनके साथ टेलीफोन वार्त्तालाप पर सब हँसते हैं।

जब वह हाल ही में मेरे पास आ रही थीं, मैं उन्हें एक स्वास्थ्य की जाँच के लिए अस्पताल ले गई। हमें अस्पताल का फॉर्म भरना था और मैं उनके लिए यह कर रही थी।

'पिता/पति का नाम' के लिए एक स्तंभ था। मुझे यह करना अर्थहीन लगा, क्योंकि न उनके पति और न ही उनके पिता जीवित थे। इससे क्या फर्क पड़ता है?

मैंने उन्हें कुछ भी नहीं बताया। मेरे पिताजी को खोने का दर्द अब भी मेरे अंदर कच्चे घाव खोल देता है।

"मुझे क्या लिखना चाहिए? पिता का नाम या पति का नाम?" मैंने उनसे पूछा।

मेरी माँ बोलीं, "सब काट दो और बेटी का नाम लिखो और फिर अपना नाम लिखो।" जो वास्तव में तर्कसंगत था।

और इतना कहते ही उन्होंने अपने सीधे-सपाट लहजे में सदियों पुराने गुप्त व शक्तिशाली पितृसत्तात्मक तंत्र को नीचा दिखा दिया, जो हमारे महान् भारत के खून में मिला हुआ है।

मेरी माँ! वह एक अद्‌भुत व्यक्ति हैं।

और मेरी ताकत भी।

□

भूतिया रोग

मेरे घर में एक भूत है (अरे नहीं, मैं अपने पति का जिक्र नहीं कर रही हूँ)। मैंने उसे कभी नहीं देखा है, लेकिन मुझे पता है कि वह मौजूद है। वह केवल तभी आता है, जब मैं सो रही होती हूँ या जब मैं बाहर जाती हूँ।

कई बार वह मतलबी हो जाता है। वह अंत में कंप्यूटर को कई घंटों के लिए चालू छोड़ देता है। वह गरम पानी का गीजर खुला छोड़ देता है—लगभग पूरे दिन के लिए, तब भी जब उसकी आवश्यकता नहीं होती है। वह ऊर्जा संरक्षण या बिजली के बिलों को कम करने का प्रशंसक नहीं है। वह बस, परवाह नहीं करता है।

उसकी पसंदीदा गतिविधि कारपेट पर भोजन के टुकड़ों को छोड़ना है। यह आमतौर पर तब किया जाता है, जब मैंने घर से निकलते समय कड़े निर्देश दिए हों कि जो चीजें चबाई जा सकती हैं और खपत की जा सकती हैं, वे कारपेट के बाहरी किनारों के तीन वर्गफीट से आगे नहीं लाई जानी चाहिए, लेकिन मेरे निर्देशों के साथ-साथ माप को भी पूरी तरह से अनदेखा कर दिया जाता है।

उसकी एक और पसंदीदा गतिविधि 'चप्पल छिपाना' है। वह चुपचाप मेरी एक चप्पल छिपाता है और मैं घंटों उसे खोजती रहती हूँ। वह आमतौर पर ऐसा तब करता है, जब मैंने दोनों बच्चों में से किसी एक को डाँट दिया हो, ऐसी बात के लिए, जो उन्होंने की या नहीं की, जो भी लागू हो। मुझे संदेह है कि वह बच्चों को बहुत पसंद करता है। उसके पास स्केच, कलम और मार्करों के लिए एक विशेष नैतिकता है, जो बच्चे उपयोग करते हैं। वह हमेशा उनके ढक्कन को खुला छोड़ देता है, जिससे वे सूखकर बेकार हो जाते हैं।

वह पूरी तरह से साफ अलमारी को भी खराब कर देता है। मुझे लगता है कि वह मेरे लिए काम बढ़ाना पसंद करता है।

वह बाथरूम में टूथपेस्ट की ट्यूब के ढक्कन को खुला छोड़ देता है। वह साबुन को गीला करता है और उसे साबुनदानी के बाहर छोड़ देता है। वह बिस्तर पर गीले तौलिए छोड़ देता है। बिस्तर बना दिए जाने के बाद वह चादर के एक कोने को खींचना सुनिश्चित कर लेता है और एक के ऊपर दूसरे तकिए को धकेल देता है, जिससे कि वह अव्यवस्थित दिखाई दे।

अगर फ्रिज में एक टमाटर शेष रहता है तो वह हमेशा उसे खा लेता है, इसलिए अगले दिन जब मैं बैगन का भुरता बना रही होती हूँ और टमाटर की तलाश में होती हूँ (बैगन को भूनकर और प्याज काटकर) तो मुझे पता चलता है कि वह वहाँ नहीं है।

कभी-कभी वह मेरे मोबाइल फोन पर जवाब भी देता है, जब मैं आसपास नहीं होती हूँ—और यह गुस्सा दिलानेवाली प्रक्रिया है। और नहीं मैं उससे नहीं पूछ सकती कि किसका फोन आया था, क्योंकि वह हमेशा मुझसे बच निकलता है। वह कहानी की किताबों को वहाँ छोड़ता है, जहाँ उन्हें नहीं होना चाहिए, लेकिन मुझे इस बात पर बुरा नहीं लगता है, क्योंकि मुझे पढ़ना पसंद है और अपने घर के हर कोने में हर जगह मुझे पुस्तक मिल जाती है।

अगर जूते अलमारी के अंदर रखे हैं, जहाँ यह माना जाता है तो आप यह सुनिश्चित कर सकते हैं कि वह उन्हें बाहर ले जाएगा और जान-बूझकर उन्हें ऐसी जगह छोड़ेगा, जहाँ से आप घर में प्रवेश करते ही उन पर पैर रखें और लड़खड़ा जाएँ। वह स्केटबोर्ड के साथ भी ऐसा ही करता है—और स्केटबोर्ड जूते से ज्यादा खतरनाक है। जब तक वह जूतों के साथ ऐसा कर रहा था, तब तक तो मैंने शिकायत भी नहीं की थी।

कभी-कभी वह मेरे मोबाइल फोन पर जवाब भी देता है, जब मैं आसपास नहीं होती हूँ—और यह गुस्सा दिलानेवाली प्रक्रिया है। और नहीं मैं उससे नहीं पूछ सकती कि किसका फोन आया था, क्योंकि वह हमेशा मुझसे बच निकलता है।

वह कहानी की किताबों को वहाँ छोड़ता है, जहाँ उन्हें नहीं होना चाहिए, लेकिन मुझे इस बात पर बुरा नहीं लगता है, क्योंकि मुझे पढ़ना पसंद है और अपने घर के हर कोने में हर जगह मुझे पुस्तक मिल जाती है।

इन दिनों वह पहले से कहीं ज्यादा सक्रिय है।

जितने भी जाल मैंने उसे पकड़ने के लिए बुने, वे बुरी तरह से विफल हो गए हैं। वह हमेशा मुझे चतुरता से मात दे देता है—हमेशा! मैंने कभी भी उससे जीत हासिल नहीं की है।

मुझे नहीं पता कि वह कैसा दिखता है, लेकिन मैं उसका नाम जानती हूँ। वह 'यह मैंने नहीं किया, मॉम' है।

□

प्रीति के पेरेंटिंग नियम

माता-पिता बनने के लगभग दो दशकों के बाद एक निश्चित ज्ञान मिल पाता है। यदि आपके पास स्वयं के बच्चे हैं तो मैं निश्चित हूँ कि आप इन कानूनों को खुद से जोड़ पाएँगे। यदि आपके पास बच्चे नहीं हैं, लेकिन आप खुद कभी बच्चे थे तो आप भी इससे संबंधित होंगे। विशेष रूप से यहाँ कुछ बिंदुओं को समान रूप से लागू किया जा सकता है, यदि आप 'विद्यालय' के स्थान पर 'कार्यालय' पढ़ें। मैंने अपनी खोजों में पाया—

प्रीति द्वारा माता-पिता के नियम (मर्फी के नियम के आधार पर)—

1. आप रविवार की शाम में सोमवार के लिए चाहे कितने ही व्यवस्थित हों, आप कभी भी पर्याप्त आयोजन नहीं कर पाते हैं।
2. साफ मोजे हमेशा सोमवार की सुबह गायब हो जाते हैं।
3. यदि साफ मोजे पाए जाते हैं तो आपको बेमेल जोड़े मिलते हैं। मैं इस बात से आश्वस्त हूँ कि यह गुप्त साजिश 'एकल मोजे सोसाइटी' द्वारा बनाई गई है।
4. ठीक एक दिन के बाद जब आप एकल मोजे से छुटकारा पा चुके हैं, जो आपने आगे के लिए बचा लिया था, उस दिन उसके साथी का पता चला था तो उसका साथी मोजा अपनी सारी महिमा-युक्त, परिपूर्ण और स्वच्छ हो गया ('बाहर निकलो, तुम गंदे मोजे हो!' मैंने सीखा है कि सबसे अच्छा तरीका बेरहम होना है और उन्हें बाहर निकालना है, चाहे कितना भी अच्छा लगे)।
5. स्कूल टी-शर्ट्स रहस्यमय तरीके से गायब हो जाती हैं। कभी-कभी वे स्कूलों में खेल लॉकरों में होती हैं। कभी-कभी वे दराज में घुस जाती हैं, जहाँ मोजे होने चाहिए। कभी-कभी वे बिस्तर के नीचे पाई जाती

हैं। कुछ अवसरों पर वे कार के अंदर भी पाई जाती हैं। वे कैसे यात्रा करती हैं, हमेशा यह एक रहस्य रहेगा।

6. परियोजनाएँ, जो सौंपी जाएँगी; होमवर्क, जो किए जाएँगे और जमा किए जानेवाले चार्ट को आखिरी दिन ही घोषित किया जाएगा, जब स्कूल जाने के लिए केवल आधे घंटे का समय बचेगा, जबकि पिछले दिन पूछताछ करते समय मजबूती से इनकार किया गया कि कोई काम नहीं बचा है।
7. स्कूल के जूते घर के चारों ओर घूमते रहते हैं। उनके पास एक तयशुदा स्थान है, लेकिन वे भी घूमने का शौक रखते हैं, जो उन पर हावी हो जाता है।
8. अभिभावक-शिक्षक मीटिंग में अकसर छोटे भाई-बहन लाने की मनाही होती है और वह बैठक हमेशा तब रखी जाती है, जब पति यात्रा कर रहे हों। अगर पति-पत्नी शहर में हैं तो वह उस दिन आयोजित की जाती है, जब पति की एक महत्त्वपूर्ण मीटिंग होती है, जिसे छोड़ा नहीं जा सकता है।
9. यदि आपके पास दो बच्चे हैं तो आप यह सुनिश्चित कर सकते हैं कि भोजन में उनका स्वाद पूरी तरह से अलग होगा। यदि कोई चावल-दाल-सब्जी को पसंद करता है तो दूसरा उसे छुएगा भी नहीं और कोई अनूठी डिश व हैश ब्राउन को पसंद करेगा, जिसके लिए पहला कहेगा कि उसे एलर्जी है।
10. जब आप दोनों बच्चों के साथ अकेले यात्रा कर रहे होंगे तो लड़ाई और डेसिबेल स्तर बहुत बढ़कर एक हजार गुना मिलते हैं। कभी-कभी सिंगल पेरेंटिंग की संभावना से ही यह कई गुना हो जाता है। चाहे कोई वजह न हो, पर बच्चे लड़ाई की वजह खोज ही लेते हैं। 'माँ, यह मेरी हवा में साँस ले रहा है।' (और मैं अपने बाल नोच रही हूँ!)
11. कभी-कभी सिर्फ सैर के लिए बाहर निकलते हैं और वास्तव में तेजी से चलते हैं, सभी समस्याओं का समाधान करते हैं, बशर्ते 'गुस्से में ठोकर खाई' थोड़ी अच्छी तरह से मंचन किया जाता है। यह केवल तभी काम करता है, जब उन्हें एहसास हो कि आप चले गए हैं; इसलिए हम कम-से-कम एक घंटे के लिए दृष्टि से बाहर रहने की कोशिश करते

हैं। यह अपने दम पर उबाऊ हो सकता है, इसलिए यदि आप अपने पर्स, आईपॉड और मोबाइल को बाहर निकलने से पहले ले जाएँ तो बेहतर रहता है।

जब आप दोनों बच्चों के साथ अकेले यात्रा कर रहे होंगे तो लड़ाई और डेसिबेल स्तर बहुत बढ़कर एक हजार गुना मिलते हैं। कभी-कभी सिंगल पेरेंटिंग की संभावना से ही यह कई गुना हो जाता है। चाहे कोई वजह न हो, पर बच्चे लड़ाई की वजह खोज ही लेते हैं। 'माँ, यह मेरी हवा में साँस ले रहा है।' (और मैं अपने बाल नोच रही हूँ!)

12. आप जो भी करते हैं या नहीं करते हैं, आपके बच्चे हमेशा आपको एक और मौका देंगे। आपके पति भी।

13. उपर्युक्त सभी अभी भी जारी रहेंगे, भले ही वे किशोर हों और पूरी तरह से अपने स्वयं की चीजों को सँभालने में सक्षम हों। सैर करना अभी भी अच्छा है, खासकर जब आप विस्फोट के लिए तैयार हों।

उपर्युक्त सभी कानूनों के बावजूद आप हमेशा किसी भी समस्या को सुलझाने का एक तरीका चाहते हैं—वास्तविक या काल्पनिक।

आप खुद को पूरी तरह से दुनिया के ऊपर महसूस करेंगे, जब वह आपको सबसे सशक्त आलिंगन देंगे और आपको बताएँगे कि आप पूरे ब्रह्मांड में 'सर्वश्रेष्ठतम अभिभावक' हैं।

□

किशोरों को अपने कमरों की सफाई के लिए प्रेरित करना

"माँ, अब जब मैंने अपनी पढ़ाई खत्म कर दी है तो क्या आप अपना आईपैड, जिसे आप इस्तेमाल नहीं करतीं, दे दोगी?"

"मैं अभी इसे आपको दे दूँगा।"

15 मिनट बाद।

"माँ, क्या मैं आईपैड ले सकता हूँ?"

"हाँ, रुको।"

10 मिनट बाद।

"माँ, आपने कहा था कि मैं आपका आईपैड ले सकता हूँ। क्या आप कम-से-कम मुझे बता दो कि आपने उसे कहाँ छुपाया है?"

"मैं तुम्हें वह दे दूँगी।"

12 मिनट बाद।

"माँ, क्या मैं आईपैड ले सकता हूँ?"

"हाँ, मैं देती हूँ। बस, थोड़ी देर और।"

10 मिनट बाद।

"माँ, क्या आप मेरी बात सुन भी रही हो? या आप जोंबी मोड में हैं?"

"श्ह···मैं पढ़ रही हूँ। मुझे यह खत्म करने दो।"

5 मिनट बाद।

"माँ, आपका काम हो गया? कृपया आईपैड··· ?"

"मैंने अभी तक नहीं किया है। बस, 5 मिनट। वादा।"

5 मिनट के बाद।

"माँ, 5 मिनट से ऊपर हो गए हैं।"

"ओह! अच्छा? बस, आ रही हूँ।"

"माँ, मैं आईपैड चाहता हूँ। कृपया दे दो!"

"अब तुम्हें पता चला कि जब मैं तुम्हें कमरा साफ करने के लिए कहती हूँ तो मुझे कैसा महसूस होता है?"

"आह!"

पंद्रह मिनट बाद, हमारे पास दुनिया का सबसे स्वच्छ कमरा है। एक संतोषजनक माँ और थोड़ा सा सुखी, लेकिन एक खुशनुमा किशोर, सब वह कर रहे हैं, जो उन्हें पसंद है और जिसे वह प्यार करते हैं, चाहे पढ़ना या आईपैड पर उँगलियाँ घुमाना।

□

बढ़िया पालतू

जब हम यू.के. चले गए थे, मेरे बच्चे नए देश में बहुत जल्दी समायोजित हो गए थे। वे उसे ऐसे प्यार करने लगे, जैसे बतख पानी से करती है। बड़े पार्क, भव्य विद्यालय, सुंदर पड़ोस, नए दोस्त और इन सबसे ऊपर—बच्चों को एक नया पालतू भी मिला।

यह पालतू बढ़िया और कमाल का था। अधिकांश माता-पिता इस बात से सहमत होंगे कि एक नए पालतू जीव के लिए शुरुआती उत्साह के बाद पालतू जीवों की देखभाल से जुड़े काम हमेशा माता-पिता का कर्तव्य बन जाते हैं; लेकिन इस पालतू जानवर के साथ हमारे पास बिल्कुल ऐसी कोई समस्या नहीं थी। यह बुद्धिमान, स्मार्ट और बहुत अच्छी तरह प्रशिक्षित था। उसने खुद को तैयार किया और सचमुच, लगभग कोई भी देखभाल करने की आवश्यकता नहीं थी। यह गंदे पंजों के साथ कभी नहीं आया और न ही बाल गिराए। वह शौचालय के लिए भी प्रशिक्षित था और आश्चर्यजनक रूप से वह शौचालय का इस्तेमाल करता था; शायद आप इस पर विश्वास नहीं कर सकते हैं—यहाँ तक कि वह फ्लश का उपयोग भी करता था! अरे नहीं, मैं मजाक नहीं कर रही हूँ। क्या आप ऐसे पालतू जीव की कल्पना कर सकते हैं, जो ऐसे काम करे कि बाद में सफाई नहीं करनी पड़े? वह पालतू इतना बढ़िया था कि अपना पेट भरना भी जानता था। बच्चों को उसके साथ प्यार था और उन्हें पूरी तरह से वह पसंद आया। दु:खद बात यह थी कि उन्हें केवल इतना याद आता था, जब उनके साथ खेलने के लिए कोई दोस्त नहीं होता था, अन्यथा उसे उपेक्षित किया जाता था और खुद अपने आप मनोरंजन करने के लिए छोड़ दिया जाता था; लेकिन उसने कभी भी शिकायत नहीं की। जब वे स्कूल से लौटते थे तो वह उनका स्वागत करता था। ओह! वह उनसे बहुत प्यार करता था। यह देखकर खुशी होती थी कि जब उनके चेहरे यह देख रहे थे, तब उनके चेहरे आनंद के साथ

चमकते थे। एक और शानदार बात यह थी कि वह पालतू जीव बचा हुआ भोजन समाप्त कर देता था। बच्चे नाश्ता छोड़ देते या कभी आधा दूध भी छोड़ देते और उसे पालतू जीव को देना तक नहीं पड़ता था। दिन के समय के आधार पर इन बचे हुए भोजनों को छोड़कर स्कूल जाते या खेलने चले जाते थे और जब वे वापस आते थे तो उनका आधा बचा हुआ खाना व दूध खत्म मिलते। जिससे उन्हें अपने पिता से डाँट नहीं खानी पड़ती थी।

वह पालतू इतना कमाल का था। उसे पता था कि वास्तव में उसे क्या करना चाहिए था।

रात में जब वे डरावने सपने देखते तो उसको नाम से बुलाते और कहते, “मुझे डर लग रहा है।” एक क्षण में यह उनके पास होता था, उन्हें दिलासा देने के लिए, ताकि वे शांति से सो सकें।

अगर मैंने आपको बताया कि वह पालतू भी जानता था कि जमीन से गीला तौलिया कैसे उठाएँ तो शायद आप सोचेंगे कि मैं बढ़ा-चढ़ाकर बोल रही हूँ। लेकिन यह सच है। वह बहुत बुद्धिमान और चतुर था। मैं हमेशा उसके द्वारा चकित रहती थी। न केवल वह गीला तौलिया उठाता था, बल्कि बच्चों के बिस्तरों को भी बना दिया करता था और उनके खिलौनों को भी सजा दिया करता था। वह अच्छी तरह प्रशिक्षित था।

क्या आप अनुमान लगा सकते हैं कि वह किस तरह का पालतू था? क्या वह एक कुत्ता था? या एक बंदर था? क्या वह एक प्रशिक्षित तोता था? वह संभवत: क्या हो सकता था?

वह एक अनूठी चीज थी—इन सभी का एक संयोजन! वह अभी भी इन सभी चीजों को आज तक सँभालता है और जब वे उसे ‘माँ’ कहते हैं तो वह इसका जवाब देती है।

□

आपकी माँ वास्तव में क्या चाहती हैं

'मातृ दिवस' पर मेरे पास सबसे पहला संदेश मेरी अपनी माँ से था—'मातृ दिवस की शुभकामनाएँ'। उन्होंने लिखा था। मैंने उन्हें फोन किया और उनके लिए भी उसी की कामना की।

बहुत से स्पा में मातृ दिवस पर 50 प्रतिशत छूट घोषित करते हैं कि "अपनी माँ को लाइए और छूट का फायदा उठाइए।" चश्मेवाले आपकी माँ के चश्मे के लिए छूट देते हैं। अस्पतालों में निःशुल्क जाँच-पड़ताल की जाती है। कार्ड की दुकानों पर माँ को देने के लिए उपहार मिलते हैं। वे कुछ भावुक संदेश लिखकर इस तरह टाँगते हैं कि आपका दिल पिघल जाता है।

लेकिन क्या किसी ने कभी अपनी माँ से पूछा है कि वे अपने बच्चों से क्या चाहती हैं?

यहाँ तीन आयु वर्ग के बच्चों की माँ के दृष्टिकोण से लिखे गए तीन पत्र हैं—

0-12 साल—मेरी आँखों का तारा।

13-21 साल—मेरा यंग स्टार।

21 और उससे ऊपर—वयस्क बच्चे।

मेरी आँखों का तारा

तुमने मेरे लिए सुंदर कार्ड बनाया, उसके लिए धन्यवाद। यह बहुत खूबसूरत है। तुम्हारे पिताजी के साथ मिलकर बनाया गया नाश्ता, जो मुझे मेरे पलंग पर ही तुमने दिया, उसके लिए भी धन्यवाद। हालाँकि लजीज नाश्ते के बाद तुमने रसोई घर मेरे द्वारा साफ करने के लिए बहुत फैला हुआ छोड़ा, वह ठीक है। यह तुम्हारी भरपूर कोशिश की तुलना में एक छोटी सी बात है। भगवान् का शुक्र है कि तुम हर रोज ऐसा नहीं करते हो। ठीक है, उदास मत हो। मैं बस, तुमसे मजाक कर रही

थी। मैं इसकी सराहना करती हूँ। वास्तव में, मैं बेहद खुश हूँ और इस प्रयास की सराहना करती हूँ।

मैं तुमसे 'मातृ दिवस' पर एक वादा चाहती हूँ। तुम जो भी करो, पूरी ईमानदारी से उसे पूरा करने का वादा करो। जानती हूँ, यह मुश्किल होगा। आखिरकार, कौन आसान रास्ता नहीं चाहता है? लेकिन मैं चाहती हूँ कि तुम मुझसे एक वादा करो कि तुम अपना लक्ष्य प्राप्त करने के लिए हमेशा थोड़ी ज्यादा मेहनत करोगे। यदि शिक्षक ने कहा है कि अगली कक्षा में एक निश्चित सबक सीखा जाएगा तो कोशिश करोगे उस पाठ को पहले से ही पढ़ने की। उन चीजों की सूची बनाने की कोशिश करोगे, जिन्हें तुमने नहीं समझा और बेहतर स्पष्टता से जानना चाहते हो। अपने विषय से संबंधित चीजों को पढ़ना, सिर्फ अपना होमवर्क ही नहीं करना, बल्कि थोड़ा और भी कोशिश कर मेहनत से पढ़ाई करना।

तुम मुझसे अपने बचपन के बारे में बहुत सवाल करते रहे हो। यह मुझे कई बार परेशान करता है; लेकिन तुम जानते नहीं कि मैं इसे चुपके से सुनना पसंद करती हूँ। मुझे पता है कि तुम्हारे अपने तर्क हैं, चीजों को देखने का अपना तरीका है, अपने विचार हैं। मुझे तुम पर गर्व है। इससे पता चलता है कि तुम बड़े हो रहे हो—अपने आप में एक व्यक्ति बनने के लिए।

स्कूल में सभी गतिविधियों में भाग लो, जिन्हें तुम कर सकते हो। उत्साहित बनो। इससे कोई फर्क नहीं पड़ता कि तुम योग्य हो या नहीं। महत्त्वपूर्ण बात यह है कि तुमने जी-तोड़ कोशिश की है।

जो लोग तुम्हें मिलेंगे, उनसे अच्छे से मिलो। विनम्र रहो, लेकिन किसी को भी अपने आसपास घेरा न बनाने दो। जिस चीज पर भरोसा करो, उसके लिए आवाज उठाओ।

मैं हमेशा तुम्हारे साथ हूँ, मार्ग के हर कदम पर।

बहुत सारे प्यार के साथ···

माँ।

मेरा प्रिय यंग स्टार

तुम कितनी जल्दी बड़े हो गए हो! मैं कभी-कभी बस, यह विश्वास नहीं कर पाती कि कुछ समय पहले तक तुम एक छोटे बच्चे थे, जिसे हर चीज के लिए मेरी जरूरत थी और अब, कभी-कभी, मुझे तुम्हारी जरूरत होती है।

तुम मुझसे अपने बचपन के बारे में बहुत सवाल करते रहे हो। यह मुझे कई बार परेशान करता है; लेकिन तुम जानते नहीं कि मैं इसे चुपके से सुनना पसंद करती हूँ। मुझे पता है कि तुम्हारे अपने तर्क हैं, चीजों को देखने का अपना तरीका है, अपने विचार हैं। मुझे तुम पर गर्व है। इससे पता चलता है कि तुम बड़े हो रहे हो—अपने आप में एक व्यक्ति बनने के लिए। दुनिया जो तुम्हारी तरफ फेंकती है, उसे लेने के लिए तैयारी करो।

तुम्हारे सामने कई बार ऐसी चीजें आएँगी, जिनमें तुम चुनिंदा हो सकते हो। तुम शायद अभी तक फैसला नहीं कर पाए कि क्या तुम विज्ञान, कला या किसी भी ऐसे विकल्पों में से किसी एक शिक्षा के लिए जाना चाहते हो या नहीं! तुमसे लगातार पूछा जा सकता है, "तो क्या तय किया है आगे करने का ?" और तुम्हारे पास कोई जवाब नहीं होगा। तुम्हें पता है, यह ठीक है। उसे समय दो, वह खुद तुम्हारे पास आ जाएगा और सोचो कि तुम स्वाभाविक रूप से किसके लिए तैयार हो ? किसी भी दबाव में आकर कुछ नहीं करना और न ही यह सोचकर करना, क्योंकि तुम्हारे सभी दोस्त वह कर रहे हैं। (हाँ, प्रसिद्ध अभिवादन, जो सभी अभिभावक उपयोग करते हैं—सिर्फ इसलिए कि आपके सभी मित्र एक तालाब में कूदते हैं तो क्या तुम भी कूदोगे या थोड़ा दिमाग का उपयोग करोगे ?)

मुझे पता है कि तुम सिर्फ वयस्क होने के लिए इंतजार नहीं कर सकते, लेकिन इस पड़ाव का आनंद लो, इससे पहले कि यह गुजर जाए। और हाँ, कृपया अपने कमरे को साफ रखना, अपना बिस्तर बनाना, अपने कपड़े धो लेना और कृपया विनम्र रहना। बस, यही सब मैं इस 'मातृ दिवस' पर चाहती हूँ।

मुझे पता है कि तुम सिर्फ वयस्क होने के लिए इंतजार नहीं कर सकते, लेकिन इस पड़ाव का आनंद लो, इससे पहले कि यह गुजर जाए।

और हाँ, कृपया अपने कमरे को साफ रखना, अपना बिस्तर बनाना, अपने कपड़े धो लेना और कृपया विनम्र रहना। बस, यही सब मैं इस 'मातृ दिवस' पर चाहती हूँ।

बहुत सारा प्यार··· माँ।

प्रिय वयस्क बच्चे

कृपया मुझे सप्ताह में कम–से–कम दो बार फोन करना। मुझसे बात करना, मुझे अपने काम के बारे में बताना। मैं शायद समझ नहीं सकती, जो कुछ भी तुम करते हो; लेकिन मुझे तुम्हें सुनना पसंद है।

इस 'मातृ दिवस' पर बस, यही तुमसे चाहती हूँ।

मुझे तुम्हारी बहुत याद आती है, तुम जानते हो।

बहुत सारे प्यार के साथ···

माँ।

□

जिंदगी, प्यार और हँसी

"जिंदगी जीने योग्य है, जब तक इसमें हर पल हँसी-खुशी होती है।"

—एल.एम. मांटगोमरी

हँसी का उपहार

एक संबंध बनाए रखने के लिए एक चीज, जो प्यार के समान महत्त्वपूर्ण है, वह है—हँसी। यह जिंदगी को मजेदार बनाती है। हँसी दो दिलों के बीच की दूरी को कम करती है। हँसी एक ऐसा उपहार है, जिसे आप सबसे अप्रत्याशित स्थानों में देखते हैं। यह आपको गरम दोपहरी में एक अप्रत्याशित बौछार की तरह अचंभित करती है और इससे पहले कि आप इसे महसूस करते हैं, यह गुम हो जाती है—आपको मीठी यादों के साथ छोड़कर, जो सारी जिंदगी साथ रहती है। हँसी वह है, जो मैं जान-बूझकर और अजीब तरह से तलाश करती हूँ। मैंने पाया है कि जब हम इसे ढूँढ़ते हैं तो हम इसे पा लेते हैं। ठीक है, मैं स्वीकार करती हूँ, अगर मैं इसे नहीं पाती तो मैं इसे पाने के लिए नियोजन और साजिश रचती—ही-ही, हा-हा।

मेरे परिवार की महिलाओं में कुछ हद तक हँसने की सहज क्षमता है। मुझे याद है कि मेरी दादी बहुत हँसा करती थीं। बस, उन्हें कुछ अजीब बात बता देनी थी और वह खूब हँस-हँसकर मजाक उड़ाती थीं और जल्दी ही हम सब उसमें शामिल हो जाते थे। हँसी उबासी की तरह संक्रामक है।

मेरी माँ को भी यह गुण विरासत में मिला है और उनके पास हास्य की एक जबरदस्त भावना है। अकसर वे बच्चे की तरह और बेहद अजीब ढंग से बात करती हैं। आप उनकी बातों पर इतना हँसते हैं कि अपना पेट पकड़ लेते हैं। वह कुछ ऐसा कह देती थीं या ऐसा कुछ करती थीं।

जब हम बच्चे थे तो उनकी पसंदीदा गतिविधियों में से एक होता था, जिसमें भूरे रंग के प्लास्टिक के कवर को फोड़कर पटाखे की तरह एक जोर से धमाका करने के साथ सब को चौंका दिया जाता था। वह उस पॉलिथिन में पहले हवा भरती थीं, फिर उसे घुमाती थीं और वह गुब्बारे जैसा लगता था और जब हम बिल्कुल उम्मीद न रखे हों, ठीक उसी वक्त हमारे पीछे आकर चुपके से उसे फोड़ देती थीं।

मेरे भाई और मैंने जल्द ही उसका अंदाजा लगाना सीख लिया। वह आमतौर पर उस दिन होता था, जिस दिन हम एक भूरे रंग के बैग में पीबेरी कॉफी पाउडर लाते थे, जो हवा भरकर फुलाने के लिए सही रहता था और माँ उसे फोड़ने का लालच छोड़ नहीं पाती थीं।

जब हम चालाक हो गए और उनके धमाकों से बचना सीख गए तो उन्होंने एक नया शिकार ढूँढ़ लिया—मेरे पिताजी को। पता नहीं, उन्होंने कितनी बार ऐसा किया, मेरे बेचारे पिताजी ज्यादातर समय अनजान होते थे। वह अखबार पढ़ रहे होते थे या किसी पत्रिका में स्टॉक मार्केट के आँकड़ों का अध्ययन कर रहे होते थे, जब मेरी माँ उनके पीछे, मेरे और मेरे भाई के साथ चुपके से जाती तो मेरे लिए हँसी रोकना मुश्किल हो जाता। फिर वे हवा भरा लिफाफा फोड़ देतीं—भड़ाम! पापा इतनी बुरी तरह से चौंकते कि हाथ की पत्रिका या अखबार छूट जाता। फिर सँभलते ही वे भी दीवानगी से भरी हँसी में शामिल हो जाते। वे भी बहुत खिलंदड़ स्वभाव के थे।

मेरे बच्चों ने जल्द ही सीख लिया कि मजेदार गतिविधियाँ वास्तव में क्या हैं। कई साल पहले मेरा बेटा स्कूल से वापस आ गया था और उसने कहा कि उसे कक्षा में दंडित किया गया था; लेकिन उसे इतना मजा आया कि उसे ऐसा करने के लिए अगर फिर से दंडित किया गया तो उसे फर्क नहीं पड़ेगा, बल्कि मजा आएगा। जब उससे पूछा कि उसने क्या किया था—हाँ, आपने सही अनुमान लगाया है—गणित की कक्षा के बीच में उसने एक पेपर बैग फाड़ा था, शिक्षक को लगभग रॉकेट बनाते हुए।

मेरे बच्चों ने जल्द ही सीख लिया कि मजेदार गतिविधियाँ वास्तव में क्या हैं। कई साल पहले मेरा बेटा स्कूल से वापस आ गया था और उसने कहा कि उसे कक्षा में दंडित किया गया था; लेकिन उसे इतना मजा आया कि उसे ऐसा करने के लिए अगर फिर से दंडित किया गया तो उसे फर्क नहीं पड़ेगा, बल्कि मजा आएगा। जब उससे पूछा कि उसने क्या किया था—हाँ, आपने सही अनुमान लगाया है—गणित की कक्षा के बीच में उसने एक पेपर बैग फाड़ा था, शिक्षक को लगभग रॉकेट बनाते हुए। वह बहुत उत्साह से बता रहा था। मैंने अपनी आती हुई हँसी को दबाया और उसे कड़ाई से कहा कि उसे शिक्षक का सम्मान करना चाहिए और दोबारा ऐसा नहीं करना चाहिए। जब

वह मेरे श्रवण क्षेत्र से बाहर हुआ, मैंने अपनी माँ को फोन किया, उन्हें सब सुनाया और हम दोनों चोरी से इस बात को मंजूरी देते हुए हँसती रहीं।

अपनी माँ की तरह मैंने पेपर बैग नहीं फाड़े (ठीक है, मैं मानता हूँ, मैंने इसे दो बार किया है; लेकिन केवल दो बार), लेकिन जो एक चीज मुझे करना पसंद है, वह है दरवाजे के पीछे छिपना, जब कोई कमरे में प्रवेश कर रहा हो और फिर तेजी से चिल्लाना—'बोऊऊऊऊ' और अचानक बाहर कूद जाना। मुझे यकीन है कि आप में से बहुत से लोग अपने जीवन के कुछ बिंदु पर ऐसा करते थे और उस व्यक्ति के चेहरे पर आश्चर्य को नजदीकी से देखने में बहुत हँसी आती और फिर उसकी चौंका देनेवाली हँसी को राहत में तब्दील होते देखना बड़ा मजेदार होता। आमतौर पर वह व्यक्ति भी हँसी में शामिल हो जाता। मैंने अपने दोस्तों और चचेरे भाइयों को इस तरह कई बार चौंकाया है और फिर वे इस बहुत ही बचकाना शरारत पर अजीब तरीके से हँसते हुए चले जाते।

एक शाम, जब मैंने अपने पति को कार में आते देखा तो उनके साथ यह शरारत करने का मन बना लिया। वे हमेशा की तरह दरवाजे की घंटी नहीं बजाते हैं, बल्कि अपनी चाबी के साथ दरवाजा खोलकर अंदर आते हैं। जब वह घर में प्रवेश करते हैं और फिर मेरा नाम पुकारते हैं।

मैंने खुद को दरवाजे के पीछे छिपा दिया, जिससे जिस वक्त वह अपनी चाबी डालें और दरवाजा खोलकर अंदर प्रवेश करें तो मैं अचानक उछलूँ—एक पैंथर की तरह! मैंने शैतानी से सोचा—और चिल्लाऊँगी—'गर्रररररर' या 'बोव्व्व्व' या 'बूऊऊ' या कोई भी आवाज, जो मुझे उस पल में सबसे अधिक सही लगेगी। मैं अपने दिल में कल्पना कर रही थी कि उनके दिल का डर के मारे क्या हाल होगा? मैंने अपने आप को सतर्क किया। उनके पैरों की चाप सावधानीपूर्वक सुनी थी और दरवाजे की चाबी की आवाज सुनाई दी। इस क्षण में उन्होंने सही समय के साथ कदम रखा। मैं जैक-इन-द-बॉक्स की तरह बाहर कूद गई और एक कान फोड़नेवाला शोर किया—'भोऊऊऊव्व्व्व्व'। किंतु—'हवा में कूदनेवाले व्यक्ति मेरे पति नहीं थे (वह मेरे इन भोंडे तरीकों के आदी हो चुके थे), लेकिन बहुत बुरी तरह चौंकने वाला बीमा एजेंट था, जो मेरे पति के साथ घर आया था, ताकि वह एक पॉलिसी, जिसमें मेरे पति को दिलचस्पी थी, के बारे में बात कर सके।

वह बेचारा व्यक्ति अपनी जिंदगी को लेकर भयभीत हो गया होगा—एक पागल औरत से, जिसने उसके संभावित ग्राहक से शादी की थी। मुझे लगता है कि

> *वह बेचारा व्यक्ति अपनी जिंदगी को लेकर भयभीत हो गया होगा—एक पागल औरत से, जिसने उसके संभावित ग्राहक से शादी की थी। मुझे लगता है कि यह केवल उन्हीं पॉलिसी को बेचने की उसकी उत्सुकता थी, जिसने उसे अपने हाथों को हवा में फेंकने और चिल्लाने से बाहर जाने से रोका। यह आतंक था। मेरे पति अचंभित नहीं थे। उन्होंने ऐसा दिखाया, जैसे कुछ नहीं हुआ हो।*

यह केवल उन्हीं पॉलिसी को बेचने की उसकी उत्सुकता थी, जिसने उसे अपने हाथों को हवा में फेंकने और चिल्लाने से बाहर जाने से रोका। यह आतंक था। मेरे पति अचंभित नहीं थे। उन्होंने ऐसा दिखाया, जैसे कुछ नहीं हुआ हो।

किंतु मैं? मैं वास्तव में अपनी हँसी को नियंत्रित नहीं कर सकी। मैं रसोई में भाग गई, दोनों की नजर से बचकर और खुद पर हँसते हुए; और हँसते-हँसते मैं जमीं पर बैठ गई।

जैसे कि मैं आपको बता रही थी, जब आपको कतई उम्मीद नहीं होती, तब आपके भीतर से हँसी उमड़ती है या फिर इसलिए कि मैंने (थोड़ी हड़बड़ाहट के साथ) ही वह सारी योजना बनाई थी।

पर यह भी तो सच है—हँसी के बिना जिंदगी और संबंधों में रस कहाँ!

□

स्कूटर रोमियो

जिनके पास पाँच वर्ष से कम उम्र के बच्चे हैं, वे आपको बताएँगे कि बच्चों के साथ गाड़ी में यात्रा करना कितना बड़ा सफर बन सकता है, चाहे आप थोड़ी दूरी तक ही क्यों न जा रहे हों। खिलौने, डायपर, गीली वाइप्स, बेबी पाउडर, लोशन, एक ड्रिंक, एक स्नैक, सिप्पी, पसंदीदा कंबल, पुस्तकें जैसी सौ चीजें हैं, जो आपको कार सीट से अलग कार में लोड करनी पड़ती हैं और बच्चों में छोटा शिशु भी शामिल है तो काम अपने आप तिगुना हो जाता है।

जब मेरी बेटी तीन महीने की और मेरा बेटा साढ़े तीन साल का था, मेरे पास मैरी नाम की एक बहुत प्यारी लड़की थी, जो मेरे साथ थोड़े समय तक बच्चों की देखभाल करने के लिए रही थी। वह उन्हें सँभालने में मेरी मदद करती थी। मेरे पति उन दिनों बहुत यात्रा करते थे और मैरी मेरे लिए जीवन-रक्षक थी।

अगर हम कभी भी बाहर जाना चाहते थे तो कार को लोड करने का काम लगभग पंद्रह मिनट की एक प्रक्रिया थी, जिसे किसी सैन्य काररवाई की तरह कड़ाई से पूरा किया जाता। ड्रिल यह थी कि हम निम्नलिखित क्रम में कार को लोड करेंगे—

1. मेरी बेटी की लेटने वाली बास्केट। वह इतनी छोटी थी कि उसे ज्यादा देर तक गोद में नहीं ले सकते थे। इस तरह यात्रा सुगम हो जाती।
2. मेरी बेटी का थैला, जिसमें उसके डायपर, उसका खाना, स्वच्छ तौलिया, थर्मस में गरम पानी और कई अन्य चीजें होती थीं, जो तीन महीने के बच्चों की आवश्यकता होती हैं।
3. मेरी बेटी के सोने के लिए एक नरम तकिया—उसका पसंदीदा था, यदि वह न मिलता तो वह इतनी बुरी तरह से चीखती कि गेस्टापो यातना विभाग से जाने वाली चीखों का सुर कम लगता।
4. मेरे बेटे का खिलौनेवाला बैग, जिसमें खिलौना-बुलडोजर, आगवाला

इंजन, गंदी कार और लेगो मॉडल शामिल थे, जिन्हें उसने बनाया था। हम जहाँ भी जाते थे, वह यह सामान ले जाने पर जोर देता। मुझे पता नहीं कि क्यों आप साढ़े तीन साल की उम्र के बच्चे के साथ कभी भी तर्क नहीं कर सकते? जब वे कहते हैं कि वे कुछ चाहते हैं, वे इसे चाहते हैं, यदि आप इसे उन्हें नहीं देते हैं तो वे अपने रोने-चिल्लाने के साथ आपको यातना देते हैं। इसलिए जो भी वे चाहते हैं, वह लेना ज्यादा आसान है।

5. कार सीट को कवर करने के लिए एक स्वच्छ कंबल, ताकि अगर किसी बच्ची को उलटी आए तो कार गंदी न हो; टिशू, हाथ पोंछने के वाइप्स, नाक पोंछने के वाइप्स, बगीज वाइप्स और हर दूसरे तरह के वाइप्स, जो कभी भी बनाए गए हों, सब लेते थे।
6. मेरी बेटी।
7. मेरा बेटा।
8. मैरी, जो मेरी बेटी का ध्यान रखती थी, जब वह टोकरी में सो जाती थी।
9. और अंततः मैं—कार चलाने के लिए।

यह एक महान् काम था और मेरे लिए किसी बड़ी जंग को जीतने से कम नहीं था। फिर प्रत्येक बच्चे को लेना तथा खुद को तैयार करना भी एक और उपलब्धि थी।

मैरी आमतौर पर पीछे की सीट में दोनों बच्चों के साथ बैठती थी और मैं कार चलाती थी। मैं अपने साढ़े तीन साल के बेटे को सामने नहीं रख सकती थी। एक बार जब हम अपने गंतव्य तक पहुँचते हैं तो खाली करने की प्रक्रिया विपरीत क्रम में शुरू होती।

मैरी आमतौर पर पीछे की सीट में दोनों बच्चों के साथ बैठती थी और मैं कार चलाती थी। मैं अपने साढ़े तीन साल के बेटे को सामने नहीं रख सकती थी। एक बार जब हम अपने गंतव्य तक पहुँचते तो खाली करने की प्रक्रिया विपरीत क्रम में शुरू होती।

हमने ऐसा इतनी बार किया कि हमने इसमें महारत हासिल कर ली, शुरू से आखिरी विवरण तक।

इस तरह के एक अभियान में मैं खुद से था प्रसन्न महसूस कर रही थी, क्योंकि मुझे एक नई जोड़ी धूप का चश्मा मिला। मैंने सोचा कि मैं स्टाइलिश और परिष्कृत दिख रही थी। जैसे ही हम आगे गए, मैंने देखा कि कुछ रोमियो सड़क के किनारे खड़े मुझे देखकर सीटी बजा रहे थे। उनमें से एक ने मेरी तरफ हाथ लहराया, लेकिन मैंने उसे नजरअंदाज कर दिया।

'ईडियट्स, क्या उन्होंने धूप का चश्मा लगाए एक महिला को कभी नहीं देखा?' मैंने मन-ही-मन में कहा और उन्हें घूरकर देखा, क्योंकि मेरे साथ दो बच्चे और मैरी थी।

कुछ सेकंड के भीतर मैंने कुछ और लोग को घूरते हुए देखा—हाथ लहराते और सीटी बजाते हुए। मुझे पता नहीं था कि इसके बारे में क्या करना है? फिर मेरा डर और बढ़ गया, जब मैंने बैक मिरर में एक आदमी को देखा, जो मेरे पीछे एक स्कूटर पर तेजी से हाथ लहराते हुए आ रहा था। मैं अपने शावकों की रक्षा के लिए एक क्रूर शेरनी में बदल गई थी। हथियार के रूप में इस शेरनी के पास कार में एक्सीलिरेटर पैडल था। मैं मन-ही-मन खुश थी कि आज गाड़ी चलाने के अनुभव को इस्तेमाल करने का समय आ गया था। हाँ, मुझे हमेशा पता था कि सड़कों पर खतरनाक स्कूटर रोमियो से मेरे बच्चों को बचाने के लिए एक दिन मेरा ड्राइविंग कौशल काम आ जाएगा।

मुझे अपनी इस तेजी के बीच फास्ट और फ्यूरीयस में शॉन बोसवेल की तरह महसूस हुआ। अपने अंदर की आवाज से चिल्लाकर मैंने कहा, "अगर आप नियंत्रण से बाहर नहीं हैं तो आप नियंत्रण में नहीं हैं।" मैरी अपने प्रिय जीवन के साथ मंगल कामना करती बैठी थी और मेरे साढ़े तीन साल के बेटे ने अपने हाथों को मर्दाना उल्लास में चिल्लाते हुए कहा, "माँ, तेज दौड़ाओ! माँ, तेज दौड़ाओ।"

मुझे अपनी इस तेजी के बीच और फास्ट और फ्यूरीयस में शॉन बोसवेल की तरह महसूस हुआ। अपने अंदर की आवाज से चिल्लाकर मैंने कहा, "अगर आप नियंत्रण से बाहर नहीं हैं तो आप नियंत्रण में नहीं हैं।" मैरी अपने प्रिय जीवन के साथ मंगल कामना करती बैठी थी और मेरे साढ़े तीन साल के बेटे ने अपने हाथों को मर्दाना उल्लास में चिल्लाते हुए कहा, "माँ, तेज दौड़ाओ! माँ, तेज दौड़ाओ।"

मैंने भी काफी स्पीड से कार चलाई, लेकिन मुझे नहीं पता था कि वहाँ लाल बत्ती हो गई और मुझे कार को धीमा करना पड़ा था। अब रोमियो-द स्कूटर मेरे पास आ गया था। मैं उसे बैक मिरर में देख सकती थी। 'कृपया लाल बत्ती बदल दो!' मैंने प्रार्थना की, लेकिन वह नहीं बदली। मैंने फिर से एक त्वरित मोड़ लिया। वह मेरी कार के बगल में आ गया था। मैं थोड़ा डर गई थी। अब वह मुझे एक सफेद रंग के लहराते हुए एक झंडे के समान लहरा रहा था। वह क्या कह रहा था?

मैंने सोचा, शायद कह रहा है कि 'मैडम, एशटॉप!' उसने फिर मेरे पास अपना स्कूटर खींच लिया और कहा, "मैडम, आपका तकिया। यह गाड़ी के ऊपर था और गिर गया।" (मैडम, आपका तकिया। यह कार के ऊपर था और नीचे गिर गया।)

मैंने मैरी को देखा। उसने कहा, "अयो अक्का, नान कार मील वेचन अक्का—मारुंदू पयित्ती।" (मैंने इसे कार के हुड पर रखा था, लेकिन जब अंदर आई तो लेना भूल गई।)

इसका मतलब है कि मैं झाँसी की रानी की तरह तेज चला रही थी और मेरी कार के ऊपर तकिया लहरा रहा था! परमेश्वर! यह एहसास होते ही बहुत शर्मिंदगी और प्रताड़ना हुई। मैंने उसका शुक्रिया अदा करने का मन बनाया, हालाँकि स्कूटरवाला रोमियो अचानक घोस्ट राइडर के निकोलस केज में बदल गया था, हालाँकि नरक वाला सीन शामिल नहीं था। मैंने उसे मुसकराकर देखा, जो उसने सोचा होगा कि वह लाख-लाख मुसकराहट थी, लेकिन मुझे पता था कि मैं बहुत शर्मिंदा थी, ओह! नहीं, मैं कैसे मुसकरा सकती हूँ?

भगवान् का शुक्र है, मैंने धूप के चश्मे पहन रखे थे। भले ही आप भीतर से शर्मिंदा हों, पर ऊपर से कूल ही दिखते हैं।

□

बंपिटी बंप

मेरे जीवन में दो बार मुझे डॉक्टर द्वारा कठोर आदेशों के साथ बिस्तर पर रहने के आदेश दिए गए हैं, सिर्फ आवश्यक गतिविधियों को छोड़कर बिस्तर न छोड़ा जाए। यह मेरे दोनों गर्भधारण के समय था। दोनों बार डॉक्टरों का मानना था कि बच्चे को ज्यादा वजन नहीं मिलेगा, क्योंकि मैं बहुत सक्रिय थी; और इसलिए मुझे करीब दस हफ्तों तक बिस्तर पर ही रहना होगा। जब स्वास्थ्य की बात आती है, खासकर मेरे बच्चों के स्वास्थ्य के लिए, तो मैं ईमानदार रहती हूँ। मैंने एक अच्छी लड़की की तरह चिकित्सक के निर्देशों का पालन किया और बिस्तर से बिल्कुल भी नहीं उठी।

अपनी पहली गर्भावस्था में मैं केरल में अपने माता-पिता के साथ रह रही थी, क्योंकि मेरे पति की जो नौकरी थी, उसमें विदेशों में बहुत व्यस्त यात्रा की सारणी थी। वे ऐसे दिन थे, जब कोई स्मार्टफोन नहीं था और कोई भी इंटरनेट नहीं था। जैसे ही डॉक्टर ने घोषणा की कि मुझे बिस्तर पर ही रहने की जरूरत है, मैंने जोर दिया कि मेरे लोग मुझे पुस्तकालय में ले जाएँ, ताकि मैं दस पुस्तकों का पूरा कोटा ले सकूँ, जो मुझे कम-से-कम दो सप्ताह तक चाहिए। उसके बाद जब मैं अपने नियमित चेकअप के लिए जाऊँगी तो मैं अपना स्टॉक फिर से भर लूँगी—मैंने पहले से ही खतरनाक 'बिस्तर पर आराम' करते हुए जीवित रहने की रणनीति तैयार की थी, जो कि सबसे बुरी तरह की यातना है; क्योंकि मैं एक ऐसी महिला हूँ, जो सिर्फ बैठ नहीं सकती। मेरे माता-पिता सभी माता-पिता की तरह चाहते थे कि मैं घर जाऊँ, अपनी आँखों को बंद करूँ और बिस्तर पर लेटकर आराम करूँ।

मैंने अपने शरीर में हर गर्भवती हड्डी के साथ विरोध किया। डॉक्टर ने मुझे शारीरिक रूप से आराम करने के लिए कहा था—मेरे दिमाग को नहीं। यदि मैं कुछ भी न करूँ और लेटी रहूँ तो मैं नाखुश रहूँगी—और क्या गर्भवती महिला को खुश

नहीं रहना चाहिए? अन्यथा क्या यह बच्चे के स्वभाव के लिए गलत नहीं होगा? बेशक, उस आखिरी तर्क ने काम किया। डैड मुझे कार में लाइब्रेरी ले आए। मम्मी ने पुरानी इमारत के पहले तल तक साथ चलने को कहा तो मैंने इनकार कर दिया और उन्हें दिलासा भरी मुसकान दी। वे पार्किंग न होने की स्थिति में कार में ही प्रतीक्षा कर रहे थे और मैं पूरे आत्मविश्वास से सीढ़ियाँ चढ़ रही थी, पर वे तो मेरी सोच से ज्यादा कठिन निकलीं। मुझे भी चढ़ने की जिद थी, पीछे कैसे हटती। किसी तरह 'तीन छोटे सूअरों' वाली कहानी के भेड़िए की तरह हाँफते हुए ऊपर पहुँची। तब सात महीने का गर्भ था।

माथे पर आई पसीने की पतली तह के साथ पुस्तकालय में पहुँची तो ठोकर खा गई। मेरी हथेलियाँ पसीने से चिपचिपी हो रही थीं, मेरी दृष्टि में, मेरी राह में सबकुछ लुप्त हो रहा था। तभी मैं पुस्तकालय की मेज पर झुकी और बेहोश हो गई। सौभाग्य से मुझे एहसास हुआ कि क्या हो रहा है और मुझे लकड़ी के स्टूल पर बैठना था, जो बेहोश होने से कुछ क्षण पहले मैंने देखा था।

बेचारा एक आदमी—जो बहुत ही शांत था, जैसे अधिकांश पुस्तकाधिकारी होते हैं—एकदम से घबरा गया, जब उसने एक महिला को गिरते देखा, जो स्पष्ट रूप से गर्भवती थी। जब मैं चेतना में आई, मैंने अपने पिताजी, मेरी माँ और एक बहुत ही पीला-सा चेहरा लिये सामने खड़ा हुआ लाइब्रेरियन, जो अपने चश्मे से मुझे देख रहा था, को भी देखा। उनके चेहरे पर डर, झटका और राहत—सभी एक ही समय में नजर आए। उसने मुझे ऐसे किसी व्यक्ति की याद दिला दी, जिसे कब्ज के बाद राहत मिली हो। मुझे हँसी आ गई, ऐसे जैसे हँसते हुए मैं फट जाऊँगी। आप कल्पना कर सकते हैं मेरे माता-पिता की प्रतिक्रिया थी! अतिरिक्त मनोरंजन के लिए आप लाइब्रेरियन की प्रतिक्रिया की कल्पना भी कर सकते हैं।

बेचारा एक आदमी—जो बहुत ही शांत था, जैसे अधिकांश पुस्तकाधिकारी होते हैं—एकदम से घबरा गया, जब उसने एक महिला को गिरते देखा, जो स्पष्ट रूप से गर्भवती थी। जब मैं चेतना में आई, मैंने अपने पिताजी, मेरी माँ और एक बहुत ही पीला-सा चेहरा लिये सामने खड़ा हुआ लाइब्रेरियन, जो अपने चश्मे से मुझे देख रहा था, को भी देखा। उनके चेहरे पर डर, झटका और राहत—सभी एक ही समय में नजर आए।

हमें एक आंतरिक स्विच शुरू करना होता है, जब आप कुछ सुनना नहीं

चाहते हैं। जब मैं अपने बच्चों को अपने दिमाग के अंत तक पहुँचने के बाद चिल्लाती हूँ, क्योंकि उन्होंने याद दिलाने के बावजूद अपने कमरे को साफ नहीं किया है, या अपने होमवर्क या किसी भी तरह का काम नहीं किया है तो वे कहते हैं कि वे इस स्विच को चालू करते हैं तो फिर जो कुछ मैं कह रही हूँ, उन्हें सुनना नहीं है। उन्होंने मुझसे इस स्विच को विरासत में ले लिया होगा, क्योंकि उस दिन पुस्तकालय में मैंने भी यही किया था और मैंने अपना स्विच फिर से चालू कर दिया था, जब मेरे माता-पिता ने कहा कि वे जो कुछ कह रहे थे, सुन लिया तो मैंने शांति से पूछा कि क्या मैं अपनी किताबें ले लूँ?

आप शर्त लगा सकते हैं कि मुझे अपना रास्ता मिल गया था। मैं बहुत स्थिर हूँ। लाइब्रेरियन स्वेच्छा से सहमत हुए। मुझे यकीन है कि वह मेरा चेहरा फिर से नहीं देखना चाहता था और उसे उनकी मेज पर गिरनेवाली कई गर्भवती महिलाओं के दुःस्वप्न आते होंगे।

मैं उस दिन बीस पुस्तकों के साथ घर आई। अब हर बार जब मैं केरल जाती हूँ और उस पुस्तकालय के पास से गुजरती हूँ तो मेरी माँ मुझसे पूछती हैं, “क्या तुम पुस्तकें उधार लेना चाहती हो?” और हम तेजी से हँस पड़ते हैं।

□

आपके लिए एक उपहार

क्या आपने कभी सोचा है कि आपको आपकी प्रेमिका या पत्नी को क्या उपहार देना चाहिए? या क्या आपको यह सोचने में परेशानी हो रही है कि 'शायद आप उसकी तरफ आकर्षित हों या यह प्यार है, आपको यकीन नहीं?' या क्या आपने एक उम्र बिता दी है, यह तय करने में कि आपको अपने सबसे अच्छे दोस्त को उपहार में क्या देना चाहिए, जिसके पास सबकुछ है? यदि आपके साथ ऐसा होता है तो इस क्लब में आपका स्वागत है। आप अकेले नहीं हैं।

सही उपहार चुनना आसान नहीं है। न केवल आपको दूसरे व्यक्ति को अच्छी तरह से जानना है, बल्कि आपको सही उपहार लेने के लिए अतिरिक्त मील जाने के लिए तैयार भी होना चाहिए। हालाँकि कई ऑनलाइन विकल्प हैं, लेकिन जब तक कोई बहुत ही कठोर देखने के लिए तैयार नहीं है, यह जोखिम रहता है कि कुछ अनावश्यक या बदतर न आ जाए!

हम उस विशेष व्यक्ति के लिए अपने प्यार को व्यक्त करने के तरीकों में से एक उपहार के माध्यम को भी ले सकते हैं। यह पशु साम्राज्य से बहुत अधिक अलग नहीं है। पशु साम्राज्यों के दौरान पुरुषों की प्रजाति ने हमेशा महिलाओं को लुभाया है। पशु साम्राज्य में समागम की रस्में आकर्षक हैं। एक पुरुष टिड्डी अपने प्रदर्शनों की सूची में 400 से ज्यादा गाने रखता है। मुझे लगता है कि एल्विस प्रेस्ली और हिमेश रेशमिया को एक साथ रखा जाने के लिए यह काफी है; हालाँकि जो बेहद जटिल है, उनके अपर्याप्त आकर्षण के परिसर में। नर ब्लू व्हेल मादा ब्लू व्हेल को आकर्षित करने के लिए कम आवृत्ति की दोहराई जानेवाली आवाजें निकालता है। आवाज करनेवाला झींगुर एक अजीब प्रेम संगमन अनुष्ठान के लिए जाना जाता है। मादाएँ अपने भागीदारों को मुँह से खा जाने की कोशिश करती हैं, जब वे प्रेम-लीला करते हैं—पहले या उसके बाद या समागम के दौरान और नर सावधानी व

गति के संयोजन के माध्यम से खुद को बचाने की कोशिश करते हैं तथा प्रेमालाप में कामयाब हो जाते हैं।

बिच्छू मक्खी की तरह कुछ नर कीड़े मादाओं को भोजन के छोटे पैकेट उपहार में देते हैं। कभी-कभी वे पैकेट रिक्त होते हैं। वे केवल ध्यान भटकाने के लिए होते हैं। मादाएँ उपहार खोलने की कोशिश करती हैं, नर उनके साथ प्रेमागमन करता है। दुष्ट—कितने चतुर होते हैं वे!

मुझे अपने कॉलेज के दिनों का मेरी सहेली माया से जुड़ा एक वाकया याद आया। हम कॉलेज में थे और मैं उस समय अपने छात्रावास में रहती थी। छात्रावास में रहकर आप सभी प्रकार के अवसरों को माता-पिता की छिपी आँखों से दूर रख सकते हैं। एक चचेरे भाई या परिवार के सदस्य के रूप में एक प्रेमी को अंदर बुलाना एक टकीला शॉट के जितना आसान होता है। यह केवल पहली बार ही डराता है। उसके बाद आपको आसान लगता है।

उसका प्रेमी एक सुबह आया और उसे चालीस प्यारे से टैडी भालू उपहार में दिए। चालीस! वह विश्वास नहीं कर पा रही थी। इससे पहले कभी उसने उसे कोई उपहार नहीं दिया था और वह बहुत प्यारा था। वह उन सभी को एक बॉक्स में लाया था और उस सुबह उसे उसके लिए छोड़ दिया था। उसे सुबह एक महत्त्वपूर्ण बैठक के लिए जाना पड़ा। एक सॉफ्टवेयर कंपनी में नौकरी करती थी, जबकि हम कॉलेज के हमारे आखिरी वर्ष में थे। उन्होंने एक नोट छोड़ दिया था कि वे शाम को वापस आएँगे।

उसका प्रेमी एक सुबह आया और उसे चालीस प्यारे से टैडी भालू उपहार में दिए। चालीस! वह विश्वास नहीं कर पा रही थी। इससे पहले कभी उसनें उसे कोई उपहार नहीं दिया था और वह बहुत प्यारा था। वह उन सभी को एक बॉक्स में लाया था और उस सुबह उसे उसके लिए छोड़ दिया था। उसे सुबह एक महत्त्वपूर्ण बैठक के लिए जाना पड़ा। वह एक सॉफ्टवेयर कंपनी में नौकरी करती थी, जबकि हम कॉलेज के हमारे आखिरी वर्ष में थे। उन्होंने एक नोट छोड़ दिया था कि वे शाम को वापस आएँगे।

माया खुश थी। नरम खिलौने हमेशा महिलाओं को अच्छे लगते हैं, चाहे उनकी उम्र कोई भी हो—और उनमें भी चालीस! उस बॉक्स में अविश्वसनीय थे। हम सब उसके चारों ओर इकट्ठे हुए, प्यारे-प्यारे भालुओं की प्रशंसा करते हुए। उनमें से कुछ ने उनसे एक लेने के लिए पूछा और माया ने उदार आत्मा के रूप में उन सब

में बाँटना शुरू किया, जो उस समय उसकी नजरों में अच्छी थीं और जो भी माँग रही थीं, जल्द ही उसके पास लगभग ग्यारह भालू रह गए और वह उनके साथ संतुष्ट थी। आखिरकार, वह चालीस एक समान भालुओं के साथ क्या करेगी, जो कि केवल रंग में ही भिन्न हैं ?

उसका प्रेमी शाम को आया था, जैसा उसने वादा किया था। माया मुसकरा रही थी। वह भी बहुत खुश था।

"तो क्या तुम्हें तोहफा पसंद आया ? और क्या तुम्हारी सहेलियों ने उसे पसंद किया ?"

"आप कैसे जानते थे कि मैं उन्हें अपनी सहेलियों को दे दूँगी ?"

"ओह ! मैं तुम महिलाओं को जानता हूँ।" उन्होंने हाथ हवा में लहराकर जवाब दिया। वह संतोषपूर्वक मुसकराई। उन्होंने चुप्पी का आनंद लिया, जो केवल एक-दूसरे के साथ आराम से दो लोग ले सकते हैं। उसने अपना सिर उनके कंधे पर रख दिया।

फिर उसने कहा, "तो पैसा कहाँ है ?"

"कौन-सा पैसा ?" उसने पूछा।

"टेडी भालू के लिए पैसा।" उन्होंने कहा।

"मैंने उन्हें तुम्हारे पास तुम्हारी सहेलियों को बेचने के लिए छोड़ दिया था। मुझे पता था कि तुम्हारी सहेलियाँ उन्हें पसंद करेंगी। मेरे दोस्त ने एक नया गिफ्ट स्टोर शुरू किया है।"

हम दोनों को यह नहीं पता था कि क्या कहना है ? हमें यह समझने के लिए काफी दिमाग लगाना पड़ा कि क्या वह मजाक कर रहा था ?

नहीं, वह मजाक नहीं था।

आप कल्पना कर सकते हैं कि इसके बाद क्या हुआ होगा ?

□

दो समुद्री घोड़ों की कहानी

हर शनिवार मेरा कॉलम 'सेक्स और सिटी', 'फाइनेंशियल क्रॉनिकल' में प्रकाशित होता है (इसे अब 'स्लाइस ऑफ लाइफ' कहा जाता है)। इस कॉलम को लिखने के लिए मैंने काफी कुछ शोध किया है और आज मुझे समुद्री घोड़ों के बारे में बहुत कुछ पता चला। मुझे यह पता चलने में खुशी हो रही थी कि समुद्री घोड़ों में ये नर होते हैं, जो बच्चों को जनते हैं। मादा अपने अंडों को नर की थैली में जमा करती हैं और जब तक वे निकलने के लिए तैयार नहीं होते, तब तक वे उन्हें रखते हैं।

अपना कॉलम लिखने के बाद मैं वापस बैठी और एक परिदृश्य की कल्पना की कि एक बार में दो समुद्री घोड़े बैठे हैं और मैंने उन दोनों के बीच वार्त्तालाप को लिखने का फैसला किया, जो मजे के लिए और खुद का मनोरंजन करने के लिए था।

यहाँ मैंने जो कल्पना की है, वह ऐसी थी—

प्रशांत महासागर की गहराई में प्रवाल भित्तियों के बीच दो समुद्री घोड़े समुद्र के तल पर मिलते हैं। वह नीली-शैवाल मार्गरीता की नर्सिंग कर रही है, जबकि वह उसके ऊपर तैरता है। वह उसे देखती है और नजरें पलट लेती है। वह उदासीन होने का नाटक करती है। वह उसकी आँखों के कोने के माध्यम से उसे जाँचती है। यद्यपि वह देखता है और ज्यादा करीब हो जाता है

"मेरी गुफा में वापस आना चाहती हो? हाँ या न?"

कैसा दु:साहसी, वह सोचती है और उच्चारण के साथ क्या है, वह शायद अमेरिकी है या वह कॉल सेंटर पर काम करता है। वह यद्यपि तत्काल इनकार नहीं करती। वह अपनी रीढ़ की हड्डी खड़ी करती है और प्रवाल भित्ति बार के स्टूल पर कुछ सीधे बैठती है।

"क्षमा कीजिए! मैंने उनसे कहीं ज्यादा अच्छी लाइनें सुनी हैं।"

लेकिन वह आसानी से डरनेवाला नहीं है।

"मेरे पास एक अच्छी तंग पाउच है और मैं बहुत ज्यादा चार्ज नहीं करता।" वह फिर से कोशिश करता है।

"चार्ज? मैं पाउच के लिए बाजार में नहीं हूँ। पाउच में मुझे बहुत ज्यादा दिलचस्पी नहीं है। मैंने बहुत से देखे हैं।"

उसका जवाब बहुत जल्दी आता है।

"ठीक है, चलें तो नाचें? आपके पास एक अच्छी पूँछ है। जब मैं अंदर गया था तो मैं उसे देख रहा था।"

वह मुसकरा देती है।

"आप किस तरह का नृत्य करते हैं?"

"घोड़े का दौरा यह लोमड़ी की तरह है, लेकिन समुद्री घोड़ों के लिए। मैं तुम्हें सिखाऊँगा और तुम यदि भाग्यशाली हो तो बाद में मेरा पाउच देख सकती हो।"

वह विश्वास नहीं कर सकती कि वह कितनी प्रबल है।

"मैं घोड़ा नृत्य के अंतरराष्ट्रीय अकादमी में काम करती हूँ। मैं तुम्हें सिखा सकती हूँ; लेकिन मुझे नहीं लगता है कि तुम मेरा भुगतान कर सकते हो मिस्टर, और मैं पाउच देखना नहीं चाहती हूँ।"

"तो बस, नृत्य करने के लिए नृत्य करें? मैं हमारे समागम अनुष्ठान का अभ्यास करना चाहता हूँ!"

"उम्म"नहीं, दिलचस्पी नहीं है। मैं अपनी ऐंठन खोलने के लिए यहाँ आई थी। नृत्य मेरे लिए काम है।"

सुश्री समुद्री घोड़ी शैवाल पट्टी पर अन्य घोड़ों की जाँच करना शुरू करती हैं, "तुम्हारी पसंदीदा प्रेम मिलाप करने की स्थिति क्या है?"

"मैं तुम्हें ऐसे क्यों बताना चाहूँगी?"

श्री समुद्री घोड़े ने अपने सातवें शॉट को फेंका।

"मैं घोड़ा नृत्य के अंतरराष्ट्रीय अकादमी में काम करती हूँ। मैं तुम्हें सिखा सकती हूँ; लेकिन मुझे नहीं लगता है कि तुम मेरा भुगतान कर सकते हो मिस्टर, और मैं पाउच देखना नहीं चाहती हूँ।"
"तो बस, नृत्य करने के लिए नृत्य करें? मैं हमारे समागम अनुष्ठान का अभ्यास करना चाहता हूँ!"
"उम्म"नहीं, दिलचस्पी नहीं है। मैं अपनी ऐंठन खोलने के लिए यहाँ आई थी। नृत्य मेरे लिए काम है।"

"मुझे घोड़ी के जैसा तरीका पसंद है···या कुत्ते की शैली की तरह भी ठीक है, लेकिन हमारे लिए?"

सुश्री समुद्री घोड़ी उठती है और बाउंसर (एक ऑर्का व्हेल) को देखती है तथा इशारों से उसकी आँखों में देखती है।

बाउंसर अंदर आती है।

वह अपने जीवन के लिए तैरती है। अपनी प्यारी पूँछ को बुरी तरह से लहरा रही है, जितनी जल्दी हो सके, उतनी दूर हो रही है।

श्री समुद्री घोड़े घबराए हुए हैं। वह अपने पुरुष मित्र से पूछता है कि उसके पास पूँछ क्यों नहीं है? आखिरी बात, जो मैंने सुनी है, वह अभी भी पूछ रहा था। □

हँसी का दौरा

क्या आपको कभी हँसी का दौरा पड़ा है? क्या आप बिना किसी कारण के एक पागल की तरह कभी हँसे हैं? और फिर जब आप उस अवस्था में होते हैं, सबकुछ, हर छोटी-छोटी चीज, जो बहुत साधारण होती है, वास्तव में अजीब लगने लगती है और आप हँसी नहीं रोक पाते। यह ऐसी हालत होती है जैसे थोड़े से नशे में हों, सिवाय इसके कि आप पूरी तरह से शांत हैं और अपनी इंद्रियों के काबू में हैं; लेकिन आपकी पसलियाँ स्वत: गुदगुदाने लगती हैं, जैसे एक कंप्यूटर, जो एक जगह रुका हुआ है। आप हँसते-हँसते असहाय-से पलटते हैं अपनी कमर को पकड़कर। आँखों में आँसू आ जाते हैं और हँसते हुए हालाँकि आपका पेट दर्द होने लगता है।

मेरी एक दोस्त और मैं इस अवस्था में कई बार मिले हैं। वह मेरे बगल में स्थित अपार्टमेंट में छठी मंजिल पर रहती थी। हमारे बच्चों व पति के स्कूल और काम के लिए चले जाने के कुछ घंटों के बाद हम अपनी संबंधित बालकनियों पर खड़ी होती थीं, जो एक-दूसरे के निकट थीं। चाय के प्याले के साथ बातें करती थीं। हमारे अपार्टमेंट कॉम्प्लेक्स दफ्तरों की पॉश इमारतों के एक समूह के पीछे स्थित थे, जो कई सॉफ्टवेयर दिग्गजों और बहुराष्ट्रीय कंपनियों द्वारा बनाए गए थे। इसलिए यहाँ हमेशा एक युवा वर्ग घूमता था, जो ब्रेक लेते थे। मेरी सहेली बहुत अच्छे दिखनेवाले लोगों को चुनती और मुझे दिखाती व कहती, "वह तुम्हारा है और वह मेरा है।" मैं देखती थी कि उसने किसे चुना और हम स्कूल की बेवकूफ लड़कियों की तरह हँसते थे। दो बच्चों की अनुमानित रूप से जिम्मेदार माँ से दूर, जो हम थीं।

एक दोपहर वह दीवानावार मेरे घर की घंटी बजाने लगी। उसके घर में रसोई गैस सिलेंडर अभी खत्म हो गया था। अगर आप भारत में रहते हैं तो यह जान लेंगे कि यह एक बड़ी आपदा है। भारत में अधिकांश जगह एल.पी.जी. सिलेंडर का

इस्तेमाल करते हैं और अभी तक पाइप लाइन नहीं आई है। आप शायद यह भी जानते होंगे कि कभी-कभी एक नए सिलेंडर की सफेद प्लास्टिक की टोपी खोलने में बहुत मुश्किल हो सकती है, जो नायलॉन स्ट्रिंग से जुड़ी होती है, जो आपका हाथ भी काट सकती है, यदि आप बहुत सावधान नहीं हैं या यदि आपने बहुत जोर लगाया है।

मेरे पास एक अतिरिक्त सिलेंडर था और हम दोनों उसको उसके घर में ले जाने में कामयाब रहे। फिर दूसरा भाग आया। हमने उसे खोलने की कोशिश की। हमने नायलॉन थैली को खींचा, पर टोपी एक इंच भी नहीं हिली। उसने फिर से कोशिश की और फिर मैंने वही किया। हमने कम-से-कम पंद्रह मिनटों की कोशिश की और फिर छोड़ दिया। यह सिर्फ हिलनेवाली बात नहीं थी। उसे इसे जोड़ने की जरूरत थी, क्योंकि शाम को उसकी सास और अपने पति की तरफ से परिवार के कुछ लोगों के आने की उम्मीद थी।

"मर्फी का नियम।" मैंने कहा।

"हाँ, और यह एक भयंकर दिन होगा! यह केवल आज ही होना था।" उसने सहमति व्यक्त की।

हमने उसे एक बार फिर से खोलने की कोशिश की, पर हम असफल हो गए। हम इस बात पर सहमत हुए कि हमें इस काम के लिए एक आदमी की जरूरत है। चूँकि हम दोनों के पति काम पर थे, इसलिए सातवीं मंजिल पर जाना एकमात्र विकल्प था। सातवीं मंजिल पर पेंटा हाउस थे और बहुत से पॉश दफ्तरों के सर्विस अपार्टमेंट थे। वहाँ देखभालकर्ताओं की तुलना में हमारी मदद करने के लिए कौन बेहतर है ? तो हम ऊपर गए और उस आदमी से पूछा, जिसने दरवाजा खोल दिया था कि क्या वह हमारी सहायता कर सकता है ?

हमने उसे एक बार फिर से खोलने की कोशिश की, पर हम असफल हो गए। हम इस बात पर सहमत हुए कि हमें इस काम के लिए एक आदमी की जरूरत है। चूँकि हम दोनों के पति काम पर थे, इसलिए सातवीं मंजिल पर जाना एकमात्र विकल्प था। सातवीं मंजिल पर पेंटा हाउस थे और बहुत से पॉश दफ्तरों के सर्विस अपार्टमेंट थे।

दो महिलाएँ संकट में मदद के लिए पूछ रही हैं। मुझे लगता है कि यह अधिकांश पुरुषों को मदद करने के लिए प्रेरित करेगा और ज्यादातर पुरुष मदद करेंगे। इतना स्मार्ट दिखनेवाला व्यक्ति कोई अलग नहीं था और वह हमारे साथ नीचे आया था। हमने सिलेंडर को दिखाया और उसने स्ट्रिंग को खींचना शुरू कर दिया। वह वास्तव में कड़ी मेहनत की कोशिश कर रहा था और उसका चेहरा इतनी मेहनत की वजह

से पीला पड़ गया था। मेरी सहेली को उसका संघर्ष देखकर एक हँसी का दौरा पड़ गया था। वह रसोई से बाहर भाग गई और मैं उसे अपनी पीठ के पीछे सोफे पर लगभग गिरता हुआ देख सकती थी। मैं हँसी को रोकने के लिए उसके मुँह में एक रूमाल को ठुँसते देख सकती थी।

हँसी सचमुच संक्रामक होती है और उसका वह व्यवहार मुझ पर भी असर कर रहा था। मैंने अपनी हँसी को दबाने की कोशिश की, जबकि उस बेचारे ने संघर्ष किया और गिर गया। मैं अपनी हँसी अब और नहीं रोक सकती थी। मैं बहुत शर्मिंदा थी, क्योंकि लड़का सोच रहा होगा कि हम उस पर हँस रहे थे। हालाँकि सच यही है। कहा जा सकता है कि हम वास्तव में उस पर हँस रहे थे, लेकिन हम नहीं चाहते थे कि उसे ऐसा समझ आए।

वह झुकता तो उसे देखकर मेरी सहेली और जोर से हँसती। इससे मुझे और अधिक हँसी आ गई। मैंने अचानक कहा, "यह गैस सिलेंडर आसानी से नहीं खुलता। यह सिल्वेस्टर स्टेलोन जितना मजबूत है।" और हम दोनों जोर से हँसी की गड़गड़ाहट में फँस गए थे, जैसे कि यह पृथ्वी पर सबसे मजेदार बात थी, उस दिन हमारी हँसी से विस्फोट हो सकता था।

उस आदमी ने हमें एक बेरुखी अभिव्यक्ति के साथ देखा। वह मुसकान भी नहीं दे रहा था। शायद उसने यह निष्कर्ष निकाला कि हम पागल हो गए थे और कहा, "मैडम, हमसे नहीं होगा। मैं अपने बॉस को बुलाऊँगा।" मैं उसे धन्यवाद करने में कामयाब रही।

उस आदमी ने हमें एक बेरुखी अभिव्यक्ति के साथ देखा। वह मुसकान भी नहीं दे रहा था। शायद उसने यह निष्कर्ष निकाला कि हम पागल हो गए थे और कहा, "मैडम, हमसे नहीं होगा। मैं अपने बॉस को बुलाऊँगा।"

मैं उसे धन्यवाद करने में कामयाब रही।

मैंने अपनी सहेली को गंभीर दुष्परिणामों के साथ डराने की कोशिश की (जिसमें बालकनी पर चाय पीने के वक्त वार्त्तालाप करने का सत्र रोकना शामिल था), अगर वह बॉस आया तो अपनी हँसी को थोड़ा काबू में रखना है और दो मिनट के बाद उसके मालिक हमारी मदद करने के लिए आ पहुँचे।

हमने फिर से उस जिद्दी सिलेंडर के बारे में बताया। वे झुके और तार खींचा और उस पल वहाँ एक अलग ध्वनि विस्तृत हुई—'पर्रर्रर्रर्र'। आज तक मुझे पता नहीं चल पाया है कि वह उनकी पतलून की आवाज थी या उनकी गैस निकल गई

थी (वह आवाज सिलेंडर से तो बिल्कुल नहीं आई थी), बिल्कुल एक ही समय में तार खिंच गया था और वह आदमी विजयी हो गया। पूरा मिशन आखिर कामयाब रहा। इस प्रकरण में हमें फिर से हँसी का दौरा पड़ गया। उनके मालिक ने सोचा होगा कि हम आनंद में हँस रहे थे और हमने उन्हें मदद करने के लिए धन्यवाद किया।

जब वह बाहर निकला, हम हँसते-हँसते फर्श पर गिर गए और मुझे यकीन है कि उसने हमें सुन लिया होगा। मैंने तुरंत उसे बताया कि वह उसका था (और मेरा नहीं, मैंने जोर दिया), क्योंकि उसने उसकी मदद की थी।

एक तथ्य के लिए मैं बिल्कुल सुनिश्चित थी कि वे दोनों उस दिन से हमसे बचते थे, क्योंकि उस दिन के बाद दोनों नजर फेर लेते थे, अगर वे लॉबी में हमसे टकरा गए या लिफ्ट के लिए अथवा पार्किंग स्थल पर प्रतीक्षा करते हुए।

मैं अब दूसरी जगह पर चली गई थी और जब मैं उसे इन दिनों फोन करती हूँ तो सिर्फ यह पूछती हूँ, "पेंटा हाउस में तुम्हारा बॉस कैसा है?" बस, हमें हँसी व ठहाकों के दौर पर भेजने के लिए इतना ही पर्याप्त है।

आप महसूस नहीं कर पाते हैं, जब ऐसा होता है; लेकिन कभी कभी जीवन में यह ऐसा अप्रत्याशित उपहार होता है, जो दोस्तों के साथ हँसनेवाले सत्र जैसा होता है, जिसको आप लंबे समय तक प्यार से याद करते हैं, चाहे उस क्षण को बीते वर्षों गुजर गए हों।

□

एक फ्लॉपी की कहानी

'90 के दशक के शुरुआती दिनों में भारत में इंटरनेट उतना व्यापक नहीं था, जितना कि अब है। तकनीकी क्रांति अभी तक नहीं आई थी और 'फ्लॉपी' का अर्थ एक डिस्क था और वह नहीं, जो अब शहरी शब्दकोशों के आधार पर समझाया जाता है। कंप्यूटर पाठ्यक्रमों को भविष्य के पाठ्यक्रम के रूप में सम्मानित किया गया था।

मैं एक कंप्यूटर शिक्षा केंद्र में काम कर रही थी और प्लेसमेंट का काम देखती थी। हम अपनी बैठकों के लिए मुद्रित रिपोर्टों पर भरोसा करते थे और मुझे अगले दिन एक रिपोर्ट बनानी थी, जिसे सभी केंद्रों की मासिक बैठक में जमा करना होता था।

वह एक महत्त्वपूर्ण रिपोर्ट थी। मैं प्रिंटआउट लेने के लिए बहुत जल्दी में थी। केंद्र में छात्रों द्वारा अनधिकृत उपयोग को रोकने के लिए डॉट मैट्रिक्स प्रिंटर, जो केंद्र महाप्रबंधक की डेस्क के बगल में स्थित था और उनके द्वारा बहुत सावधानी से रखा गया था। उस दिन कुछ परीक्षाएँ चल रही थीं और मुझे एक भी कंप्यूटर काम करने के लिए खाली नहीं मिला। उस समय लैपटॉप एक बड़ी लक्जरी थी, आज की तरह नहीं। मुझे नहीं पता था कि क्या करना है ? अंत में संकाय सदस्यों में से एक ने मुझे बताया कि वह अपने कंप्यूटर को करीब पंद्रह मिनट तक छोड़ सकता है और मैं उस पर काम कर सकती हूँ। मैं मौका पाकर बेसब्री से कूद गई काम करने, जैसे राजनेता बोलने का मौका मिलने पर माइक को पकड़ लेते हैं।

चूँकि मैं जिस कंप्यूटर पर काम कर रही थी, उसके पास प्रिंटर जुड़ा नहीं था, इसलिए मैंने एक सामग्री को फ्लॉपी में रख दिया और उसे प्रिंटर से जुड़ी हुई मशीन पर ले गई, जिस पर एक अन्य संकाय सदस्य ने फिर से कब्जा कर लिया था। मैंने एक लंबे समय के लिए इंतजार किया। अंत में उसने कहा कि वंह धूम्रपान के लिए बाहर जा रहा था और उसने लॉग आउट किया।

मुझे राहत मिली कि मैं अपनी रिपोर्ट मुद्रित कर सकती थी। मैं उसका प्रिंटआउट लेने के लिए उपयोग करने के लिए बैठ गई। मैंने फ्लॉपी अंदर डाल दी, किंतु वह अंदर नहीं गई। वह एक पुरानी मशीन थी, इसलिए मैंने उसे थोड़ा जोर से अंदर धकेला और वह अंदर गई। मैंने उस आइकन पर क्लिक किया, जिसने फ्लॉपी ड्राइव दिखाया। उसी पल स्क्रीन फड़फड़ाई और सब गायब हो गया। मुझे समझ नहीं आ रहा था कि मैं क्या करूँ? मैंने अपने डेटा को पुन:प्राप्त करने की कोशिश की, पर यह व्यर्थ था। हर गुजरते मिनट में मेरी आशाएँ, घर के लिए ट्रेन पकड़ने की, कुचलती गईं। मुझे देर हो जाएगी। यह एक लंबा दिन था।

महाप्रबंधक, श्री शाह, एक विशाल व्यक्तित्व के स्वामी थे। लंबे व गहरे रंग के, भारी शरीर के साथ उनकी लंबी मूँछें भी थीं। सामान्य दिनों में ही वह लोगों को धमका देते थे। ऐसे ही एक दिन पर मुझे नहीं पता था कि अगर मैं इस समस्या से उनके पास गई तो वह कैसे प्रतिक्रिया करेंगे? लंदन के मौसम की तरह लोगों के लिए उनकी प्रतिक्रियाएँ भी अप्रत्याशित होती थीं; लेकिन उस दिन वह वास्तव में मेरी मदद करने के लिए उत्सुक थे। शायद यह इसलिए था, क्योंकि उसने देखा कि मैं कितनी परेशान थी। मेरे आँसू बस निकलने ही वाले थे और प्रिंटआउट प्राप्त न करने के लिए मैं बहुत निराश हो चुकी थी। मेरी घड़ी द्वारा एक त्वरित नजर से मुझे बताया गया था कि मेरी ट्रेन आज छूट चुकी है।

श्री शाह ने मुझसे कहा कि मैं चिंता न करूँ। वे मेरे कंप्यूटर पर आए और मेरे डेटा को पुन:प्राप्त करने का प्रयास किया, लेकिन वह भी विफल रहे। फिर जो व्यक्ति धूम्रपान के लिए गया था, वापस आ गया। ऐसा माना जाता था कि वह एक विशेषज्ञ था। वह भी कोशिश कर रहा था और हैरान था।

श्री शाह ने मुझसे कहा कि मैं चिंता न करूँ। वे मेरे कंप्यूटर पर आए और मेरे डेटा को पुन:प्राप्त करने का प्रयास किया, लेकिन वह भी विफल रहे। फिर जो व्यक्ति धूम्रपान के लिए गया था, वापस आ गया। ऐसा माना जाता था कि वह एक विशेषज्ञ था। वह भी कोशिश कर रहा था और हैरान था।

उसने फिर मुझसे पूछा कि वास्तव में क्या हुआ था और जब मैंने उसे बताया तो उसने कहा कि हम एक बार फिर फ्लॉपी डालने और कंप्यूटर को चालू करने की कोशिश कर सकते हैं।

यह कहने के साथ उसने बेदखल करने का बटन दबाया। फ्लॉपी शायद फँस गई थी। उसने हाथ से उसे लेने की कोशिश की, लेकिन वह जाम हो गई थी। मेरा मन

कर रहा था कि अपने बाल नोच लूँ, लेकिन महाप्रबंधक पूरी लगन से कोशिश कर रहे थे कि मुझे अपना प्रिंटआउट मिलना चाहिए। इसलिए उन्होंने हार्डवेयर इंजीनियर को बुलाया। संकाय सदस्य, जिसने मुझे मशीन का इस्तेमाल करने की इजाजत दी थी, मुझे देख रहा था और मैंने उसे बहुत दु:खी तरीके से देखा। मुझे अफसोस था कि मेरे काम के कारण अब उसका काम नहीं हो रहा था।

हार्डवेयर इंजीनियर आया और उसने मशीन को खोला। उसने पाया कि समस्या क्या थी!

उसने अपने सिर को खरोंचकर कहा, "आप इस दुनिया में कैसे इसका प्रबंधन करते हैं?"

वह मेरे जीवन के सबसे शर्मनाक क्षणों में से एक था। मैं चाहती थी कि पृथ्वी फट जाए और मुझे निगल जाए! मशीन में पहले से ही मौजूद फ्लॉपी के अलावा मैंने अपनी फ्लॉपी भी उसमें डाल दी थी। अब एक ही ड्राइव में दो फ्लॉपी थीं, ओह! आतंक!

मैं देख सकती थी कि संकाय सदस्य अपने सिर को हिलाते हुए अपनी हँसी को दबाने का प्रयास कर रहा था और महाप्रबंधक भी यही काम कर रहे थे।

आज तक मुझे नहीं पता कि मैं इस तरह का मूर्खतापूर्ण काम कैसे कर सकती थी? मुझे फ्लॉपी से नफरत हो गई थी और अब मुझे खुशी है कि पेन ड्राइव ने उसकी जगह ले ली है। उस समय यह मेरे लिए एक बड़ा सौदा जैसा लग रहा था। मैं बहुत शर्मिंदा थी और ऐसा लग रहा था कि अगले दिन मैं दफ्तर में अपना चेहरा नहीं दिखा पाऊँगी।

लेकिन अब अगर यह हुआ होता तो मैं उच्छृंखलता से आगे बढ़ जाती। आप पर हँसने के बारे में चिंतित होने के लिए अब ज्यादातर लोग बहुत व्यस्त हैं।

जो आपको ज्यादा जरूरी और जिंदगी से भी ज्यादा बड़ा लगता है, वह दूसरों के लिए एक छोटी सी बात भी नहीं है। मुझे यह तब पता नहीं था, लेकिन अब मुझे पता है कि जब ऐसी बातें होती हैं तो सबसे अच्छी बात यह होती है कि आप उस हँसी में शामिल हो जाएँ।

□

फ्री व्हीली

जब मैं बीस वर्ष की थी तो यह छोटा सा रोमांचक वाकया हुआ। मैं उस समय केरल के कोच्चि में अपने माता-पिता के साथ रह रही थी। हमारे एक चचेरे भाई, जो पास के एक छोटे से शहर में रहते थे, को कोच्चि से एक हवाई उड़ान भरनी थी। हवाई अड्डे तक पहुँचने का सबसे आसान तरीका बाइक का था। चूँकि उस समय के हवाई अड्डे पर यह सुविधा नहीं थी, जहाँ वह आश्वस्त होता कि उसकी बाइक एक सप्ताह के लिए वहाँ सुरक्षित होगी, इसलिए अपनी यात्रा की अवधि के दौरान उसने बाइक को हमारे साथ छोड़ने का फैसला किया। मेरे भाई, जो उस समय सत्रह वर्ष के थे, ने हिचकिचाते हुए उनसे पूछा कि क्या हम इसे इस्तेमाल कर सकते हैं, जब तक वह वापस आएँ? मेरे चचेरे भाई एक उदार आत्मा होने के कारण आसानी से सहमत हो गए। मैंने सोचा कि वह या तो बहुत भरोसेमंद था या उसको बाइक को लेकर कोई परवाह नहीं थी या शायद उसे नहीं पता कि 'न' कैसे कहें? मेरे भाई और मेरे लिए यह स्वर्ग की मन्नत की तरह था। हमारे पास पूरे हफ्ते एक मोटर बाइक थी।

मेरे भाई, जैसे कि कई लड़के अपनी उम्र जानते हैं कि इसे आसानी से कैसे सँभालना है, उन्होंने मुझे कुछ दूर सवारी कराने के लिए ले लिया। हमें बहुत अच्छा महसूस हो रहा था। ऐसा लग रहा था जैसे हम बड़े हो गए, क्योंकि हम उस बाइक पर पड़ोस के चारों ओर चक्कर लगाते थे।

कुछ दौरों के बाद मैं अब और भीड़ के साथ सवारी नहीं करना चाहती थी और बाइक की सवारी करना चाहती थी।

"कृपया मुझे सिखाइए कि इसे कैसे चलाते हैं?" मैंने अपने भाई से विनती की।

उसने पहले से ही इनकार कर दिया, लेकिन उसके बाद मैंने उसके लिए थोड़ा काम किया, जिस वजह से मुझे उसने सिखाने में शामिल किया।

जब मैंने एक सप्ताह के लिए उसके सभी काम करने के लिए कहा, तब वह

सहमत हुआ, जैसे कचरे को बाहर रखना, टेबल की सफाई करना, कुत्तों को पैदल घुमाने ले जाना। फिर वह मुझे सिखाने पर सहमत हो गया।

बाइक के गियर थे, जो कि पैर से बदलने पड़ते थे। क्या किसी ने ऐसी बेतुकी अवधारणा के बारे में सुना है? कम-से-कम मैंने नहीं सुना था। गियर को कारों के लिए हाथ से बदलना पड़ता था (जो गैर-स्वचालित थे) और स्कूटर, जो मैं आसानी से सँभाल सकती थी; किंतु यह मेरे लिए एक नई अवधारणा थी।

फिर आपको आगे बढ़ना था और क्लच को धीरे-धीरे छोड़ना था। सैद्धांतिक रूप में मैं उसे अच्छी तरह समझ गई।

आखिरकार, वह मुझसे छोटा है और वह जो भी कर सकता है, मैं बेहतर कर सकती हूँ। या ऐसा मैंने सोचा।
मैंने वह किया, जो उसने मुझे बताया—या कम-से-कम मैंने सोचा कि उसने मुझे क्या करने के लिए कहा।
बाइक कूद गई। वास्तव में चार बार हवा में उछली, जैसे कोई चौंका हुआ मेढक रात को एक कार की हेडलाइट्स देखकर कूदता है।

मैं बाइक चलाने के लिए उस पर बैठ गई। मुझे बहुत अच्छा लगा। उन शानदार बाइक रेसिंग चैंपियनों के दृश्य मेरे दिमाग में आए और मैं खुद को बहुत शक्तिशाली महसूस कर रही थी। मेरा भाई मुझे देखने के लिए एक तरफ खड़ा हुआ था। उसे घबराहट हो रही थी।

उन्होंने पूछा, "क्या तुम इस बाइक को सँभाल सकती हो?"

"बेशक! चिंता मत करो।" मैंने उन्हें आश्वस्त किया।

आखिरकार वह मुझसे छोटा है और वह जो भी कर सकता है, मैं उससे बेहतर कर सकती हूँ। या ऐसा मैंने सोचा।

मैंने वह किया, जो उसने मुझे बताया—या कम-से-कम मैंने सोचा कि उसने मुझे क्या करने के लिए कहा।

बाइक कूद गई। वास्तव में चार बार हवा में उछली, जैसे कोई चौंका हुआ मेढक रात को एक कार की हेडलाइट्स देखकर कूदता है।

कहने की जरूरत नहीं है, मैं भी उसके साथ कूदी थी। उस पर बैठी जो थी। भयानक भय व सदमे ने मेरी इंद्रियों को सुन्न कर दिया था और मैं एक केले के पेड़ में घुस गई। केले का एक गुच्छा गिरा और साथ में बाइक और मैं भी; और वे केले अभी पके नहीं थे!

मेरे माता-पिता, मेरे पड़ोसी और यहाँ तक कि जो लोग हमारे घर के पीछे रहते

थे, बाहर आ गए; क्योंकि मुझे बचाया जाना था। मेरी शर्मिंदगी को जोड़ने के लिए मुझे वहाँ बाइक और पेड़ के नीचे पड़े रहना पड़ा, जब तक कि उन्होंने पहले पेड़ को और फिर बाइक को उठाया। मेरे पिताजी, मुझे लगता है कि इस बात से ज्यादा चिंतित हो गए थे कि पकने से पहले केले गिर गए थे। उस दिन वह इतनी बुरी तरह मुझ पर चिल्लाए कि उनकी आवाज आज तक मेरे कानों में गूँजती है।

मुझे एक सप्ताह के लिए भी मेरे भाई के काम करने थे। वचन तो वचन है। हम में से किसी ने भी मेरे चचेरे भाई के सामने कुछ भी उल्लेख नहीं किया, जब वह वापस आया। सौभाग्य से इस पूरे ऑपरेशन में केवल एक चीज क्षतिग्रस्त हुई थी और वह मेरा अहंकार था।

यह, एक बाइक की सवारी कैसे करनी है, को सीखने की कोशिश करने का मेरा अंतिम प्रयास था।

"हे भगवान्! मुझे उन चीजों को स्वीकार करने की हिम्मत दीजिए, जिनको मैं नहीं बदल सकती; उन चीजों को बदलने के लिए, जो मैं कर सकती हूँ और ज्ञान को जानने के लिए।" प्रार्थना करती हूँ।

आप जितने बड़े हो जाते हैं, उतना अधिक स्वीकार कर लेते हैं। आप ज्ञान में संतुष्ट रहना चाहते हैं कि आपके पास कुछ चीजें हैं। कुछ चीजें, जो आप अभी नहीं कर सकते और सिर्फ इसलिए कि आप ऐसा नहीं कर सकते, यह आपको किसी भी तरह से नीचा नहीं बनाता है।

मेरे अहंकार ने इसे स्वीकार कर लिया है या कहूँ कि मैंने इसे स्वीकार करने के लिए अपने अहंकार को नीचे कर दिया है, बार-बार मुझे यह कहकर कि मैं चार पहिया वाहन चला सकती हूँ। मैं आसानी से गाड़ी पार्क कर सकती हूँ और मैं बिना गियर के दोपहिया वाहन भी चला सकती हूँ और मेरा साइकिल चलाने पर जबरदस्त नियंत्रण है और मैं दोनों हैंडल छोड़कर भी चला सकती हूँ।

मेरे अहंकार ने इसे स्वीकार कर लिया है या कहूँ कि मैंने इसे स्वीकार करने के लिए अपने अहंकार को नीचे कर दिया है, बार-बार मुझे यह कहकर कि मैं चार पहिया वाहन चला सकती हूँ। मैं आसानी से गाड़ी पार्क कर सकती हूँ और मैं बिना गियर के दोपहिया वाहन भी चला सकती हूँ और मेरा साइकिल चलाने पर जबरदस्त नियंत्रण है और मैं दोनों हैंडल छोड़कर भी चला सकती हूँ।

लेकिन जब गियर की मोटर बाइक की बात आती है तो मैं उन्हें बस पसंद करती हूँ—बाइक और सवार दोनों।

और इतने वर्षों के बाद मैं अब गर्व से कह सकती हूँ कि मैंने हाल ही में एक बाइक की सवारी की है। मैंने हाल ही में एक 350 सी.सी. स्पोर्ट्स बाइक चलाई और अंदाजा लगाइए कि मेरे शिक्षक कौन थे?

मेरा बेटा! मैंने सोचा कि मैंने बाइक अध्याय को बंद कर दिया है, लेकिन मैंने गलत सोचा था। बस, यह दिखाता है कि आपको कभी भी 'नहीं' नहीं कहना चाहिए। चीजें ऐसे बदलती हैं, जैसा आप कभी सोच भी नहीं सकते।

□

वेज बॉल्स

कई साल पहले—ऐसा लगता है कि एक वैकल्पिक जीवन काल था—मैं पूर्व विद्यालय में एक शिक्षिका थी। मुझे अपनी नौकरी से प्यार था। हर सुबह स्कूल में जाने से ज्यादा मुझे कुछ और नहीं सूझता था और वह भी मेरे विद्यार्थियों के साथ, दो से चार साल की आयु वर्ग के। जैसे ही मैं विद्यालय के द्वार को खोलती थी, वहाँ छोटे से लोगों की एक सेना होती थी, जो मेरी ओर दौड़कर आती थी—जोर से चिल्लाते हुए, 'प्रीति आंटी, प्रीति आंटी'। कक्षा में प्रवेश करने से पहले मुझे उनमें से हर एक को गले लगाना होता था। मुझे बच्चों के साथ काम करने में आनंद आता था। वे उज्ज्वल, स्मार्ट, मजेदार और उत्साही थे। मैं दृढ़ता से कह सकती हूँ कि छोटे बच्चे सबसे ईमानदार व्यक्ति होते हैं, जो कभी आपको मिलें। मैं बच्चों से कभी नहीं थकती थी और मेरे पास ढेर सारा समय था और उनके पास भी। उन बच्चों के जीवन में एक दुलार और बदलाव पैदा कर रहे थे, यह जानने में बहुत संतोष होता था।

लेकिन एक चीज थी, जो मुझे अपनी नौकरी में पसंद नहीं थी, वह पैरेंट्स-टीचर मीटिंग थी। वे मुझे पका देती थीं। मुझे हर एक सवाल का धैर्यपूर्वक जवाब देना था, जो माता-पिता अपने बच्चे के बारे में पूछते थे। माता-पिता, विशेष रूप से जो नए-नए अभिभावक बने थे, बहुत जिज्ञासु हो सकते हैं, जानने के लिए कि उनके प्यारे बच्चे या परी ने स्कूल में क्या किया और उनके माता-पिता के बिना वह कैसे रहने में कामयाब हुए और वह क्या-क्या खूबसूरत चीजें कहना व जानना चाहते थे। प्रत्येक अभिभावक समूह के साथ बैठक में बीस मिनट लग जाते थे।

शुरुआती वर्षों में माता-पिता अपने बच्चों को साँचे में ढालने के लिए पूरी तरह जिम्मेदार होते हैं। आखिरकार, वे पूर्व विद्यालय में केवल तीन घंटे होते हैं और शेष समय घर पर बिताते हैं। घर पर एक बच्चे को मिलनेवाली परवरिश उसके विकास में एक बड़ी भूमिका निभाती है। पर कुछ माता-पिता अपने बच्चों की सोच-कौशल

और भौतिक चपलता को लंबे समय तक टेलीविजन के सामने बैठाकर बरबाद कर देते हैं; जबकि घर के बाहर और घर के अंदर की गतिविधियों का स्वस्थ मिश्रण उन्हें चुस्त व तेज बनाता है। जब बच्चों के पास कल्पना करने की कोई योग्यता नहीं होती है तो वे खुराफाती प्रवृत्ति में तब्दील हो जाते हैं। मेरी कक्षा में मेरे पास ऐसे कई बच्चे थे और उन्हें खोजना आसान था।

बेशक मुझे विनम्रतापूर्वक मुसकराते हुए माता-पिता से चतुराई से बात करनी थी। मुझे लगा कि माता-पिता को क्या महसूस कराना है, यह व्यक्त करना महत्त्वपूर्ण है। इसलिए उन बैठकों के अंत में मैं पूरी तरह से थक जाती थी। यह कहने से बचना चाहिए कि मैं वास्तव में क्या करना चाहती थी?

इसलिए, जब एक पी.टी.एम. की मुलाकात के बाद मुझे एक सहेली और उसके पति ने स्कूल से उनके साथ चलने का सुझाव दिया और कहा कि हम दोपहर का भोजन बाहर ही करें तो मैंने कृतज्ञतापूर्वक स्वीकार किया और उन दोनों के साथ मिलने की उम्मीद की। उसका पति मजेदार कहानियाँ सुनाता है। वह भी स्वाभाविक रूप से जोर से, स्पष्ट रूप से और उस तरह का व्यक्ति है, जो कुल्हाड़ी को कुल्हाड़ी कहने के लिए संकोच नहीं करेगा। वह बहुत उत्साह से बात करता है, बहुत सारे इशारों का उपयोग करके उसे अपनी ओर देखने का इशारा करता है। वह अपने संगठन के लिए देश का प्रमुख था और एक ऐसा व्यक्ति था, जो चीजों का प्रभार लेने के लिए नियुक्त किया जाता था।

उसका पति मजेदार कहानियाँ सुनाता है। वह भी स्वाभाविक रूप से जोर से, स्पष्ट रूप से और उस तरह का व्यक्ति है, जो कुल्हाड़ी को कुल्हाड़ी कहने के लिए संकोच नहीं करेगा। वह बहुत उत्साह से बात करता है, बहुत सारे इशारों का उपयोग करके उसे अपनी ओर देखने का इशारा करता है। वह अपने संगठन के लिए देश का प्रमुख था और एक ऐसा व्यक्ति था, जो चीजों का प्रभार लेने के लिए नियुक्त किया जाता था।

उसने एक अच्छा चीनी रेस्टोरेंट चुना, जिसमें एक खूबसूरत बगीचा था। हमने वहाँ भोजन करने का फैसला किया, क्योंकि मौसम अच्छा था। हमारे बच्चे स्कूल में थे और हम हजार रुकावटों को पकड़ने के लिए उत्सुक थे, जो माता-पिता के दायित्व-क्षेत्र में आती थीं।

मेरी सहेली और मैं बात करने में व्यस्त थीं। मैं उन्हें उन अभिभावकों के बारे में बता रही थी, जिनसे मुझे बात करनी पड़ती थी। उसने अपने पति से कहा कि वह जाकर हमारे लिए खाने का ऑर्डर दे सकता है और वह जो भी पसंद करता है, उसे चुनने के लिए भी स्वतंत्र था। उसने मेन्यू हाथ में लिया और वह बहुत ध्यान से देख रहा था, ताकि हम दोनों महिलाओं के लिए चुनाव कर सके।

अपनी उभरती आवाज में, हाथों के इशारे के साथ, मेरी सहेली के पति ने पूछा, "क्या आपके पास गेंदें (बॉल्स) हैं?"

चारों ओर एक चुप्पी-सी छा गई। मेरी सहेली और मैंने एक-दूसरे को देखा और हमारी हँसी छूट गई। वेटर भी अपनी हँसी को दबाने के लिए कड़ी मेहनत कर रहा था।

फिर भी, उन्हें पता नहीं चला कि उन्होंने क्या कहा था? उन्होंने हम दोनों को उलझन भरी नजरों से देखा और कहा, "क्या? क्या आपको वेजिटेबल बॉल्स पसंद नहीं हैं?"

इससे हमें और ज्यादा हँसी आ गई और वह रोकनी भी मुश्किल हो गई। हम मुश्किल से बोल पा रहे थे।

आज तक, जब भी मैं किसी चीनी रेस्तराँ में जाती हूँ और पढ़ती हूँ, 'वेज बॉल्स इन गार्लिक सॉस', मैं अपनी हँसी नहीं रोक पाती।

और सिर्फ रिकॉर्ड के लिए मुझे वेज बॉल्स पसंद नहीं हैं, लहसुन सॉस के साथ या बिना!

□

मैसेज स्टोरी

जिस तरह से हम संवाद करते हैं, वह इतने वर्षों में बहुत बदल चुका है। जब मैं बच्ची थी, मुझे याद है कि हमें 'ट्रंक कॉल' बुक करने के लिए टेलीफोन एक्सचेंज में फोन करना पड़ता था, अगर हमें किसी दूसरे शहर में किसी से बात करनी होती थी तो। हमें 15-20 मिनट तक प्रतीक्षा करनी पड़ती थी, जिसके बाद टेलीफोन एक्सचेंजवाले आपको वापस फोन करते थे और आपकी फोन लाइन जोड़ते थे, जिनके साथ आप बात करना चाहते थे।

उसके बाद एस.टी.डी. कॉल्स करने का युग आया। एस.टी.डी. का मतलब था 'सब्सक्राइबर ट्रंक डायलिंग' और कोई भयानक बीमारी नहीं है, जो आपको असुरक्षित यौन संबंध से मिली हो। जगह-जगह टेलीफोन बूथ खुल गए, जिन्होंने गर्व से आई.एस.डी., एस.टी.डी., पी.सी.ओ. की बड़ी संख्या में घोषणा की, जिसका अर्थ यह था कि आप अंतरराष्ट्रीय, राष्ट्रीय और स्थानीय कॉल्स भी कर सकते हैं।

टेक्नोलॉजी ने कुछ और प्रगति की और फिर पेजर आया। हर कोई इन पेजर्स को चारों ओर ले गया। वे छोटी ईंटों की तरह थे और लोग उन्हें अपनी पतलूनों में चिपकाते थे। आप एक विशेष नंबर को फोन कर सकते थे और पेजर से एक संदेश भेज सकते थे, वह व्यक्ति निकटतम लैंडलाइन पर जाकर आपको वापस फोन कर सकता था।

उसके बाद सबसे पहला मोबाइल आया। वे भी ईंटों की तरह थे, लेकिन पेजर पर काफी सुधार हुआ था। ये स्मार्ट फोन नहीं थे, इसलिए हमारे स्मार्टफोन पर आज जो मेसेजिंग ऐप हैं, वे उतने प्रचलित नहीं थे, जितना कि ये थे उन दिनों में। संदेश भेजा जाता था, जिससे हम संवाद करते थे। हमारे पास 'एस.एम.एस. पैक' था, जो 99 रुपए में मिलता था। उससे हम असीमित टेक्स्ट मेसेज भेज सकते थे।

यदि आपने इन एस.एम.एस. पैक को भेजने के लिए उपयोग किया है तो

संभावना है कि आपके पास संभवत: 'ओह! मैंने गलत व्यक्ति को संदेश भेज दिया'—जैसे पल हों, शायद बहुत सारे पल।

कई वर्षों में मेरे पास ऐसे कई क्षण हैं। मैं आमतौर पर सावधान रहती हूँ, लेकिन कभी-कभी (ठीक है, कई बार) मैंने गलत लोगों को गलत संदेश भेजा था—या शायद गलत लोगों को सही संदेश या सही लोगों को गलत संदेश भी। उन्होंने मुझे हँसने के कई मौके दिए, कभी-कभी शर्मिंदगी भी होती थी तथा भविष्य में और अधिक सावधानी बरतने का एक संकल्प लेती थी, प्रत्येक और हर बार।

मैंने अपने पिता के दोस्त के सामने घोषित किया, जो अस्सी साल के करीब हैं कि 'मैं उनसे प्यार करती हूँ और उन्हें बहुत याद करती हूँ', सोच रही हूँ कि मैं अपनी माँ को संदेश भेज रही हूँ। 'अब वह मेरे फोन नहीं उठाते।'

मैंने अपने कार मेकेनिक से कहा है कि मैं स्कूल के बाहर उसका इंतजार कर रही हूँ और स्कूल से बच्चों को लेने के बाद जब उससे पूछा कि वह कहाँ है और जल्दी से आए, यह सोचकर कि मैं अपनी सहेली को संदेश भेज रही थी, जिससे मुझे मिलना था। उसने तुरंत जवाब दिया, 'कौन सा स्कूल?' और दो सेकंड बाद 'तुम कौन हो?' मैं बेहद शर्मिंदा हुई थी और फिर जब भी मैं उसके बारे में सोचती हूँ तो बहुत हँसी आती हैं।

मैंने अपने एक अच्छे दोस्त को बताया कि 'मैंने अपनी बेटी को डांस क्लास में छोड़ दिया है और मैं तुमसे बात करने के लिए तड़प रही हूँ; लेकिन हर कोई आसपास होगा, इसलिए हम सच में दिल से बात नहीं कर पाएँगे।' मैंने संदेश यह सोचकर भेजा कि मैं अपनी सबसे करीबी महिला मित्र को लिख रही हूँ। पर उसने बड़ी नम्रता से मुझे मेरी गलती की जानकारी दी।

मैंने अपने एक अच्छे दोस्त को बताया कि 'मैंने अपनी बेटी को डांस क्लास में छोड़ दिया है और मैं तुमसे बात करने के लिए तड़प रही हूँ; लेकिन हर कोई आसपास होगा, इसलिए हम सच में दिल से बात नहीं कर पाएँगे।' मैंने संदेश यह सोचकर भेजा कि मैं अपनी सबसे करीबी महिला मित्र को लिख रही हूँ। पर उसने बड़ी नम्रता से मुझे मेरी गलती की जानकारी दी।

मैंने एक सहेली से कहा है, जो किसी दूसरे शहर में रहती है कि 'अभी तुरंत अंदर आ जाओ, नहीं तो मैं वहाँ आकर तुम्हें घसीट लूँगी।' ये सोचकर लिखा कि

मैं अपने पति को संदेश भेज रही थी, जो मेरे घर से बाहर थे और कुछ पड़ोसियों से बात कर रहे थे। मैं उनके घर के अंदर आने की प्रतीक्षा कर रही थी, ताकि मैं उस फिल्म को चालू कर सकती, जिसे मैं उनके साथ देखना चाहती थी।

मैंने अपने बाल रोग विशेषज्ञ को मूर्ख और एक स्मार्ट गधा कहा, यह सोचकर कि मैं अपने भाई को संदेश भेज रही थी। वहाँ से जवाब आया—'यह कौन है?' मैं प्रसन्न, बेहद प्रसन्न और अत्यंत प्रसन्न थी कि जब मैं उसके दफ्तर में बैठकर फॉर्म भर रही थी तो मैंने उसे अपना लैंडलाइन नंबर दिया था, न कि मोबाइल नंबर।

मैंने अपने बच्चों की स्कूल बस के ड्राइवर को कहा है कि मैं उसके लिए वहाँ हूँ, अगर वह बताकर आना चाहे तो मैं सोच रही थी कि मैं इसे एक दोस्त को भेज रही थी, जो तलाक के दौर से गुजर रहा था। गरीब व्यक्ति का यह पढ़ना उसे तोड़ने जैसा होगा, इस तथ्य पर विचार करते हुए कि उसकी कॉलर ट्यून जब हम फोन मिलाते हैं तो बजती है, 'ओ३म जय जगदीश हरे।'

मैंने एक अजनबी को बता दिया है कि मुझे उसके लिए एक अच्छा इत्र मिला है। उसने जवाब में पूछा, 'कौन सा ब्रांड है?' यह एक महँगा ब्रांड था और यह एहसास मुझे तब हुआ, जब मुझे पता चला कि मैं अपने बेटे से बात नहीं कर रही हूँ। मैंने तुरंत उस व्यक्ति को अपने फोन में ब्लॉक कर दिया।

मुझे भी इस तरह के संदेश प्राप्त होते थे। मुझे एक बार एक संदेश मिला कि 'क्या मैं बीयर को छोड़ सकती हूँ?' मैंने उत्तर दिया, 'नहीं, मैं सारी पी गई।'
एक बार मुझे एक संदेश मिला, 'वह निकल गए। अब आप आ सकते हो।' मैंने जवाब दिया, 'नहीं, वह कोने के पास तुम्हारा इंतजार कर रहा है।'

मुझे भी इस तरह के संदेश प्राप्त होते थे। मुझे एक बार एक संदेश मिला कि 'क्या मैं बीयर को छोड़ सकती हूँ?' मैंने उत्तर दिया, 'नहीं, मैं सारी पी गई।'

एक बार मुझे एक संदेश मिला, 'वह निकल गए। अब आप आ सकते हो।' मैंने जवाब दिया, 'नहीं, वह कोने के पास तुम्हारा इंतजार कर रहा है।'

एक बार फोन ने तीन बार घंटी दी। यह वही संदेश था, जो मुझे भेजा गया था, पूछने को कि मैं कहाँ हूँ? 'अब अपने दरवाजे के बाहर और इससे पहले कि मैं अपने बाथरूम की खिड़की के माध्यम से झाँकूँ, जब तुम नहा रहे थे।' मैंने जवाब

दिया। मुझे आश्चर्य है कि इसके बाद प्राप्तकर्ता को क्या महसूस हुआ होगा?

मुझे हर बार अली नामक व्यक्ति के लिए फोन आते रहते हैं।

"अली, कैसे हो?" वे पूछेंगे।

मैं अपनी आवाज बदलूँगी और कहूँगी कि अली को दुबई या कनाडा या जिस भी देश का नाम दिमाग में आया, वहाँ भेजा गया है।

अब हमारे पास त्वरित मैसेजिंग ऐप और साथ ही कॉलर आई.डी. ऐप हैं, जो आपको दिखाते हैं कि नंबर के आधार पर कौन कॉल कर रहा है। आप यह भी देख सकते हैं कि संदेश पढ़ा गया है या नहीं और उस समय भी अगर व्यक्ति ऑनलाइन है। अब संदेश भेजने में शायद ही कोई गलती होती है; क्योंकि व्यक्ति के DP (प्रदर्शन चित्र) से स्पष्ट हो जाता है। स्मार्ट फोन ने जीवन को आसान बना दिया है, लेकिन उन्होंने हमारे गलतीवश भेजे गए संदेशों पर हँसने के अवसर को छीन लिया है।

□

बिन बुलाए मेहमान

यह वर्ष 2007 था और मेरा दुःख ताजा था, क्योंकि मैंने उन दिनों अपने पूज्य पिता को खो दिया था। मैंने अक्तूबर 2006 में कभी एक ब्लॉग शुरू किया था। मैं हर दिन लिखती थी। मैं केवल अपने जीवन में सकारात्मक या अजीब बातों पर ध्यान केंद्रित करती हूँ, क्योंकि दुःख मुझमें घुसने की धमकी देता है। आखिरकार, समय के साथ मैंने दुनिया भर से महान् ब्लॉगिंग साथियों का एक सेट बनाया। मेरे ब्लॉगिंग समुदाय ने मेरा खुली बाँहों और खुले दिमाग से स्वागत किया। मैं इतने ऊर्जावान् और शांत लोगों के समूह से कभी नहीं मिली थी। ऐसे कई ब्लॉग थे, जो मैंने उस समय दुनिया भर से पढ़े थे। मैं उनके न केवल अपने ब्लॉग नामों—टिम, कैथरीन, निल, सू, मिस्टर फैब, रेने, गपो—से जानती थी, लेकिन मैंने उनमें से कुछ से स्काइप पर भी बात की थी। ओह! प्रौद्योगिकी की शक्ति! मैंने पुर्तगाल, अर्कांसास, स्वीडन, इटली और कई देशों के लोगों के साथ दोस्ती बनाई। उनके कई ब्लॉग अब भी मौजूद हैं और हम सोशल मीडिया पर मित्र बने हुए हैं। वास्तव में, जब मैंने उनके देशों की यात्रा की थी, तब भी उनमें से कुछ मिले।

चूँकि मैं उन दिनों अपने ब्लॉग के लिए सामग्री की तलाश में थी, इसलिए मैंने ब्लॉग पोस्ट के संदर्भ में सोचा था। मेरे जीवन में हुई कोई भी घटना तुरंत विश्लेषण के दौर से गुजरती है कि उससे कोई मजेदार ब्लॉग पोस्ट बन सकती है या नहीं! ऐसी ही एक घटना में मेरे बिन बुलाए मेहमान का जिक्र था।

मेरे पास दूसरे दिन एक मेहमान था। वह बिन बुलाए आया था और दुस्साहसी, निर्लज्ज, बेशर्म आदमी था कि वह मुझे मेरे बाथरूम में आश्चर्यचकित करना चाहता था! क्या आप विश्वास कर सकते हैं?

वह मेरा इंतजार कर रहा था, जब मैं अंदर गई थी। सौभाग्य से, मैंने उसे

निर्वस्त्र होने और शॉवर में जाने से पहले देखा। मेरी चीख निकल गई थी—बहुत जोरों से। मेरा दिल तेजी से धड़क रहा था, लेकिन मैंने खुद को नियंत्रित किया और उस पर करीब से नजर डाली। उसने वापस देखा। उसने एक शब्द भी नहीं कहा था और वह वहाँ से हिला भी नहीं था।

'वाह! यह वास्तव में मेरे ब्लॉग पर एक सार्थक विषय होगा!' यह विचार मेरे दिमाग में आया था। हाँ, उस समय मैं बहुत चौंकी हुई, आधी चकित, एड्रिनलीन-प्रेरित, धुँधली मनःस्थिति में थी। मेरे साथ हुई सबसे बड़ी बात यह थी कि मुझे मेरा ब्लॉग याद आया और मैं इनकार करती हूँ कि मैं अपने ब्लॉग की आदी हूँ। क्या किसी को 'ब्लॉग होलिक बेनामी' पता है? ऐसा नहीं है कि मुझे मदद या कुछ भी चाहिए। मेरा मतलब है, मैं अपने ब्लॉग के अलावा अन्य चीजों के बारे में सोचती हूँ, जैसे—निएल के ब्लॉग या सू के ब्लॉग या मि. फेब के ब्लॉग अथवा टिम के ब्लॉग या रेने या कैथरीन के।

वह आदमी अभी भी नहीं गया था। वह अभी भी मुझे घूर रहा था। यह तब था, जब मैंने चीखने का फैसला किया। यह ज्यादातर प्रभाव के लिए था। यह भी परीक्षण करने के लिए था कि क्या मेरे पति को मेरे अस्तित्व का पता चलता था, जब वह टी.वी. देख रहे होते थे? वह अधिकतर सबकुछ से अनजान थे, अगर स्क्रीन पर नाटक या खेल आ रहा हो। मुझे हर वक्त और फिर अपने आप को जोर से दिखाना होगा।

मैंने जल्दी से अपने फोन को निकाला और कुछ तसवीरें खींचीं। वह आदमी अभी भी नहीं गया था। वह अभी भी मुझे घूर रहा था। यह तब था, जब मैंने चीखने का फैसला किया। यह ज्यादातर प्रभाव के लिए था। यह भी परीक्षण करने के लिए था कि क्या मेरे पति को मेरे अस्तित्व का पता चलता था, जब वह टी.वी. देख रहे होते थे? वह अधिकतर सबकुछ से अनजान थे, अगर स्क्रीन पर नाटक या खेल आ रहा हो। मुझे हर वक्त और फिर अपने आप को जोर से दिखाना होगा। सिर्फ इसलिए कि मैं चुप हूँ, इसका यह अर्थ नहीं है कि मैं चली गई हूँ।

और मैं पूरा जोर लगाकर चीखी, जिसने मुझे मेरी सबसे अच्छी नकल की आदत को जाग्रत् कर दिया था। मुझे 'साइको' फिल्म में सुनी चीख याद थी। मेरे पति ठीक छह सेकंड में ऊपर थे—संतुष्ट और खुश। मैंने उन्हें आगंतुक को

दिखाया। उन्होंने उस पर एक नजर डाली, बाथरूम का दरवाजा बंद कर दिया और कहा, "ठीक है, मैं भी डर गया हूँ।" और टी.वी. देखने वापस चले गए। अरे, नहीं, मैं यह बात नहीं बना रही हूँ। मेरे दो बच्चे इस घटना के साक्षी हैं।

इसके बाद अपने परिसर के सुरक्षा गार्ड से संपर्क करने के अलावा मेरे पास कोई विकल्प नहीं था। उसने अपने सीने को गर्व से ऊपर उठाया और मेरे साथ मेरे घर की ओर चल पड़ा। फिर उन्होंने कपड़े धोने की एक टोकरी से आगंतुक का शिकार किया और कामयाब रहे। उसने ढक्कन बंद किया और फिर उसे घर से दूर ले गया और उसे आजाद कर दिया। यह सब लगभग 17 बच्चों और कुछ वयस्कों के सामने हुआ था। मेरी साइको जैसी चिल्लाहट ने और अधिक प्रभाव डाला था, जिसकी मैंने कल्पना नहीं की थी!

एक सचेतक श्रोता ने काररवाई को देखने के लिए भीड़ को इकट्ठा किया था। वे आजादी की महान् यात्रा पर उनके साथ थे और उन्होंने आश्चर्य में देखा कि गार्ड ने टोकरी खोली और बगीचे की छिपकली को बाहर निकाला।

V*V

कुछ और समय बीत चुका है और फिर वे सब चुप हो जाते हैं तथा अँधेरा हो जाता है। उसके बाद वहाँ मौन पसर जाता है। मैं इसे हमेशा से ऐसे ही देख रही हूँ और मेरे पास बाहर से देखने की पर्याप्तता है। मैं बस, अब और बाहर से नहीं देख सकती। मुझे अंदर जाना है और अपने लिए इस नई दुनिया की खोज करनी है। मैंने फैसला किया है कि मैं एक खोजकर्ता बनना चाहती हूँ।

अब एक ही कहानी के बारे में एक विचार और इस बार यह बगीचे की छिपकली के दृष्टिकोण से है।

मैं हमेशा बगीचे में रहती थी। मैं यहाँ पैदा हुई थी, यहाँ पली-बढ़ी और यहाँ मैं एक आरामदायक अस्तित्व का नेतृत्व करती हूँ। पर्याप्त भोजन, पानी और प्यारी हरियाली है। बहुत सारे पौधे हैं, जहाँ मैं छिप सकती हूँ। हालाँकि मैंने हमेशा आश्चर्य किया है कि उस ऊँचे ईंट की संरचना के ढाँचे के अंदर क्या चल रहा है? कुछ घंटों के लिए रातों में यह जगह जिंदा होती है। यहाँ संगीत होता है। कोई चिल्ला रहा होता है। एक महिला की आवाज, जो बच्चों को होमवर्क करने को कहती है। थोड़ी देर बाद कुछ स्वादिष्ट व्यंजन पकने की खुशबू अंदर से बाहर आती

है और बातचीत करनेवाले मनुष्यों की विनम्र आवाज होती है।

कुछ और समय बीत चुका है और फिर वे सब चुप हो जाते हैं तथा अँधेरा हो जाता है। उसके बाद वहाँ मौन पसर जाता है। मैं इसे हमेशा से ऐसे ही देख रही हूँ और मेरे पास बाहर से देखने की पर्याप्तता है। मैं बस, अब और बाहर से नहीं देख सकती। मुझे अंदर जाना है और अपने लिए इस नई दुनिया की खोज करनी है। मैंने फैसला किया है कि मैं एक खोजकर्ता बनना चाहती हूँ।

मैं दीवार में एक जादुई दरार के माध्यम से अंदर आती हूँ, जो कभी-कभी होती है और कभी-कभी नहीं होती है। यह ज्यादातर सूर्यास्त के बाद नहीं होती, जब महिला चिल्लाती है, "खिड़कियाँ बंद करो, मच्छर आ जाएँगे।"

जैसे ही मैं उस जादुई दरार के माध्यम से इस नई दुनिया में प्रवेश करती हूँ, मैं लकड़ी के पैरों के साथ एक विशाल संरचना देखती हूँ। उस पर कुछ नरम है, एक कपड़े से ढका हुआ है। मैं सावधानी से देखती हूँ। यह निश्चित रूप से चढ़ने के लिए अच्छा नहीं लग रहा है। इसलिए मैं आगे बढ़ रही हूँ। मुझे डर लगता है, लेकिन मैं यह भी देखना चाहती हूँ कि आगे क्या है? पीछे छिपने के लिए कोई पौधे नहीं हैं। खतरे के मामले में मैं पूरी तरह से उजागर हूँ। ओह, अच्छा! मैं अपने अवसरों को ले जाऊँगी। मैं 'कुछ नहीं' के लिए इतनी दूर नहीं आई हूँ।

यह थोड़ी सफेद वस्तु है और यह मुझे किसी तरह से आश्रय देती है। इसके अंदर एक बहुत ही मजबूत गंध की एक छोटी सी गीली चीज है। मैं इसमें चढ़ना नहीं चाहती, क्योंकि यहाँ फिसलन दिखती है और इसलिए मैं इसके पीछे जाने का फैसला करती हूँ। जैसे ही मैं एक आरामदायक स्थिति में आती हूँ, अचानक बिना चेतावनी के दो पैरवाला एक विशाल प्राणी अंदर आता है। मुझे लगता है कि वह महिला इनसान ही है, जिसकी आवाज मुझे हर रात सुनाई देती है। वह चिल्लाती है। वह मेरी ओर इशारा कर कुछ अजीब बात कहती है और यह 'क्लिक-क्लिक' तीन बार होता है; जबकि उसमें से किसी तरह की रोशनी मुझे अस्थायी तौर पर अंधा करती है। तब वह गायब हो जाती है। मैं वास्तव में अब डर रही हूँ, लेकिन मेरे लिए अब मेरी जिंदगी में भागने के लिए कोई रास्ता नहीं है। मुझे याद है कि सूर्य डूब चुका है। अरे नहीं, मुझे यह थोड़ा पहले करना चाहिए था! तब मेरे पास फिर से आने के लिए जाने का अवसर होता। मुझे अब मेरी छोटी साहसिक क्रिया पर अफसोस है, लेकिन वहाँ से बच निकलने का रास्ता नहीं है और अब मैं कुछ भी नहीं कर सकती, सिवाय इंतजार के।

मैं अपने तेज धड़कते दिल के साथ सुबह होने का इंतजार करती हूँ। एक और बड़ा इनसान उस जादुई दरवाजे के माध्यम से अंदर आता है। फिर वह जितनी जल्दी प्रकट होता है, उतनी ही जल्दी गायब हो जाता है। इस समय तक मैं छिपने के लिए अधिक जगहों की तलाश कर रही हूँ। मैं सोच रही हूँ कि काश, यहाँ कुछ पौधे होते! अब मैं सोच रही हूँ कि काश, मैं कभी यहाँ नहीं आती तो अच्छा था!

मैं अपने तेज धड़कते दिल के साथ सुबह होने का इंतजार करती हूँ। एक और बड़ा इनसान उस जादुई दरवाजे के माध्यम से अंदर आता है। फिर वह जितनी जल्दी प्रकट होता है, उतनी ही जल्दी गायब हो जाता है। इस समय तक मैं छिपने के लिए अधिक जगहों की तलाश कर रही हूँ। मैं सोच रही हूँ कि काश, यहाँ कुछ पौधे होते! अब मैं सोच रही हूँ कि काश, मैं कभी यहाँ नहीं आती तो अच्छा था! अचानक बहुत सारी आवाजें सुनाई देती हैं। ये इनसान के बच्चों की तरह लग रही हैं। मैं चुप रहने का निर्णय करती हूँ और अगर वे पास आते हैं तो उन्हें डरा दूँगी, लेकिन रुको, यहाँ एक नया इनसान है। उसके हाथ में कुछ है। वह मुझसे डरा नहीं। मदद करो कोई! उसने मुझे अब पकड़ लिया है और मैं एक बड़ी जेल के भीतर हूँ, जहाँ से निकलने का कोई रास्ता नहीं। ऐसा लग रहा है कि यह जेल हिल-डुल रही है। मैं इसके अंदर बेतहाशा घूम रही हूँ। मैं फँस गई हूँ और बचने का कोई रास्ता नहीं है। मुझे पूरा यकीन है कि वह आखिरी बार था, जब मैंने अपने बगीचे को देखा।

अचानक हिलना बंद हो जाता है। जेल खुलती है। मैं थोड़ी प्रतीक्षा करती हूँ और सुरक्षा के लिए जुगत लगाने की कोशिश करती हूँ। मैं देख रही हूँ कि सभी इनसान के बच्चे मुझे देख रहे हैं। मैंने चारों ओर देखा। मेरे घर वापस जाने के लिए मुझे कुछ समय लगेगा। पर यह राहत की बात है कि कम-से-कम मैं जीवित हूँ!

~

इस घटना के बाद मैं हमेशा स्नान से पहले दो बार जाँच करती हूँ। आप कभी नहीं जानते कि आपको वहाँ क्या दिख जाए? कौन बाथरूम में एक बगीचे की छिपकली की कल्पना कर सकता था? मुझे खुशी है कि वह साँप नहीं था। अगर ऐसा होता तो चीख असली होती।

इस घटना से मुझे लगता है कि जब कभी-कभी चीजें हमारी पसंद से नहीं

होती हैं या जब कोई हमसे अपेक्षित तरीके से व्यवहार नहीं करता है अथवा फिर जब किसी में अप्रत्याशित रूप से बदलाव आ जाता है, जो वह नहीं होता है, तो शायद क्षण भर के लिए हमें झटका लगता है लेकिन हमेशा जब हम दूसरे व्यक्ति के दृष्टिकोण से इसे देखते हैं तो यह मदद करता है। तब हम अधिक स्पष्टता प्राप्त करना शुरू करते हैं और हम अपने नियंत्रण से परे स्थितियों को स्वीकार करने के लिए और अधिक इच्छुक हो जाते हैं।

□

एक रात यह हुआ

अट्ठानबे प्रतिशत मामलों में मेरे पति बहुत मधुर व्यवहार करते हैं। वास्तव में, बहुत ही मधुर व्यवहार। चिपचिपी मिठाई जैसी सस्ती कैंडी चॉकलेट नहीं, जो आपके मुँह में हर कोने में चिपक जाती है, लेकिन एक गोडिवा चॉकलेट की तरह अच्छी मिठाई जैसे, जिसका स्वाद लंबे समय तक आपके मन और जिह्वा पर रहता है।

बाकी का दो प्रतिशत समय वह टी.वी. देखते हैं। इसलिए मुझे कुछ समझ नहीं आया, जब उन्होंने मुझे एक रात लात मारी। हाँ, उन्होंने ऐसा किया। नहीं, मैं इसे अपनी तरफ से नहीं बना रही हूँ; क्योंकि ऐसा तब नहीं हुआ, जब वह टी.वी. देख रहे थे।

मुझे नहीं पता था कि मुझे किसने मारा? सचमुच, क्योंकि मैं उस समय सो रही थी। उस पल मैं गरम थी, रजाई में घुसी हुई स्पेन में एक शानदार छुट्टी का सपना देख रही थी, जहाँ मुझे एक ट्रैवल कंपनी द्वारा एक अभियान पर भेजा गया था और अगले पल मैं ठंडे फर्श पर थी—मदहोशी में, दर्द के साथ।

"फ्यूट द वुक!" मैं चिल्लाई। यह नींद में मेरे सिर से जल्दबाजी में निकल गया, जैसे नारंगी के छिलके नाराजगी में बाहर निकलते हैं।

मैंने अपने पति की ओर देखा। वह टी.वी. नहीं देख रहे थे और अभी भी बहुत प्यारे दिख रहे थे। उनकी आँखें बंद थीं और वह अपनी नींद में खर्राटे ले रहे थे।

मैंने उनका कंबल पकड़ा और हटा डाला। हमारे वैवाहिक जीवन में बिस्तर बाँटने के कई सालों में मैंने यह खोज की कि उन्हें जगाने का सबसे उचित तरीका यही है।

अब आश्चर्यचकित होने की उनकी बारी थी।

उन्होंने पूछा, "क्या है?" अभी भी बड़े प्यार से उन्होंने पूछा।

"इसका जवाब आपको देना चाहिए। आपने मुझे लात मारी और मैं बिस्तर से गिर गई।" मैंने कहा।

वहाँ चुप्पी गहरा गई थी। वह बहुत चौंक गए थे, जैसे मैं चौंकी थी। फिर उन्होंने माफी माँगी और हम दोनों बहुत जोरों से हँस पड़े। फिर उन्होंने समझाया।

जिस संगठन के लिए मेरे पति काम कर रहे थे, वह एक योजना के साथ बाहर आया था, जहाँ एक निश्चित राशि की आपके वेतन से कटौती की जाएगी। आप अपनी कार को अपग्रेड कर सकते हैं। यदि आप कोई कटौती नहीं करना चाहते थे तो भी वे आपको एक नई कार दे देंगे, लेकिन वह एक सामान्य कार होगी, लक्जरी कार नहीं।

हर एक ने अपग्रेड किया।

वह अपने पूर्व बॉस का सपना देख रहे थे। उनके पूर्व बॉस सीधे शैतान स्वरूप हैं। वह खुश होता है, जब कोई उसकी चापलूसी करे, आपके काम का श्रेय चुरा लेता है और फिर आपको एक खराब रेटिंग दे देता है, चाहे आपने कितनी भी मेहनत से काम किया हो! आप कभी उसे खुश नहीं कर सकते।

उनके पूर्व मालिक ने भुगतान नहीं करने का फैसला किया और मारुति सुजुकी वैगन-आर के लिए चला गया। मेरे पति ने हुंडई एक्सेंट के लिए एक उच्च मॉडल चुना। यह वह समय था, जब एक्सेंट भारत में लॉञ्च हुई थी और उसका होना, लोगों को मुड़कर देखने को मजबूर कर देता था। जब मेरे पति ने अपने पूर्व बॉस की वैगन आर के पास अपनी कार पार्क कर दी तो उनके पूर्व बॉस से यह सहन नहीं हुआ।

उनके पूर्व मालिक ने भुगतान नहीं करने का फैसला किया और मारुति सुजुकी वैगन-आर के लिए चला गया। मेरे पति ने हुंडई एसेंट के लिए एक उच्च मॉडल चुना। यह वह समय था, जब एसेंट भारत में लॉञ्च हुई थी और उसका होना, लोगों को मुड़कर देखने को मजबूर कर देता था।

जब मेरे पति ने अपने पूर्व बॉस की वैगन आर के पास अपनी कार पार्क कर दी तो उनके पूर्व बॉस से यह सहन नहीं हुआ।

"मुझे नहीं पता था कि तुम एक पंजाबी हो।" उसने मेरे पति से उपहास से कहा, मिस्री घुली आवाज में (मेरे पति एक पंजाबी नहीं हैं)।

"क्यों?" मेरे पति ने पूछा। वह वास्तव में आश्चर्यचकित थे।

"नहीं, वे आमतौर पर पंजाबी ही होते हैं, जो दिखावा करते हैं और बड़ी चमकती कारों के लिए जाने जाते हैं।"

अब मिठास को कुशाग्रता और तेज बुद्धि के साथ भ्रमित न करें। मेरे पति के पास दोनों भाव थे और यह जल्दी से उनकी सहायता के लिए आया था।

एक भाव-शून्य आवाज में उन्होंने कहा, "नहीं, मैं एक पंजाबी नहीं हूँ। इस कार को खरीदने के तीन कारण हैं; पहला—मैं सचमुच विश्वास करता हूँ कि यह एक शानदार कार है, दूसरा—मुझे लगता है कि आप केवल एक बार जवान होते हैं, और यदि आप अच्छी चीजों को लेकर उनका आनंद ले सकते हैं तो आपको ऐसा करना चाहिए, तीसरा—आपके विपरीत, मैं इस कंपनी से अवकाश ग्रहण करने का इरादा नहीं करना चाहता और जब मैं बाहर काम की तलाश करता हूँ तो मैं वास्तव में कह सकता हूँ कि मेरी आखिरी कंपनी ने मुझे एक एसेंट दी और इसलिए उन्हें इससे बेहतर करना होगा।"

उनका पूर्व मालिक अपनी कुरसी में धँस गया और खुद को व्यस्त दिखाना शुरू कर दिया। उसने एक शब्द नहीं कहा था।

जिस रात उन्होंने मुझे लात मारी, वह सिर्फ सपना देख रहे थे कि वे समुद्र-तट पर थे। हम सभी के साथ आराम कर रहे थे, जब उनके पूर्व मालिक एक जंगली पुरानी कार में वहाँ पहुँचे। जब उसने हम सब को देखा तो उसने हमारी नई कार पर रेत फेंकना शुरू किया। मेरे पति को बुरा लगा था और सपने में उन्होंने देखा कि वह बहुत तेजी से उसे लात मार रहे थे, जिससे यह पता चलता है कि मैं उस रात फर्श पर कैसे गिरी थी!

यह लगभग छह साल पुरानी बात है। हम दोनों अभी भी हँसते हैं, जब हम उस रात को याद करते हैं, जब उन्होंने मुझे अपनी नींद में लात मारी। हँसी, इन सभी वर्षों के बाद भी, जब आप एक बहुत ही भयानक मालिक के चक्कर लगाते हैं और उन्हें चुप कराकर जो सर्वोच्च संतोष प्राप्त होने के साथ-साथ झुकाव आता है, उसे याद कर-करके।

यह लगभग छह साल पुरानी बात है। हम दोनों अभी भी हँसते हैं, जब हम उस रात को याद करते हैं, जब उन्होंने मुझे अपनी नींद में लात मारी। हँसी, इन सभी वर्षों के बाद भी, जब आप एक बहुत ही भयानक मालिक के चक्कर लगाते हैं और उन्हें चुप कराकर जो सर्वोच्च संतोष प्राप्त होने के साथ-साथ झुकाव आता है, उसे याद कर-करके।

आज हम उम्र का काफी सफर तय कर चुके हैं और शायद पहले से ज्यादा समझदार हो रहे हैं। अब हमें पता चला है कि जो गाड़ी आप चलाते हैं, वास्तव में उससे कोई फर्क नहीं पड़ता। हमेशा कोई-न-कोई हमसे बड़ी और बेहतर कारवाला होगा। वहीं ऐसे भी लोग होंगे, जो एक गाड़ी नहीं खरीद सकते।

और इसी तरह ऐसे मालिक होंगे, जो अशिष्ट, अभिमानी और गुस्सैल होंगे। कोई उन्हें बदल नहीं सकता। अगर हम उनसे बेहतर पाने की कोशिश करेंगे तो यह केवल एक पुरानी कहावत चरितार्थ करेगा—'एक सूअर के साथ कुश्ती!' इसके अंत में आप दोनों थके हुए होंगे और वह सूअर वास्तव में आनंद उठाएगा।

हमने सीखा है कि सबसे बेहतर है बतख की तरह होना, जो बहाव के साथ चली जाती है। नदी के किनारों पर अनायास ही पानी के कोमल बहाव का आनंद लेती हुई और लोगों की अकड़ का इलाज करती और खुद पर फेंके गए अपमान को ऐसे झटकती हुई, जैसे 'बतख की पीठ से पानी'।

और रात में उस किक के लिए मैं उस दिन की प्रतीक्षा कर रही हूँ, जब मैं यह वापस कर सकूँ। किंतु यह अभी तक नहीं हुआ है।

□

हे भाई!

भाई–बहन लड़ते हैं, एक–दूसरे के बाल खींचते हैं, चीजें चुराते हैं और एक–दूसरे पर अंधाधुंध आरोप लगाते हैं।

लेकिन भाई–बहन यह भी निर्विवाद तथ्य जानते हैं कि वे एक ही खून हैं, एक ही मूल साझा करते हैं और एक ही परिवार हैं।

यहाँ तक कि जब वे एक–दूसरे से नफरत करते हैं।

और यही, सब बातों को परिप्रेक्ष्य में ले आता है।

—वेरा नजैरीयन

माँ मुझे ज्यादा प्यार करती हैं!

मेरे दो बच्चे दूसरे भाई-बहनों से अलग नहीं हैं। वे एक-दूसरे को चिढ़ाते हैं, झगड़े करते हैं, एक साथ खेलते हैं और अपनी खुद की गुप्त भाषा रखते हैं, जो सभी करीबी भाई-बहन करते हैं। कभी-कभी जब वे सोचते हैं कि मैं सुन नहीं रही हूँ तो मैं उनकी बातचीत छिपकर सुनती हूँ। मैं उसका बहुत आनंद लेती हूँ।

कुछ समय पहले मैंने सुना था (जब वे बारह और सोलह वर्ष के थे)—

मेरी बेटे ने मेरी बेटी से कहा—"तुम्हें पता है, माँ मुझे ज्यादा प्यार करती हैं।"

मेरी बेटी—"बिल्कुल नहीं, वह हम दोनों को समान रूप से प्यार करती हैं।"

मेरा बेटा—"नहीं, वह नहीं करतीं। उन्होंने तुम्हें नहीं बताया है। तुम्हें वास्तव में गोद लिया है।"

मेरी बेटी कुछ सेकंड के लिए रुकी। मैंने अपनी साँस रोकी।

फिर उसने कहा, "कम-से-कम उन्होंने मुझे चुना, लेकिन वे तुम्हारे साथ फँस गई हैं।"

मैं अभी भी मुसकरा रही हूँ, जब मैं यह लिख रही हूँ और यह सीधे मेरी यादों के पिटारे में जा रहा है।

□

बॉर्बी, गणित और बेबी सिटिंग

कभी-कभी आप कुछ चीज बहुत बुरी तरह से चाहते हैं। आप उसे इतना ज्यादा चाहते हैं कि वह आपको लगभग खाने लगता है। आपने इसके लिए कई सालों तक इंतजार किया हो, उसके सपने देखे हों, अपना समय बिताया हो और प्रार्थना कीजिए कि जब आपकी मूल रूप से वास्तविकता बन जाए तो आप कल्पना भी नहीं कर सकते उस जिंदगी की, जो आपको मिलती है। आप सिर्फ अपनी किस्मत पर विश्वास नहीं कर सकते। मेरी बेटी का जन्म मेरे लिए ऐसा ही एक क्षण था।

चूँकि मेरे पास पहले से ही एक छोटा बेटा था, इसलिए मैं एक बच्ची चाहती थी, लेकिन एक लड़के और लड़की के संयोजन की उम्मीद करना बहुत ज्यादा अपेक्षा रख रहा था और हालाँकि मेरे पति और मैं एक बेटी चाहते थे, हमने खुद को यह कहकर दिलासा दिया कि अगर वह लड़का भी होता तो भी ठीक रहता—"हम सिर्फ एक स्वस्थ बच्चे, लड़का या लड़की के लिए प्रार्थना करेंगे।" मैंने कहा और मेरे पति सहमत हो गए।

मैं मन-ही-मन डरी हुई थी—अगर मुझे दूसरी बार भी लड़का हुआ तो···तो घर में तीन पुरुष होंगे और मैं अपनी प्रजाति की एकमात्र प्रतिनिधि होऊँगी! मेरे दोनों बच्चे होने से पहले मैं लंबे समय से सभी फ्रिली फ्रॉक्स, सुंदर बोव्स और दुकानों की खिड़कियों में प्रदर्शित एक सौ अन्य चीजों को देखती थी, जिनसे कि आप एक बच्ची को तैयार कर सकते हैं और आशा करती थी कि किसी दिन मुझे भी मौका मिलेगा यह सब खरीदने के लिए।

मैं उस पल को कभी नहीं भूल सकती, जब मैंने अपनी छोटी सी गुड़िया को जन्म दिया तो नर्स ने उसे उठा लिया और कहा, "यह एक बच्ची है।" मैं बेहद खुश थी। मैंने जन्म देने के लिए किसी भी एपिड्यूरल या दर्द-निवारक के बिना प्राकृतिक तरीका चुना था, इसलिए आप कल्पना कर सकते हैं कि मुझे किस स्थिति में रहना

चाहिए था और अगर आप माँ नहीं हैं तो हाँ, यह फिल्मों में दिखने जैसा है। मैं रो पड़ी। मैं खुश थी, बहुत···बहुत खुश!

लेकिन भारत जैसे देश में इसकी गलत व्याख्या की जाती है। दो नर्सों ने मुझसे तुरंत कहा, "नहीं-नहीं, रोओ मत। आप अगले साल एक लड़के की कोशिश कर सकती हैं।"

मुझे तेज झटका लगा।

"मेरे पहले से ही एक बेटा है।" मैंने बंद दाँतों के माध्यम से उत्तर दिया। (मेरा खून उबल जाता है, जब मैं कन्या भ्रूण-हत्या के बारे में सोचती हूँ। लोग इतने अंधे कैसे हो सकते हैं? इतने क्रूर!)

मैंने अपने दोनों बच्चों का आनंद उठाया था, जब वे बढ़ रहे थे। वे एक-दूसरे से अलग थे। मेरा बेटा पुराने समय जैसा भाई था। वह मेरी बेटी को तंग भी करता था और उसे संरक्षण भी देता था। उसे अपनी बहन बहुत प्यारी भी लगती थी। वह वैसी ही थी, जैसा कि लोग लड़कियों के बारे में सोचते हैं। उसे गुलाबी रंग पसंद था। उसे सबकुछ गुलाबी चाहिए था। उसे फ्रिल, लेस व मेकअप और लंबे बालों की चोटी बनाना पसंद था। स्कूल में उसके पसंदीदा विषय गणित, अंग्रेजी और कला थे।

मैंने अपने दोनों बच्चों का आनंद उठाया था, जब वे बढ़ रहे थे। वे एक-दूसरे से अलग थे। मेरा बेटा पुराने समय जैसा भाई था। वह मेरी बेटी को तंग भी करता था और उसे संरक्षण भी देता था। उसे अपनी बहन बहुत प्यारी भी लगती थी। वह वैसी ही थी, जैसा कि लोग लड़कियों के बारे में सोचते हैं। उसे गुलाबी रंग पसंद था। सबकुछ गुलाबी चाहिए था। उसे फ्रिल, लेस व मेकअप और लंबे बालों की चोटी बनाना पसंद था। स्कूल में उसके पसंदीदा विषय गणित, अंग्रेजी और कला थे।

वह कुछ मायनों में मेरे जैसी थी, परंतु मुझसे बहुत अलग भी थी। जब मैं बड़ी हो रही थी तो मुझे किसी भी चीज से नफरत नहीं थी। मैं एक कलाकार थी; लेकिन मैं कला, गणित और लेखन से प्यार करती थी।

एक क्षेत्र था, जहाँ वह और मैं स्पेक्ट्रम के विपरीत छोर जैसे थे और यह तब पता लगा, जब बात बॉर्बी गुड़िया की आई। मुझे बॉर्बी नापसंद थी, लेकिन वह उन्हें बहुत प्यार करती थी। उसके पास चौदह बॉर्बी गुड़ियाएँ थीं। वे सभी उपहार में मिली थीं। जब वह छह या सात साल की थी, उसके पसंदीदा खेलों में से एक था 'बॉर्बी-बॉर्बी'। वह मुझे अपने साथ 'बॉर्बी-बॉर्बी' खेलने के लिए जिद करती थी। उसमें ज्यादातर उसे अपने बॉर्बी को बाहर निकलना, उनके कपड़े और जेवर

बदलना, उन्हें ठीक से रखना, उनके बाल सँवारना आदि शामिल थे, जिनसे मैं जल्द ही थक जाती थी; लेकिन मेरी बेटी बेरहम थी।

"माँ, 'बॉर्बी-बॉर्बी' का एक और गेम, प्लीज!" वह जिद करती थी।

मेरे पास इनकार करने का दिल नहीं था।

तो खुद का भी मनोरंजन करने के लिए मैंने उससे कहा कि हमें 'बॉर्बी-बॉर्बी' को और अधिक रोचक बनाना होगा। वह सहमत हो गई और एक बच्चा सँभालने की सेवा का विचार उसके दिमाग में आया।

हमने 'बॉर्बी-बॉर्बी' गेम के लिए अलग-अलग पहचान मान ली और हम हमेशा अंग्रेजी नाम ग्रहण करते थे, क्योंकि वे अधिक उपयुक्त लगते थे। हमारे खेल में मैं एक व्यस्त लेखिका थी, जिसके पास उसके बच्चों के लिए कोई समय नहीं था। उसने तीन बच्चे, मतलब तीन बार्बियों को 'जौ-एन, बेथ और मौली मे' नाम देकर मुझे दिया। मुझे हर समय अपनी संपादकीय बैठकों में जाना पड़ता था और इसलिए मैं उन्हें एक बहुत ही अच्छे बाल-संरक्षण में छोड़ देती, जो उसके द्वारा चलाया जाता था।

यह पूरा परिदृश्य पूरी तरह से मेरी बेटी का निर्माण था। मैं सिर्फ साथ खेलती थी। उसके पास एक खिलौना-टट्टू भी था, जिस पर वह मेरे बच्चों को सवारी देती थी। उसके बाल-संरक्षण का नाम हर बार बदल जाता था। कभी-कभी उसका नाम 'हैप्पी-लैंड बेबी सिटिंग' होता था और अगली बार यह 'मैजिक ऑवर्स बेबी सिटिंग सर्विस' था। कभी-कभी कुछ दिनों में यह सिर्फ 'पूर्वी बेबी सिटिंग सर्विस' होता था। उसके साथ आनेवाले नाम उसकी मनोदशा पर निर्भर थे।

यह पूरा परिदृश्य पूरी तरह से मेरी बेटी का निर्माण था। मैं सिर्फ साथ खेलती थी। उसके पास एक खिलौना-टट्टू भी था, जिस पर वह मेरे बच्चों को सवारी देती थी। उसके बाल-संरक्षण का नाम हर बार बदल जाता था। कभी-कभी उसका नाम 'हैप्पी-लैंड बेबी सिटिंग' होता था और अगली बार यह 'मैजिक ऑवर्स बेबी सिटिंग सर्विस' था। कभी-कभी कुछ दिनों में यह सिर्फ 'पूर्वी बेबी सिटिंग सर्विस' होता था। उसके साथ आनेवाले नाम उसकी मनोदशा पर निर्भर थे।

"हैलो देयर, मैं एक उचित अंग्रेजी उच्चारण में कहती। क्या आप मेरे तीन बच्चों की देखभाल कर सकती हैं? मेरी लंदन में एक महत्त्वपूर्ण बैठक है, जो कम-से-कम दो घंटे तक चलेगी।"

"बेशक मैडम! बिल्कुल भी परेशानी नहीं है। हम बहुत प्यार से इनकी देखभाल करेंगे। हमारे पास सवारी कराने को एक टट्टू भी है।" उसका जवाब होता।

इसलिए मैं अपने 'बच्चों' को उनकी सक्षम देखभाल में छोड़ देती और अपनी महत्त्वपूर्ण मीटिंग के लिए मैं लंदन के लिए रवाना हो जाती।

यह 'बॉर्बी-बॉर्बी' गेम से थोड़ी सी राहत देता और इससे मुझे थोड़ा सा समय मिलता है, जिसे मैं बरतन, खाना पकाना, कपड़े धोने, घर को साफ करने के लिए इस्तेमाल करती।

जब मैं अपने बच्चों को इकट्ठा करने के लिए वापस आती तो मैं उससे कहती, "तो आपकी दर, जैसा कि 'टेलीग्राफ' में विज्ञापित है, प्रति घंटे 7.50 पाउंड है। मैंने तीन बच्चों को आपके पास चार घंटे तक छोड़ा। मुझे आपको कितने पैसे देने हैं?"

मेरा दिल गर्व के साथ खुश होता, जब वह उसे गणना करके मुझे सही जवाब देती। चूँकि वह गणित में अच्छी थी, इसलिए मैं चुनौती को थोड़ा और आगे बढ़ाती, मैं टट्टू की सवारी के लिए भी दरें जोड़ देती। मैं कहती, "तीन बच्चे, जिसमें जो-एन की चार सवारी थी, बेथ की केवल दो और मौली मे थोड़ा लालची थी, इसलिए मुझे पता था कि उसकी सात होंगी। तो टट्टू की सवारी के लिए मैं कितना भुगतान करूँ?"

गणना करने की उसकी क्षमता पर निर्भर करते हुए मैं खेल में साधारण अंश और दशमलव एवं गुणा को एकीकृत करती और इसमें भिन्नताएँ होतीं। वह एक बिल बनाती। 'यह एक इनवॉइस है।' वह मेरे कहे अनुसार बिल तैयार करती। तब वह उसे मुझे सौंप देती। मैं उसे खेलनेवाले पैसे का भुगतान करती थी और मैं अपने बच्चों को इकट्ठा करके घर जाती थी। बच्चों से बेबी सिटिंग के लिए वापस जाने के लिए इंतजार नहीं होता था; क्योंकि मैं उन्हें घर पर उपेक्षित कर देती थी और उन्हें बेबी सिटिंग में बहुत मजा आता था, इसलिए मैंने 'बच्चा सँभालने की सेवा' को बहुत बार इस्तेमाल किया था।

गणना करने की उसकी क्षमता पर निर्भर करते हुए मैं खेल में साधारण अंश और दशमलव एवं गुणा को एकीकृत करती और इसमें भिन्नताएँ होतीं। वह एक बिल बनाती। 'यह एक इनवॉइस है।' वह मेरे कहे अनुसार बिल तैयार करती। तब वह उसे मुझे सौंप देती। मैं उसे खेलनेवाले पैसे का भुगतान करती थी और मैं अपने बच्चों को इकट्ठा करके घर जाती थी।

वह खुश थी कि वह मम्मी को 'बॉर्बी-बॉर्बी' खेल में अपने साथ खेलाती थी। मैं खुश थी कि यह समय अच्छी

तरह से खर्च किया गया था और इससे भी महत्त्वपूर्ण बात कि वह अपने गणित का अभ्यास करती थी।

जैसे-जैसे साल बीतते गए, उसे मेरी कम और कम जरूरत पड़ती थी। अब वह अपने कॉलेज के लिए दूसरे देश में जाने के लिए तैयार है; पर अभी भी दुछत्ती में एक बॉक्स में उसकी सभी बॉर्बियाँ हैं। मैंने उससे पूछा कि क्या उसे बॉर्बी बेबी सिटिंग वाले दिन याद हैं?

उसे याद थे और हम उन्हें याद करते हुए बहुत हँसे।

उसने कहा, "आप कितनी चतुर थीं, माँ!"

"तुमसे ज्यादा नहीं, मेरी प्रिय बच्ची!" मैंने जवाब दिया।

□

आदर्श बच्चा

मेरी बेटी के पास साझा करने के लिए हमेशा कहानियाँ होती हैं, जब वह स्कूल से वापस आती है। आज तक भी वह जोर देकर कहती है कि मैं जो कुछ भी काम कर रही हूँ, उसे बाद में करना होगा और मुझे उस पर संपूर्ण व अविभाजित ध्यान देना होगा, जब वह विस्तार से बताएगी कि उस दिन क्या-क्या हुआ था! वह एक अच्छी नकल भी करती है और मुझसे डाँट खा लेती है। कभी-कभी वह उत्तेजित हो जाती और उसके बाद मुझसे इस बारे में बात करती है तो बेहतर महसूस करती है।

मैं हमेशा उससे बहुत कुछ सीखती हूँ। हम उन क्षणों को खजाने की तरह सहेजकर रखते हैं—वह और मैं। वह काफी हद तक मेरे जैसी है। हमारे पास हास्य की भावना है और हम पूरी तरह से एक-दूसरे के समकालीन हैं। शुरू होने के बाद हमें रोकना बहुत कठिन है। वह मुझे उस समय की याद दिलाती है, जब मैं उसकी उम्र की थी और फिर भी कई मायनों में वह मुझसे बहुत अलग भी है।

वह लगभग ग्यारह वर्ष की थी, जब ऐसा हुआ। वह घर आई और साझा करने के लिए उसके पास एक कहानी थी। यह उसकी कक्षा में उस लड़की के बारे में थी, जो एक आदर्श छात्रा थी। वह कभी भी अपने होमवर्क को नहीं भूलती थी। हमेशा समय पर होती थी, कभी अनुपस्थित नहीं होती थी, सभी परीक्षणों के लिए अच्छी तरह से अध्ययन करती थी और दक्षता का प्रतीक थी—एक आदर्श छात्रा! मेरी बेटी से मुझे पता चला। मुझे आश्चर्य है कि उसके माता-पिता ने अपनी बेटी को इतना दक्ष होने के लिए कौन से तरीके अपनाए होंगे; लेकिन मैंने कोई टिप्पणी नहीं की।

"आप जानती हैं कि उसने मुझे एक दिन क्या बताया, माँ?" मेरी बेटी ने लगभग अविश्वास में कहा।

"क्या?"

"उसने कहा, 'मुझे लगता है कि गणित में मुझे निन्यानबे और तीन चतुर्थांश

अंक मिलेंगे। अगर मुझे उस तिमाही के अंक नहीं मिले तो मुझे लगता है कि मैं खुद को मार डालूँगी।'"

"हे भगवान्! क्या वह पढ़ाई में अच्छी है?"

"हाँ और बहुत अड़ियल भी। वह हमेशा सभी टेस्ट्स में 19/20 और 20/20 अंक लाती है और वह एक रोंदू बच्चा है।"

"रोंदू बच्चा से तुम्हारा क्या मतलब है?"

"वह वास्तव में बहुत चिल्लाती है। क्या आप कल्पना कर सकती हो? अगर कोई कहता है कि 'तुम्हारी चोटी ढीली हो रही है' तो जैसे उसकी दुनिया ही खत्म हो गई हो, ऐसे रोने लगती है।"

"ओह! वह तब एक संवेदनशील बच्ची होगी।"

"नहीं माँ, संवेदनशील नहीं, वह सिर्फ नौटंकी करती है। वह सबकुछ सिर्फ अपने तरीके से करना चाहती है और अगर वह नहीं होता तो वह इसे स्वीकार नहीं कर पाती। इसलिए वह रोती है और चीख-चिल्लाकर उसे पाना चाहती है।"

"ओह!"

"नहीं माँ, संवेदनशील नहीं, वह सिर्फ नौटंकी करती है। वह सबकुछ सिर्फ अपने तरीके से करना चाहती है और अगर वह नहीं होता तो वह इसे स्वीकार नहीं कर पाती। इसलिए वह रोती है और चीख-चिल्लाकर उसे पाना चाहती है।"
"ओह!"

मुझे नहीं पता था कि इस बारे में क्या कहना है? मेरे मन में जो विचार आया था—पढ़ाई में इतना अच्छा होने का क्या मतलब था, अगर संतुलित व्यक्तित्व न हो? लेकिन बेशक, एक अच्छी भारतीय माँ की तरह मैंने कुछ नहीं कहा। आखिरकार, कौन से भारतीय माता-पिता ऐसे बच्चे की कामना नहीं करते, जो परीक्षा में बेमिसाल अंक हासिल करते हों? मैंने अपनी चुप्पी कायम रखी।

लेकिन कहानी खत्म नहीं हुई थी।

"किंतु मैंने उसे ठीक कर दिया, माँ। वह अब ठीक है।" मेरी बेटी ने घोषणा की।

"ओह! कैसे?" मैंने पूछा। मेरी जिज्ञासा सचमुच उभर आई थी।

"वह चार महीने से अब मेरे पास बैठती है।"

"और?"

"अब वह केवल 14/20 और 16/20 अंक लाया करती है और रोती भी नहीं।"

□

बड़े भाई और आंतरिक शांति

हमारे परिवार में हमारा एक सरल नियम है। हम एक साथ भोजन करते हैं। प्रत्येक रात्रि को साथ खाने की एक परंपरा है। जहाँ तक मुझे याद है, जैसा हमने हमेशा से किया था। सप्ताहांत पर प्रत्येक वक्त का भोजन हम एक साथ करते हैं। टेलीविजन के सामने भोजन करने की अनुमति हमारे घर में नहीं है। हम भोजन खाने के लिए बैठते हैं, इसलिए हमें किसी फोन, किताबें या किसी भी अन्य विकर्षण की अनुमति नहीं है। हमारे पास हमारे निर्धारित स्थान भी हैं। मेरे पति और मैं—हम दोनों सोचते हैं कि यह एक परिवार के रूप में करना बहुत महत्त्वपूर्ण है। यदि हमारे पास मेहमानों को आना होता है तो वे भी साथ में जुड़ जाते हैं और हम सभी एक साथ भोजन करते हैं।

यह आमतौर पर खाने के समय होता है कि बहुत सारी बातचीत हो जाती है। कभी-कभी यह हास्यास्पद बन जाता है। बातचीत कभी-कभी गहरी होती है और कभी-कभी मौन होती है। हम खाने से पहले हमेशा भोजन के लिए आभार व्यक्त करते हैं और खाने से पहले अपने आशीर्वादों की गणना करते हैं।

मुझे याद है, कुछ साल पहले खाने की एक मेज पर इस तरह के भोजन के दौरान मेरी बेटी उदास थी।

"क्या हुआ ?" मैंने उससे पूछा। नाटक के प्रति उसके झुकाव को जानकर और आगे आनेवाले समय में बड़ी योजना में वास्तव में कितना गंभीर फैसला होगा, यह यह तय करने के बाद क्या काररवाई करने के लिए मानसिक रूप से तैयार करना है, मैं इन सब बातों की आदी थी, अपने अभिभावक की भूमिका के वर्षों में, जिसके कारण कुछ चीजों को तत्काल काररवाई की आवश्यकता है और कुछ में तूफान दिखाई देते हैं; लेकिन वे पल गुजर जाते हैं।

लेकिन उस दिन जो उसने कहा, उसने मुझे आश्चर्यचकित कर दिया।

उसने गंभीरता से कहा, "मुझे मन की शांति की जरूरत है।"

यह पहली बार था, जिसने मुझे आश्चर्यचकित किया था, लेकिन जल्दी ही सब ठीक हो गया।

"अपने सारे मटर खाओ। तो वे तुम्हारे अंदर होंगे और तुम आंतरिक शांति महसूस करोगी।" मैं मुसकराई। मुझे बहुत हँसी आ रही थी, यह कहते हुए और मटर-पुलाव की ओर इशारा करते हुए, जो कि हम खा रहे थे।

इससे मेरी बेटी के चेहरे पर मुसकराहट आई और वह मेरे मजाक को अनसुना नहीं करती थी।

> ***"मैं खुश हूँ, लेकिन दुनिया में आपको आंतरिक शांति की अवधारणा कहाँ मिली? तुम्हें मन की शांति की आवश्यकता कैसे हो सकती है, तुम केवल ग्यारह वर्ष की हो!" मैंने अचंभित भाव से कहा, 'इन दिनों के बच्चे' और मैं खुद को उत्साहित होने से नहीं रोक सकती थी।***

उसने कहा, "माँ, आप हमेशा मुझे हँसा देती हो।"

"मैं खुश हूँ, लेकिन दुनिया में आपको आंतरिक शांति की अवधारणा कहाँ मिली? तुम्हें मन की शांति की आवश्यकता कैसे हो सकती है, तुम केवल ग्यारह वर्ष की हो!" मैंने अचंभित भाव से कहा, 'इन दिनों के बच्चे' और मैं खुद को उत्साहित होने से नहीं रोक सकती थी।

मेरी बेटी इस क्षण में खुश थी। खुश होने के बाद मैं सोच रही थी, लेकिन यह संक्षिप्त क्षण था।

"माँ, उससे आप इतनी प्रभावित नहीं होना। वह सिर्फ कुंग-फू पांडा ही देखती रहती है और वहीं से यह खयाल उसके दिमाग में आया है।" मेरे पंद्रह वर्षीय बेटे ने कहा।

मुझे नहीं पता था कि क्या कहना है?

मैं मुसकराई अपने बचपन में ऐसे कई क्षणों को याद करते हुए, जब मेरे भाई और मुझमें यह 'मैं मम्मी को बता दूँगा/दूँगी' क्षण था।

ये वे अनमोल यादें हैं, जिनके बारे में हम अभी भी बात करते हैं, वयस्कों की तरह कई सालों बाद भी, और हम हँसते हैं।

मुझे खुशी है कि मेरे बच्चे अपने स्वयं के लिए कुछ ऐसे खजाने सँजो रहे थे। □

असली जासूस

"माँ, क्या आप एक जासूस हो?" मेरी सात वर्षीय बेटी ने इस सवाल से मेरा स्वागत किया, जब मैं उसे लेने स्कूल गई थी। यह कुछ वर्ष पहले की बात थी, जब हम ब्रिटेन में रह रहे थे।

एक पल के लिए मैं दुविधा में आ गई थी। तब मुझे एहसास हुआ कि शायद यह इतिहास के सबक के साथ कुछ था, जो उन्हें सिखाया जा रहा था। मैं पानीपत की लड़ाई के बारे में सीखने में ही बड़ी हो गई थी और प्रत्येक लड़ाई की तारीखों को याद किया था। मुझे याद है कि छह मुगल सम्राटों और उनके युगों के नामों को याद रखना—बाबर, हुमायूँ, अकबर, जहाँगीर, शाहजहाँ और औरंगजेब के साथ और अंतिम मुगल बहादुर शाह जफर। मैं भगत सिंह, चंद्रशेखर आजाद और झाँसी की रानी के बारे में बहुत रुचि के साथ पढ़ती थी। भारत में पलने के कारण हम सबको नमक सत्याग्रह के बारे में पता है और दक्षिण अफ्रीका में कैसे गांधीजी को एक ट्रेन से बाहर किया गया। इसने मेरे देशभक्तिपूर्ण उत्साह को उभारा और हमारे खेल के समय में हमने मंगल पांडे के जीवन से दृश्य बनाकर नाट्य रूपांतरण किए, जिनमें उन्होंने अंग्रेजों को मारने के लिए वचन दिया।

उस वक्त मैंने कभी सोचा भी नहीं था कि मैं एक छोटे से शहर में ब्रिटेन में रहूँगी और अपने बच्चों को एक स्थानीय अंग्रेजी स्कूल में भेजूँगी। उन्हीं जगह, उनके स्कूल और उनके सभी अंग्रेजी दोस्तों से प्यार था। उन्होंने ब्रिटिश उच्चारण में बोलना भी सीख लिया था और यह मेरे लिए आश्चर्य था कि वे ब्रिटिश उच्चारण और एक भारतीय उच्चारण के बीच बहुत आराम से तालमेल बना लेते थे, जब वे घर आते थे। भारतीय इतिहास का उनका ज्ञान वहीं तक सीमित था, जो मैंने उन्हें सिखाया था और जब भी हम भारत गए, मैंने उन्हें अकबर की कब्र और अन्य जगहों जैसे सभी ऐतिहासिक स्मारकों में ले जाना सुनिश्चित किया। मेरे बच्चों के लिए यह

सब अनोखा था। वे ब्रिटिश इतिहास से अधिक परिचित थे।

मैंने याद किया कि कुछ दिन पहले मेरी बेटी ने उल्लेख किया था कि उन्हें मॉरिसन और एंडरसन के आश्रयों के बारे में सिखाया गया था। वे हवाई जहाज के आश्रय थे, जो द्वितीय विश्वयुद्ध के दौरान लोगों की जरूरत थी, जर्मन विमानों द्वारा छोड़े गए बमों से खुद को बचाने के लिए। जब रात के छापे बार-बार होने लगे, लोगों ने सिर्फ एक आश्रय में पूरी रात निकाली। एंडरसन शेल्टर्स या आश्रय, नालीदार लोहे की शीट से बने, जो एक साथ जोड़े गए थे, उन्हें जमीन में आधा दबाकर मिट्टी से ढका गया, ताकि उन्हें धमाकों से बचाया जा सके। मॉरिसन शेल्टर्स को बहुत भारी स्टील से बनाया गया था और उसे लिविंग रूम में रखा जा सकता था और एक टेबल के रूप में इस्तेमाल किया जा सकता था। एक तार की ओर ऊपर उठाकर लोगों को नीचे आने का मार्ग बना दिया गया था, जिससे वे अंदर आ जाते थे। मेरी बेटी मॉरिसन शेल्टर्स को चादर, खाने की मेज और थोड़ी कल्पना-शक्ति से बनाने की कोशिश करती थी।

"क्या तुमने आज जासूसों के बारे में जाना?" मैंने उससे पूछा।
"हाँ।" उसने चहककर कहा।
"और तुमने क्या सीखा?" मैंने पूछना जारी रखा, जब हमने स्कूल से घर वापस पैदल चलना शुरू किया।
"सबकुछ, जो वहाँ है पता करने के लिए।" उसने महान् विश्वास के साथ कहा,
"वाकई? सबकुछ?"

लेकिन जासूसों पर उसका सवाल कुछ ऐसा था, जो मुझे पूरी तरह से गुमराह कर देता था। शब्द का मेरा ज्ञान जासूस बनाम जासूस तक ही सीमित था, जो मैंने बड़े होते हुए मैड कॉमिक्स में पढ़ा था। इसलिए केवल एक स्पष्टीकरण था कि वह क्यों पूछ रही थी कि मैं एक जासूस क्यों थी?

"क्या तुमने आज जासूसों के बारे में जाना?" मैंने उससे पूछा।

"हाँ।" उसने चहककर कहा।

"और तुमने क्या सीखा?" मैंने पूछना जारी रखा, जब हमने स्कूल से घर वापस पैदल चलना शुरू किया।

"सबकुछ, जो वहाँ है, पता करने के लिए।" उसने महान् विश्वास के साथ कहा, "वाकई? सबकुछ?"

मैं पचास प्रतिशत खुश थी और एक सौ प्रतिशत संदेह में।

"बेशक! हमने इसके बारे में एक फिल्म देखी। क्या मुझे आपको इसकी व्याख्या करनी चाहिए?"

"हाँ, जरूर।"

उस पर अब मेरा पूरा ध्यान था।

"देखो माँ," उसने कहा, जैसे कि मैं सात साल की बच्ची थी, "जासूस आम लोगों की तरह ठीक दिख सकता है। उदाहरण के लिए, आप प्रीति शेनॉय की तरह लग सकती हैं। आप उसकी तरह पोशाक पहन सकती हैं और उसकी तरह बात कर सकती हैं। आप वह हो भी सकती हैं, लेकिन आप एक जासूस भी हो सकती हैं। इसलिए मैंने पूछा कि क्या आप एक जासूस थीं?"

इसका उत्तर देने का एकमात्र तरीका था—"हम्म!" मैंने कहा, "शायद मैं एक जासूस हूँ। तुम क्या सोचती हो?"

उसने कहा, "मुझे देखने दो।" फिर उसने मेरे बाल बाँध दिए।

"आउच! तुमने ऐसा क्यों किया?"

"ये असली बाल हैं या विग, इसकी जाँच करने के लिए।"

"अगर यह सच है, तुम क्या कह रही हो, मैं अभी भी एक जासूस हो सकती हूँ?" मैंने उसे याद दिलाया कि उसने कहा था कि भले ही मैंने इसे नहीं देखा, मैं अभी भी एक जासूस हो सकती थी, भले ही मैंने एक विग और धूप का चश्मा नहीं पहना था।

वह एक पल के लिए रुकी और उसने निश्चित रूप से घोषणा की, "आप कभी भी जासूस नहीं हो सकती हैं, माँ।"

"क्यों?" मैंने पूछा, जासूस के साथ खुद की एक मानसिक तुलना करके।

"क्योंकि जासूस अपने बच्चों के अंडरवियर नहीं धोते हैं!" उसने कहा। वह उस युग में थी, जब वह अभी भी अपने और अपने ग्यारह वर्षीय भाई को अपने बच्चों के रूप में नाम लेती थी, विशेषकर जब वह मुझसे कुछ लेना चाहती थी।

वह एक पल के लिए रुकी और उसने निश्चित रूप से घोषणा की, "आप कभी भी जासूस नहीं हो सकती हैं, माँ।" "क्यों?" मैंने पूछा, जासूस के साथ खुद की एक मानसिक तुलना करके। "क्योंकि जासूस अपने बच्चों के अंडरवियर नहीं धोते हैं!" उसने कहा। वह उस युग में थी, जब वह अभी भी अपने और अपने ग्यारह वर्षीय भाई को अपने बच्चों के रूप में नाम लेती थी, विशेषकर जब वह मुझसे कुछ लेना चाहती थी।

"और तुम कैसे जानती हो कि मैं ही ये कपड़े धोती हूँ?" मैंने जोर देकर पूछा।

"बहुत सिंपल।" उसने कहा, "नहीं तो उनसे बदबू आती।"

मैं मुसकराई। मेरे पास कोई जवाब नहीं था। तब मैंने उससे पूछा, "तुम क्या सोचती हो कि जब तुम स्कूल में होती हो तो तुम्हारे कपड़े धोने के अलावा पूरे दिन क्या करूँगी?"

"आप पुस्तकें लिखती हैं, घर का काम करती हैं, खाना बनाती हैं और आप हमारे व पापा के बारे में सोचती हैं और हमारे वापस आने की प्रतीक्षा करती हैं।"

मैंने उसे फिर गले से लगा लिया।

मेरे अनमोल मानसिक स्मरण शक्ति संग्रह में ये पल किसी कीमती रत्न से कम नहीं थे।

नई चीजें सीखना अच्छा है—चाहे ब्रिटिश इतिहास हो या भारतीय और दुनिया में कोई भी इतिहास का सबक आपको यह नहीं सिखा सकता है कि उस दिन मैंने क्या सीखा—वह यह कि असली जासूस अपने बच्चों के अंडरवियर नहीं धोते। □

जरूरत महसूस करना

आवश्यकता एक सहज मानव लक्षण है। हम सभी को जरूरत है। यह हमारे अहंकार को बढ़ाता है और महत्त्व का भाव देता है। यह हमें वांछित और उपयोगी महसूस कराता है। यह हमें बताता है कि क्या बात मायने रखती है! जब आप अभिभावक होते हैं, यह पहले से कहीं अधिक स्पष्ट होता है। आपके छोटे बच्चे हर जरूरत के लिए पूरी तरह से आप पर निर्भर हैं। ओह! खुशी, संतुष्टि और भयानक एहसास है कि अब आप एक और छोटे मानव के लिए पूरी तरह से जिम्मेदार हैं।

लेकिन समय बीतने के साथ चीजें बदल जाती हैं। बच्चे बड़े होते हैं और घर छोड़ते हैं। मेरे कई दोस्त (एंप्टी नेस्ट) सिंड्रोम के शिकार हैं। मुझे नहीं पता कि क्या मैं भी उन्हें उतनी ही बुरी तरह से याद करूँगी, जैसा वे लोग करते थे या मैं बेहतर तरीके से सामना करूँगी? मुझे जल्द ही पता चल जाएगा, क्योंकि मेरे दोनों बच्चे अब अपने कॉलेज की शिक्षा के लिए दूसरे देश में जाने के लिए तैयार हैं। मैं धीरे-धीरे उन्हें जाने देना सीख रही हूँ।

जब मैंने पहली बार वर्ष 2014 की रिचर्ड लिंकलाटर की फिल्म 'बॉयहुड' देखी, जिसमें पाँच साल से अठारह साल की उम्र तक के एक लड़के के सफर की एक सुंदर समय-सारिणी का अध्ययन था, मैं पूरी तरह से खुद को माता के साथ जोड़ सकती थी; क्योंकि वह अपने बच्चों को बड़े होते देखती थी और फिर वे घर छोड़कर चले जाते हैं। फिल्म में एक भावनात्मक रूप से चार्ज किया गया दृश्य है, जहाँ वह थोड़ा निराश हो जाती है। सोच रही है कि क्या माता-पिता के लिए 'यह सबकुछ है'?

पेरेंटिंग के बारे में अगर बात करें तो यह है कि हम यह भूल जाते हैं कि हमारे बच्चे कितने छोटे थे, बहुत जल्दी मेरे लिए यह दूसरे दिन की तरह लगता है।

पहले बच्चे शिशु थे और अब वे पहले से वयस्क हैं। बच्चे बहुत तेजी से

बड़े होते हैं और निश्चित उम्र के बाद माता-पिता पर आश्रित होना बंद कर देते हैं। फिर वे अपने दोस्तों पर निर्भर करते हैं। यह कहना गलत नहीं होगा कि थोड़े समय बाद ये माता-पिता ही हैं, जिन्हें अब वयस्क होते बच्चों की तुलना में खुद बच्चों की जरूरत होती है। बॉण्ड सिर्फ प्रयासों के जरिए बनाया जाता है, यदि आप अपना निवेश करने में भरोसा करते हैं। बंधन एक करीबी संभावना है कि वह इतनी ही रहेगी, यहाँ तक कि वयस्कता में भी।

सबसे अनुभवी अभिभावक—और 'अनुभवी' द्वारा मेरा अर्थ है कि माता-पिता, जिनके पास दो बच्चे हैं या जो अधिक हैं, जब तक कि आप सिर्फ नौसिखिए नहीं होते हैं—कसम खाती हूँ कि ब्रह्मांड के कानून हैं, एक-दूसरे से संभव के रूप में एक अनुभवी अभिभावक के रूप में मैं यह सही कह सकती हूँ। यदि एक को बॉलीवुड की संख्या पसंद है तो दूसरे को रैप गाना पसंद आएगा। अगर कोई ए.सी. को बंद कर देता है तो अन्य इसे उच्चतम संभव सेटिंग में चालू करना चाहता है। यदि एक बच्चा पिज्जा और बर्गर पसंद करता है तो अन्य आमतौर पर ताजा सब्जियाँ और कम कैलोरीवाला स्वास्थ्यपूर्ण भोजन पसंद करता है। हाँ, ऐसे बच्चे हैं। मेरी मित्र की बेटियों में से एक छह वर्ष की है और वह केवल स्वस्थ भोजन ही खाना चाहती है और रोजाना सब्जियों व फलों को साथ रखती है।

कुछ सबसे यादगार यादें होती हैं, जब आपके बच्चे आप पर निर्भर थे। वह एक ऐसा समय है, जिसमें आप वापस नहीं जा सकते। मेरे पास ऐसे कई पल हैं और मैं ज्यादातर उनको अपने ब्लॉग पर या निजी पत्रिकाओं में लिख लेती हूँ। मैं आपके साथ इस तरह के एक भव्य क्षण को साझा करना चाहती हूँ।

कुछ सबसे यादगार यादें होती हैं, जब आपके बच्चे आप पर निर्भर थे। वह एक ऐसा समय है, जिसमें आप वापस नहीं जा सकते। मेरे पास ऐसे कई पल हैं और मैं ज्यादातर उनको अपने ब्लॉग पर या निजी पत्रिकाओं में लिख लेती हूँ। मैं आपके साथ इस तरह के एक भव्य क्षण को साझा करना चाहती हूँ।

मेरी बेटी, जब वह बच्ची थी, सुबह जल्दी उठती थी। हालाँकि यह पर्याप्त नहीं था। वह एक उत्सुक बीवर भी थी। उज्ज्वल, जंगली पूँछ, सुबह की दरार पर—अपने शुरुआती घंटों के सीधे आनुपातिक समय में साथ-साथ वह हमारे बड़े संग्रह से एक पुस्तक लेती थी।

उसकी नींद का स्वरूप मेरे नियम से सीधा विपरीत था, क्योंकि मैं आमतौर पर 1 बजे ही बिस्तर पर सोने जाती थी। मेरी बेटी को बदलाव के लिए आगे बढ़ना था।

सुबह लगभग 5:30 बजे के आसपास सोफे में मेरी पीठ धँस जाती थी। इतनी ज्यादा सुबह मैं भी विरोध करने के लिए बहुत थक जाती थी। मैं अपने पेट के बल सोती थी और वह मेरे पैरों को मोड़कर उनको अपना बैरल बना लेती थी और कुछ तकियों के साथ वह आराम से बैठती थी। वह तब जोर से पढ़ना जारी करती थी। मेरे सख्त निर्देश थे, "आपको माँ को जगाने की इजाजत नहीं है, चाहे कोई भी बात हो।"

सुबह 5:30 बजे मेरे लिए आधी रात होती। मैं उसे धमकी देती, डाँटती, विनती करती और कान में रुई डालकर सोती, पर सब बेकार···

"माँआऽऽऽऽऽ···माँआऽऽऽऽऽ···" वह एक मीठी मधु-लेपित आवाज में कहती है, जो वास्तव में हर्षदायी होती है, लेकिन सुबह 5.15 बजे यह आवाज अधिक सैकरीन व कम चीनी की होती है।

"यह शब्द क्या है?" वह पूछती।

मैं जवाब देने से इनकार करती।

"मैं आपको जगा नहीं रही हूँ, माँ। मैं सिर्फ यह चाहती हूँ कि आप मुझे एक शब्द बताएँ, मैं फँस रही हूँ। आप देखें, यह पहली बार मुझे परेशान कर रहा है।"

वह आसानी से हार नहीं मान सकती थी।

"नहीं, धन्यवाद! मुझे नहीं दिख रहा है और मैं देखना नहीं चाहती।"

"तो मैं उससे बोलने के लिए कहती कि वह इसे शब्दों में बताए। आमतौर पर शब्द एक एपॉस्ट्रॉफी या कुछ चीज के साथ होता है, जो हाइफनेट होता है। ऐसे मामलों में 'सरल' शब्द भी 'I', 'd' से 'ID' हो जाता है, अगर एपॉस्ट्रॉफी पढ़ा नहीं जाता है तो! मैं कुछ नहीं जानती थी कि यह क्या है और मैं उससे दस मिनट के लिए सो जाने के लिए वक्त माँगती।"

"तो मैं उससे बोलने के लिए कहती कि वह इसे शब्दों में बताए। आमतौर पर शब्द एक एपॉस्ट्रॉफी या कुछ चीज के साथ होता है, जो हाइफनेट होता है। ऐसे मामलों में 'सरल' शब्द भी 'I', 'd' से 'ID' हो जाता है, अगर एपॉस्ट्रॉफी पढ़ा नहीं जाता है तो! मैं कुछ नहीं जानती थी कि यह क्या है और मैं उससे दस मिनट के लिए सो जाने के लिए वक्त माँगती।"

तब वह मेरी आँखों से लगभग दो सेंटीमीटर दूर पुस्तक लेकर खड़ी होती।

"माँआऽऽऽ, बस, एक बार देखो। यदि आप मुझे यह सिर्फ एक बार बता दो कि क्या है तो मैं वादा करती हूँ कि मैं आपको नहीं जगाऊँगी।"

मोहरबंद सौदा। मैं घबराहट से एक आँख खोलती और शब्द को पढ़ती। ठीक ढाई मिनट के बाद, उस वक्त, जब मैं आनंदमय नींद में उड़ रही होती थी, वह मुझे हिलाकर कहती, "माँआऽऽऽ…अभी तक दस मिनट नहीं हुए?"

इसके कई दिनों बाद मुझे अपने मस्तिष्क में लहर–सी महसूस हुई। मैंने एक योजना बनाई थी, जो यह परेशानी हल कर देती। कम–से–कम मुझे लगता है, मैंने किया था। मुझे नहीं पता था कि मैंने क्यों किया था?

मैंने उसे सिखाया कि एक मिनट में कितने सेकेंड होते हैं। मैंने उसे सिखाया, "एक हजार एक…एक हजार दो…एक हजार तीन और इतने पर…एक हजार साठ तक।" इसमें लगभग एक मिनट लगेगा और दस मिनट के लिए उसे दस बार कहना था। वह पूरी तरह से समझ गई और नई खोज पर खुशी से सिर हिलाया।

अगली सुबह फिर से, "माँआऽऽऽ…ये क्या शब्द है?" के साथ मैं फिर से उसकी आवाज की चपेट में आ गई, "एक हजार एक, एक हजार दो…" मुझे सुबह साढ़े पाँच बजे यह गिनती भी सुननी पड़ी।

मैंने उससे पूछा कि अपने पापा को कभी भी क्यों न कहती? मैंने पूछा कि उसने उन्हें बदलने के लिए क्यों नहीं जगाया? उनसे उसे स्कॉट फ्री क्यों नहीं मिला?

"ऑ…ऑ…ऑ…माँ।" उसने जवाब दिया, "पापा कभी नहीं जागेंगे। मुझे जो भी जानना होता है, आप बता देते हो। माँ, देखो, अगर मुझे पता होता कि मुझे कैसे पढ़ना है तो मैं आपको परेशान नहीं करती।"

आप इस तरह तर्क के साथ बहस नहीं कर सकते और चुपके से मैंने इसका आनंद लिया, जब तक वह वहाँ से चली नहीं गई।

अब वह जल्द ही महाविद्यालय में पढ़ने चली जाएगी। मैं जो कुछ कर सकती हूँ, वह याद दिलाता है और इस लेख के पन्नों के माध्यम से उन क्षणों को फिर से जीवंत करता है।

□

एक छोटा सा उपहार

कहते हैं कि खून पानी से गाढ़ा होता है। बड़े होने पर जो भी हो—बचपन में भाई-बहन का रिश्ता ही निराला होता है। मेरे समय में दो-तीन बच्चे होना सामान्य बात थी, इसलिए हमें भाई-बहनों के बीच रहने का पूरा अनुभव मिला। कई ऐसे लोग भी देखे, जिन्हें बचपन में भाई-बहन का साथ नहीं मिला तो उन्होंने उस कमी को पूरा करने के लिए दो-तीन बच्चे पैदा किए। वे नहीं चाहते थे कि उनके बच्चे भी वही तड़प महसूस करें। दूसरे भाई-बहनों की तरह मेरा अपने भाई से करीबी रिश्ता है। अनुसंधान ने यह साबित कर दिया है कि भाई-बहन के रिश्ते में वह ताकत होती है कि वे अपने भाई-बहन को बदल सकें। मेरे कई मित्रों के कॅरियर पर उनके बड़े भाई का प्रभाव रहा।

मुझे समझ में नहीं आ रहा है कि पैसे के साथ दागदार होने पर भी इस तरह के एक गहरे बंधन भी शिथिल हो जाते हैं। संपत्ति, व्यापार और अन्य भौतिक चीजों पर झगड़ों के कई मामले हैं। भाई-बहन क्यों दुश्मनों में बदल जाते हैं? लालच क्यों सबकुछ खा जाता है?

हम भूल जाते हैं कि चाहे आपके पास कितना भी पैसा है या नहीं है, आपका आखिरी सफर तो चार कंधों पर ही होता है और आपके आखिरी सफर पर हो सकता है कि शायद आपके भाई साथ होंगे! उस वक्त संपत्ति पर झगड़ना व्यर्थ लगता है।

बचपन की यादें उन बंधनों की नींव हैं, जो आप अपने भाई के साथ साझा करते हैं। हम बचपन में जो व्यावहारिक ढाँचा स्थापित करते हैं, वह हमारे वयस्क जीवन में भी आगे बढ़ता है। कई यादें हैं, जो मैं अपने भाई के साथ साझा करती हूँ, लेकिन अब हम जब भी मिलते हैं तो जिस बारे में हम याद करते हैं और बात करते हैं, वह यह है।

यह बहुत समय पहले की बात है, जब बच्चे समुद्र-तट से डाक टिकट और

समुद्र के गोले इकट्‌ठा करते थे। जो मेरे पास था, वह एक स्वामित्ववाली संपत्ति थी—एक त्रिकोणीय आकार का डाक टिकट, जिस पर रॉकेट की एक सुंदर तसवीर थी। वह मंगोलिया देश का था। उसने मेरे साथियों, अन्य बच्चों के बीच मेरी इज्जत बढ़ा दी, क्योंकि हम सभी छोटे डाक टिकट संग्राहक थे।

"उसके पास एक त्रिकोणीय टिकट है।"

"वाकई ? त्रिकोणीय ?"

"हाँ।"

"मंगोलिया से!"

"क्या हम उसे देख सकते हैं ?"

उस एकल डाक टिकट से जो भय और सम्मान पैदा हुआ, उससे मेरे सम्मान में वृद्धि हुई। जब भी मैं अपनी डाक टिकट एलबम निकालती, मुझे एक रानी की तरह महसूस होता। किसी और के पास त्रिकोणीय डाक टिकट नहीं था, न उस पर एक रॉकेट की एक तसवीर के साथ टिकट। उस बात के लिए यह उन दिनों काफी दुर्लभ था।

मेरे भाई ने इसे लंबे समय तक देखा। मैं उसे अपने प्रतिष्ठित डाक टिकट एलबम को छूने भी नहीं दूँगी। यह सुरक्षित रूप से लॉक हुआ था और माँ के साथ जमा की गई कुंजी, अगर मैं आसपास नहीं हूँ तो!

मेरा भाई इतनी आसानी से हार नहीं सकता था। वह जो चाहता था, वह आमतौर पर उसे मिल जाता था। वह एक मौके के लिए धैर्यपूर्वक इंतजार कर रहा था।

मेरा भाई इतनी आसानी से हार नहीं सकता था। वह जो चाहता था, वह आमतौर पर उसे मिल जाता था। वह एक मौके के लिए धैर्यपूर्वक इंतजार कर रहा था।
यह मौका तब आया, जब हम एक दिन स्कूल से लौट रहे थे। मैं एक सहेली के साथ थी। मैं आगे चल रही थी और वह हमेशा की तरह हमारे पीछे-पीछे चल रहा था।

यह मौका तब आया, जब हम एक दिन स्कूल से लौट रहे थे। मैं एक सहेली के साथ थी। मैं आगे चल रही थी और वह हमेशा की तरह हमारे पीछे-पीछे चल रहा था।

श्री शर्मा के बगीचे में लटके हुए हरे कच्चे आम, उनके गेट के ठीक ऊपर, अस्थिर थे। जो भी खट्‌टा हरा आम खा चुका है, वह जान लेगा कि हम क्यों इतनी कोशिश करते हैं।

मेरी सहेली ने सुझाव दिया कि हम आम कुछ चुराएँगे। वह और मैं गेट पर चढ़ गए। हम वहाँ पहुँचे और हरे आमों को तोड़ना शुरू कर दिया। हमने उम्मीद नहीं की थी कि श्रीमती शर्मा की निगाहें उन कीमती आमों पर टिकी थीं।

"अरे, तुम चोरो!" वे गुस्से में चिल्लाईं और फिर एक पल के बाद बोलीं, "मैं तुम्हें जानती हूँ। तुम कामत की बेटी हो, है न?"

मैं घबरा गई थी कि उन्होंने मुझे पहचान लिया था। मुझे नहीं पता था कि वह मेरे पिता को और मुझे भी जानती थीं। मैंने जवाब नहीं दिया। इसके बजाय हम नीचे उतर गए और जान बचाकर भागे और अपने साथ आमों को भी ले गए। हम बस स्टॉप तक पहुँचने तक धीमे नहीं हुए थे।

फिर हम हँस-हँसकर दोहरे हो गए, क्योंकि हम बच गए थे और हमारे पास एक पुरस्कार भी था।

मेरा भाई एक मूक पर्यवेक्षक था। वहाँ! मैंने एक हरे रंग के आम को देने का प्रलोभन दिया।

उसने एक पल के लिए उसे देखा और उसके मुँह में पानी आ गया; लेकिन उसने अपना सिर हिलाकर मना कर दिया।

"नहीं," उसने कहा। फिर सबसे खतरनाक शब्द कहे, "मैं आज माँ को बताऊँगा, तुमने क्या किया।"

"प्लीज, प्लीज, प्लीज, नहीं।" मैंने विनती की, वकालत भी।

हमें पता था कि हमारे लिए क्या सजा होगी, अगर हमारी माँ को पता चला कि मैंने आमों की चोरी की थी! वह भी वहाँ से, जिन्हें वह जानती थीं!

जब हम घर पहुँचे तो मैंने अपनी माँ को चाबी निकालने के लिए कहा, क्योंकि मेरा डाक टिकट एलबम निकालना था। मेरी माँ को आश्चर्य हुआ, जब उन्होंने मुझे अपने भाई को मेरा प्रतिष्ठित मंगोलिया रॉकेट डाक टिकट देते देखा।

"लेकिन क्यों?" मेरी माँ ने आश्चर्य में पूछा।

"बस, यों ही माँ, मुझे इसे एक उपहार देने का मन किया।"

बाद में उस दिन फोन की घंटी बजी।

वह श्रीमती शर्मा थीं, मेरी माँ से बात करने के लिए पूछ रही थीं। □

म्याऊँ-म्याऊँ, मैं तुमसे प्यार करती हूँ

"जून में मिस्र मत जाओ। कोई भी जून में नहीं जाता है। वहाँ बहुत ज्यादा गरमी होती है।" यह भयंकर प्रतिक्रिया थी, जो मुझे लोगों से मिली थी, जब उन्होंने मेरी यात्रा की योजना के बारे में सुना। यह मेरे जीवन भर की महत्त्वाकांक्षा थी। फैरो के देश में जाने में सक्षम होने के लिए लंबे समय से यह मेरा एक सपना है। सबकुछ ठीक जगह पर था, यात्रा कार्यक्रम, टिकट, बच्चों की गरमी की छुट्टियों के लिए तारीखें और सबसे महत्त्वपूर्ण एक व्यवस्थित गैर-मौसमी दर। तो मौसम की तरह थोड़ी सी चीज बाधाओं से कम-से-कम थी और हम चले गए।

एक ऐसी जगह की यात्रा करना, जिसे आपने पहले कभी नहीं देखा, उसकी संस्कृति व इतिहास के बारे में बच्चों को पढ़ाने और उन्हें एक ऐसी दुनिया में पेश करने का सबसे अच्छा तरीका है, जो पूरी तरह से नया है। बेशक, वही वयस्कों के लिए भी उतना ही सही है। कई वर्षों से हमने कई जगहों की यात्रा की है और कई खुशनुमा यादें बनाई हैं। हमने पथ से हटकर कुछ किया है और कई कारनामों के साथ-साथ कुछ डरावने क्षणों, जैसे—बच्चे के हाथी द्वारा बाल-बाल बचने और भीड़वाले रेस्तराँ में हमारे बहुत महँगा निकॉन डी-80 कैमरे को भूलने तथा उसे पुनः प्राप्त करने के लिए सड़कों पर चलते हुए ब्रिटेन में बावलों की तरह यॉर्क की गलियों में घूमना शामिल है।

कुछ कारनामे, जो यादगार होंगे, वे दूसरे दिन के लिए छोड़ दिए गए। मिस्र में यह जो हुआ था, वह आज भी हमें मुसकराने पर मजबूर कर देता है। मेरी बेटी लगभग सात वर्ष की थी और मेरा बेटा लगभग दस वर्ष का था।

पहली चीज, जो मेरे दिमाग में आई थी, जब हम काहिरा हवाई अड्डे से बाहर निकल गए थे, वह थी—'देजा वू' की भावना। मुझे जल्द ही एहसास हो गया कि इमारतों, वास्तुकला आदि अच्छी तरह से बाहर की सड़कें और योजनाबद्ध

हरियाली आदि चंडीगढ़ की तरह दिखते हैं, जैसे भारत में वापस आ गए हों! जल्द ही हम विशिष्ट काहिरा शहर के लिए चल दिए। मुझे आकर्षित किया आवासीय भवनों के अधूरे बाहरी ढाँचों ने, जिन्हें शायद जान-बूझकर छोड़ दिया गया उजागर ईंटों के साथ। हमें बताया गया था कि सामान्यत: यह किया जाता है भारी करों से बचने के लिए। पूर्ण निर्मित इमारतों के मालिकों को कर का भुगतान करना पड़ता था। वे शानदार मसजिदों द्वारा घुसपैठ कर रहे थे, जिस पर भूरे रंग के सभी रंगों के साथ छिड़काव था, बहुत कुछ रेगिस्तान के रेत की तरह। अंत में, जब हम पुराने शहर की तरफ चले गए तो पिरामिड शानदार पृष्ठभूमि में उभरे। लगभग जादू की तरह हम एक-दूसरे को उत्तेजना में चौंकते हुए देख रहे थे, जो कई फोटो, फिल्मों और किताबों की वजह से बहुत परिचित थे। वे सभी की विशेषता रखते थे। वास्तविक स्थान पर होने के नाते ऐसा लग रहा था जैसे हम एक पोस्टकार्ड पर हों या हमने एक फिल्म कैसेट में कदम रखा हो, इतना वास्तविक महसूस किया।

काहिरा घूमने के बाद और पिरामिड में पूरे दिन व्यतीत करने के बाद हम आसमान के लिए उड़ चले थे, जहाँ से हमें नील नदी के किनारे क्रूज लेना था। 'सूक्स' (छोटी दुकानें) पर बिक्री के लिए सभी प्रकार की चीजें थीं—आसमान में—छोटे गिल्ट-कवर तूतनखमूँ, पिरामिड के मॉडल, अलबास्टर नक्काशियाँ, सभी आकार के मिट्‌टी के बरतन, चीनी मिट्‌टी के

काहिरा घूमने के बाद और पिरामिड में पूरे दिन व्यतीत करने के बाद हम आसमान के लिए उड़ चले थे, जहाँ से हमें नील नदी के किनारे क्रूज लेना था। 'सूक्स' (छोटी दुकानें) पर बिक्री के लिए सभी प्रकार की चीजें थीं—आसमान में—छोटे गिल्ट-कवर तूतनखमूँ, पिरामिड के मॉडल, अलबास्टर नक्काशियाँ, सभी आकार के मिट्‌टी के बरतन, चीनी मिट्‌टी के बरतन व जार, नेफर्टिटी के चाँदी के लॉकेट, अँख, सोने व चाँदी और धातु के कंगन, कारतूस, गैलबीयस, होरस व अंबीस, स्कैरबबीटल, कुंजी जंजीरें, मैग्नेट, पपायरस चित्रकारी, बुकमार्क्स, प्लेटें और यहाँ तक कि छोटी कब्रें, उनके अंदर सबसे भयावह दिखनेवाली ममी के साथ। इस सबने मेरे बेटे को मोहित कर दिया गया था और वे सभी चाहते थे—विशेष रूप से कब्र के अंदर ममी के साथ।

बरतन व जार, नेफर्टिटी के चाँदी के लॉकेट, अँख, सोने व चाँदी और धातु के कंगन, कारतूस, गैलबीयस, होरस व अंबीस, स्कैरबबीटल, कुंजी जंजीरें, मैग्नेट, पपायरस चित्रकारी, बुकमार्क्स, प्लेटें और यहाँ तक कि छोटी कब्रें, उनके अंदर सबसे भयावह दिखनेवाली ममी के साथ। इस सबने मेरे बेटे को मोहित कर दिया गया था और वे सभी चाहते थे—विशेष रूप से कब्र के अंदर ममी के साथ।

जब आप छुट्टी पर होते हैं तो व्यय अपने आप बढ़ जाता है और बटुआ स्वचालित रूप से खुल जाता है। कम-से-कम मेरे साथ तो ऐसा ही होता है।

मैं अपने बेटे के लिए गरमियों में पहननेवाले घुटने के टुकड़े खरीदने लगी, जो वह चाहता था और फिर मैंने अपनी बेटी से पूछा कि वह क्या पसंद करती है?

मेरी बेटी को वह कुछ नहीं चाहिए था, जो हमने देखा। अपनी उम्र की सभी लड़कियों की तरह उसे बस, एक गुड़िया चाहिए थी। मैंने उसे मिस्री बॉर्बी खरीदने से मना कर दिया; उसके पास घर में नौ बॉर्बियाँ थीं, सभी भेंट में मिली हुईं। मेरे द्वारा एक भी नहीं खरीदी गई थी, क्योंकि मुझे विशेष रूप से बॉर्बी गुड़िया पसंद नहीं है—कपड़े बदलने के विभिन्न चरणों में। उनके प्लास्टिक के स्तन, पेंसिल जैसी पतली कमर और ऊँची एड़ी के जूते; पर यह मेरे सौंदर्य-शास्त्र या जीव विज्ञान की मेरी समझ से बाहर है। सौभाग्य से, उसे विचलित करना आसान था और मैंने उसे विश्वास दिलाया कि वह एक बुर्के में मिस्र की एक बॉर्बी तैयार नहीं करना चाहती थी, ताकि इससे उन्हें दूर करना आसान हो गया।

हम आगे चले गए और एक सुपर मार्केट में आए, जो हमने तलाशने का फैसला किया था। मेरी बेटी एक छोटी टोकरी में दो प्यारी खिलौना बिल्लियों को ले आई थी।

"देखो माँ, ये बहुत प्यारी हैं!" उसने कहा, "प्लीज, क्या आप इसे मेरे

"अगर मैं तुम्हारी इन बिल्लियों को खरीदती हूँ तो तुम एक गुड़िया के लिए नहीं पूछ सकतीं। क्या सहमत हो?" "हाँ, माँ। धन्यवाद माँ, आप सबसे अच्छी हो।" (प्रीति का पेरेंटिंग का कानून—माँगने के लिए प्रवेश करने की योग्यता और अच्छे व्यवहार की राशि सीधे आनुपातिक है।) फिर मैंने उनकी जाँच करने के लिए बिल्लियों को अपने हाथ में ले लिया और मेरी त्वचा उनसे छूते ही मैं डर से कूद गई।

लिए खरीद सकती हैं?"

मेरे वयस्क दिमाग ने गुड़िया की कीमत के बारे में जल्दी तुलना की—मिस्र के लगभग 55 पाउंड; और इन बिल्लियों की कीमत—मिस्र के लगभग 15 पाउंड और जल्दी से एक अच्छा समाधान मिल गया। सब के बाद सबसे अनुभवी माताओं को पता है कि किसी भी खिलौने के साथ मोह, कोई बात नहीं, कितना महँगा है। तीन घंटे के लिए ठीक रहता है या जब तक आप घर तक पहुँचते हैं, जो भी पहले हो।

इसलिए मैंने उसके साथ एक सौदा किया।

"अगर मैं तुम्हारी इन बिल्लियों को खरीदती हूँ तो तुम एक गुड़िया के लिए नहीं पूछ सकतीं। क्या सहमत हो?"

"हाँ, माँ। धन्यवाद माँ, आप सबसे अच्छी हो।" (प्रीति का पेरेंटिंग का कानून—माँगने के लिए प्रवेश करने की योग्यता और अच्छे व्यवहार की राशि सीधे आनुपातिक है।)

फिर मैंने उनकी जाँच करने के लिए बिल्लियों को अपने हाथ में ले लिया और मेरी त्वचा उनसे छूते ही मैं डर से कूद गई।

"म्याऊँ···म्याऊँ···म्याऊँ···मैं तुमसे प्यार करती हूँ।" वे एकजुट हो गईं। वे चिल्लाईं। मेरे लगभग एक कान के ड्रम में छेद हो गया था। उनके डेसिबल का स्तर उनके चतुराई और आकार के अनुसार था।

"वाह मम्मी! ये बात भी कर सकते हैं!" मेरी बेटी की आँखें अब आनंद और प्रत्याशा के साथ चमक रही थीं।

'म्याऊँ' की आवाज यथार्थवादी थी और वास्तव में असली बिल्लियों की तरह लगती थी, सिवाय इसके कि 'मैं तुमसे प्यार करती हूँ'। मैंने उसे चारों ओर घुमाया। लेबल ने कहा—'मेड इन चाइना'।

"बेबी, यह चीन में बना है।" मैंने कहा।

"तो क्या?" उसने आक्रोश से पूछा।

"हम मिस्र में हैं। हैं न? क्या आप मिस्र से कुछ नहीं चाहती हैं?" उसने मुझे देखा, जैसे मैं बेवकूफ थी, जो सबसे सरल चीजों को भी समझ नहीं पाई थी।

फिर उसने कहा, "माँ, देखो। हमें इसे खरीदने के लिए चीन जाकर पैसे खर्च करने की जरूरत नहीं है, जब ये हमें मिस्र में मिल रही हैं। क्या यह बढ़िया बात नहीं है?"

आप इस तरह तर्क नहीं कर सकते हैं। वह तर्क करने में बहुत अच्छी थी। इसके अलावा, यह बॉर्बियों की तुलना में एक हजार गुना बेहतर थी—बुर्के के साथ या बिना। अत: मैंने उसे खरीद लिया।

हमने बिल्लियों को भारत वापस लाए जाने के बाद एक और चीज की खोज की। हमें खिलौने से बात करने के लिए उन्हें स्पर्श करने की जरूरत नहीं थी। थोड़ा सा कंपन भी उन्हें चालू करने के लिए पर्याप्त था।

जब हमारी आया कमरे की सफाई कर रही थी, मिस्र की बिल्लियों ने उसे थोड़ा शांत करने का फैसला किया, या कहें कि अपनी आवाज से शांत करना।

वह कमरे से बाहर चिल्लाती हुई निकली, "दीदी, वहाँ बिल्ली है। उसने बच्चा दिया है।" (कमरे में एक बिल्ली है और उसने बिल्ली के बच्चे को जन्म दिया है।) मुझे उसे खिलौना दिखाना पड़ा, ताकि वह मान जाए कि ऐसा कुछ नहीं है।

मेरी माँ, जो हमारे पास आई हुई थीं, रात के मध्य में उठी हुई थीं, जब बिल्लियों ने उन्हें कहा कि वे उनसे प्यार करती हैं। उन्होंने तुरंत उन्हें कमरे से बाहर फेंक दिया।

उन दिनों मुझे सुबह 5.30 बजे उठना पड़ता था, क्योंकि मेरे बेटे को सुबह 7 बजे स्कूल जाना होता था। उसका दोपहर का भोजन बनाने के लिए मुझे जागने की जरूरत थी, जिसका अर्थ था—कॉफी। मैं खुद के लिए एक प्याला कॉफी बनाती थी और दोपहर का भोजन पकाने के लिए बरतन भी एक साथ निकालने की कोशिश करती थी।

अर्ध-निद्रा में उनींदी आँखों से बमुश्किल देखती, नशीली आँखों से, उलझे दिमाग से मैंने फ्राई पैन के ढक्कन को हटा दिया और वह हाथ से छूट गया और तेज आवाज हुई।

"म्याऊँ…म्याऊँ…म्याऊँ…मैं तुमसे प्यार करती हूँ।" यह प्रतिध्वनि हुई थी।

मैं मुसकराई, क्योंकि यह हर दिन

वह कमरे से बाहर चिल्लाती हुई निकली, "दीदी, वहाँ बिल्ली है। उसने बच्चा दिया है।" (कमरे में एक बिल्ली है और उसने बिल्ली के बच्चे को जन्म दिया है।) मुझे उसे खिलौना दिखाना पड़ा, ताकि वह मान जाए कि ऐसा कुछ नहीं है।

मेरी माँ, जो हमारे पास आई हुई थीं, रात के मध्य में उठी हुई थीं, जब बिल्लियों ने उन्हें कहा कि वे उनसे प्यार करती हैं। उन्होंने तुरंत उन्हें कमरे से बाहर फेंक दिया।

नहीं होता कि कोई व्यक्ति (या कुछ ऐसा) कहता है कि वह आपसे प्रेम करता है। वह भी तब, जब सुबह-सुबह आपसे एक ढक्कन को छोड़ने की तेज आवाज हुई हो!

बाद में, जब मैं मिस्र की यात्रा से वापस आकर सामान निकाल रही थी, मुझे एहसास हुआ कि मैंने खुद के लिए कोई स्मारिका नहीं खरीदी थी। मैंने अपने लिए लाइक्रा टाइट्स के सिवाय कुछ नहीं लिया था।

मैंने लेबल पर बारीकी से देखा, वे भी चीन में ही बनाई गई थीं।

□

एक छोटा सा प्रेम-पत्र

ज्यादातर लोग, जिनके बच्चे नहीं होते, वे वयस्क जीवन जीते हैं। उनकी एक काफी स्थिर दिनचर्या होती है और वे शायद ही कभी बाहर निकलते हैं। सप्ताहांत के दौरान वे नाटक या एक फिल्म देखते हैं या पब में जाते हैं अथवा बहुत ही वयस्क फैशन में स्वयं का मनोरंजन करते हैं। बाकी हम जैसे माता-पिता होते हैं, हमारे पास बच्चे हैं।

जिनके पास बच्चे हैं, वे मेरे साथ सहमत होंगे, जब मैं कहूँगी कि हर दिन एक नया नाटक होता है, जो सामने आया होता है। हमें वास्तव में रियलिटी टी.वी. (बिग बॉस पर स्थानांतरित) की जरूरत नहीं है, अगर हमारे पास बच्चे होते हैं। दैनिक आधार पर पर्याप्त मनोरंजन उपलब्ध है, सिवाय इसके कि कभी-कभी आप एक सक्रिय भागीदार होते हैं और कभी-कभी अजीब तरह से इस वास्तविकता को दिखाने में जोकर बनते हैं, जब तक आप अपने पैरों को दिन के अंत में सोते समय आराम नहीं देते।

जब मेरे बच्चे स्कूल जाने की उम्र के थे, मेरे दिन का सबसे अच्छा हिस्सा हुआ करता था, जब वे स्कूल से वापस आते। हर दिन जब वे दोनों लौटते, मैं उन्हें लेने के लिए वहाँ होती थी। मैं आमतौर पर एक अच्छा नाश्ता बनाती थी, जैसे आलू-टिक्की, जो वे तुरंत खत्म कर देते थे और मुझे पर्याप्त मात्रा में 'मम्म्मी··· मम्मी, आप दुनिया में सबसे अच्छा खाना बनाती हैं,' के साथ बौछार करते। जब उनके छोटे से पेट भरे हों तो उन्हें धीरे-धीरे उनके स्कूल की वरदी बदलना पसंद होता था, जिसके बाद वे मुझसे लिपट जाते थे और मुझे अपने दिन के बारे में बताते। मैं उन्हें सुनना पसंद करती थी। प्रत्येक दिन कुछ नया होता था।

ज्यादातर दिनों में मेरी बेटी के पास बताने के लिए बहुत कुछ होता था और मेरा बेटा एक मूक दर्शक होता था।

लेकिन एक दिन मेरा बेटा, जो उस समय बारह वर्ष का था, के पास साझा करने के लिए एक कहानी थी।

उसने बताया, "मम्मा, आज स्कूल बस में एक लड़के ने एक लड़की को एक नोट दे दिया।"

"ओह!" मैंने कहा। यह दिलचस्प था। एक बच्चे से वे धीरे-धीरे किशोरावस्था के क्षेत्र में कदम रख रहे थे तो नए आकर्षण और ऐसी चीजें होना स्वाभाविक-सा था।

"क्या तुमने देखा कि नोट में क्या था? क्या उसने तुम्हें यह दिखाया है?" मैंने पूछा।

"मैं सिर्फ इसे बाहर से देख सकता था। उसने इसे मोड़ दिया था। उसने 'मुझसे' और 'तुम को' लिखा था। बस, यही सब बाहर से दिखाई दे रहा था।"

"ओह!" मैंने कहा, "नोट में क्या है, यह नहीं पता करने के लिए थोड़ा निराश।" मैंने सोचा था कि यह एक रसीली कहानी होगी!

लेकिन यह बात अभी तक खत्म नहीं हुई थी।

"माँ, लड़की ने उससे लिया और कहा 'ऑऑऑ' और वह मुसकराई।" मेरे बेटे ने जारी रखा।

"और?" मैंने उसे प्रेरित किया, अब उसकी कहानी में मैं पूरी तरह से तल्लीन थी।

"माँ, जब उसने उसे खोल दिया तो अंदर एक मरी हुई मधुमक्खी थी। वह अपने सिर को झटककर चिल्लाई और फिर उसने उसे खिड़की से बाहर फेंक दिया।"

मैं हँसी के साथ फर्श पर गिर गई। मेरा बेटा और बेटी भी इसमें शामिल हो गए।

> ***"माँ, जब उसने उसे खोल दिया तो अंदर एक मरी हुई मधुमक्खी थी। वह अपने सिर को झटककर चिल्लाई और फिर उसने उसे खिड़की से बाहर फेंक दिया।"***

किसी भी तरह से आपके संभावित आकर्षण का ध्यान अपनी ओर करने के लिए यह एक शानदार तरीका है। बस, उन्हें मरी हुए मधुमक्खियों का उपहार दो और उन्हें चीखने दो! वे तुम्हें याद रखें, यह निश्चित है।

कई बार ऐसा लगता है जैसे हम अपने बचपन में हमारे बच्चों के माध्यम से वापस चले जाते हैं। इन दिनों बच्चों को इंटरनेट के मूल होने के कारण ज्यादा ज्ञान मिलता है। शायद उनकी उम्र में जितना अधिक हमने किया हो, हो सकता था और

तकनीक प्रेमी छोटे जीनियस हो सकते थे। परंतु सच तो यह है कि बच्चे हमेशा बच्चे होते हैं, चाहे आज की दुनिया में हों या सौ साल से पहले की हो। खिलौने, जो वे खेलते हैं, शायद अब बदल गए हैं; लेकिन बच्चों में निहित गुण—एक जिज्ञासु प्रकृति, एक चंचल रवैया और सबसे महत्त्वपूर्ण बात, नई चीजों की कोशिश करते रहना और असफल होने के लिए वे डरते नहीं, बल्कि और मेहनत करते हैं तथा जल्दी से क्षमा करने की क्षमता और कठिनाइयों से नहीं घबराते।...यह सब आज भी वैसा ही है। हम वयस्कों को इन गुणों में से कुछ का अनुकरण करने के लिए अच्छी तरह से सोचना चाहिए।

□

कमांडो दाँत परी

हम ब्रिटेन में रह रहे थे और मेरे बच्चे क्रमशः आठ व पाँच वर्ष के थे। उनके पास अपने ही कमरे थे और आमतौर पर वे अपने शयनकक्ष में सोते थे। हालाँकि अगर उनमें से एक को एक दुःस्वप्न आता था तो हम उन्हें अपने बीच में पाते थे। वे रात के मध्य में हमारे बिस्तर पर आ जाते थे और अपने आप को आरामदायक महसूस करते थे, हमारे घुटने के नीचे।

एक रात मैं देर तक काम कर रही थी और जब मैं अपने शयनकक्ष में गई तो मैंने देखा कि मेरी बेटी मेरे पति के बगल में सो रही थी। वह अस्वस्थ थी और उसके गले में घरघराहट थी। मैंने उसे दवा दी थी और वह गहरी नींद में थी। मैं उसे स्थानांतरित करने के लिए बहुत थकी हुई थी, अंतः मैं उसके कमरे में गई और उसके बिस्तर पर सो गई।

मेरे पति और मैं भूल गए थे कि उस दिन उसने अपने एक दाँत को खो दिया था। उसने ध्यान से उसे एक ऊतक में लपेट लिया था, उसे 'टूथ' लेबल किया था और मेरे बिस्तर पर तकिया के नीचे रख दिया था।

अगली सुबह, मेरे पति और मैं बेटी की बहुत ही क्रोधपूर्ण चिल्लाहट और पैर पटकने से हुई आवाज से जाग गए, जो चमत्कारिक ढंग से नहीं लग रहा था। वह बहुत परेशान थी कि दाँत परी उसे पैसे देना भूल गई थी।

मेरे पति और मैं एक-दूसरे को दोषी मान रहे थे। पिछली बार उसका एक दाँत टूट गया था, अतः दाँत परी बहुत उदार थी और उसने उसे एक पाउंड दिया था। मेरे बेटे ने घोषणा की थी कि वह दाँत परी का था।

जब उसने अपने दाँतों को भारत में वापस खो दिया था, तब दाँत परी ने उन्हें भारतीय रुपयों में भुगतान किया था, लेकिन जब उसकी बहन अपने दाँत हार गई, वह पाउंड स्टर्लिंग में दे रही थी।

तर्क के लिए कोई समय नहीं था, इसलिए मैंने उसे शांत करने की कोशिश की।

मैंने कहा, "शायद दाँत परी को भारत से आना होगा और उसे देर हो रही होगी!"

वह मान नहीं रही थी।

मेरी बेटी ने कहा, "नहीं, दाँत परी के पंख होते हैं और वह लंदन के टावर से आती है।"

"प्रीति, क्या तुम मेरा फोन चार्जर दे सकती हो? वह तुम्हारे बैग में है।" मेरे पति ने मुझसे कहा।

बेशक, मुझे पता था कि उनका फोन चार्जर मेरे बैग में बिल्कुल नहीं था, जिस तरह से उन्होंने कहा, 'तुम्हारा बैग' और जिस तरह उन्होंने मुझे देखा, उसने मुझे सब समझा दिया। आखिर हम चौदह वर्षों से साथ थे!

मैंने जोरों से अपने बैग की तलाश शुरू कर दी, जो मुझे याद आ रही थी।

मेरे पति ने मेरी बेटी से कहा, "ध्यान से देखो, हो सकता है कि दाँत परी ने वहाँ छोड़ दिया और वह तकिए के नीचे से गायब हो गया।"

इसने मेरी बेटी को आश्वस्त किया और वह मेरे बिस्तर पर बहुत सावधानीपूर्वक ढूँढ़ने लगी, जो शायद उसके लिए दाँत की परी छोड़ गई हो!

इसमें मुझे बहुत समय लगा और मुझे उन कमांडो की तरह लगा, जो आप युद्ध फिल्मों में देखते हैं, जो खाई से खराबी तक चलते हैं। मैंने सभी जगहों पर ढूँढ़ते हुए हैंडबैग से अपने बटुए को पुन:प्राप्त किया और एक चुप और चुस्त तरीके से ऊपर की तरफ गई। मैंने जरा भी आवाज नहीं होने दी, हालाँकि मैं दर्द से कराह रही थी, जब मेरे घुटनों में युद्धपोत के खोल से एक सिक्का घुस गया था, जिसे सीढ़ियों पर छोड़ दिया गया था। मैं काररवाई में एक सच्ची कमांडो जैसी थी।

इसमें मुझे बहुत समय लगा और मुझे उन कमांडो की तरह लगा, जो आप युद्ध फिल्मों में देखते हैं, जो खाई से खराबी तक चलते हैं। मैंने सभी जगहों पर ढूँढ़ते हुए हैंडबैग से अपने बटुए को पुन:प्राप्त किया और एक चुप और चुस्त तरीके से ऊपर की तरफ गई। मैंने जरा भी आवाज नहीं होने दी, हालाँकि मैं दर्द से कराह रही थी, जब मेरे घुटनों में युद्धपोत के खोल से एक सिक्का घुस गया था, जिसे सीढ़ियों पर छोड़ दिया गया था। मैं काररवाई में एक सच्ची कमांडो जैसी थी।

"डैड, यहाँ कहीं भी पैसे नहीं हैं। मैंने हर जगह देखा है।" मेरी बेटी ने बहुत निराश भाव से कहा।

"ओ! शायद दाँतवाली परी भ्रमित हो गई हो, क्योंकि आपने पलंग बदल लिया है। क्या आपने अपने बिस्तर पर अपने तकिए के नीचे देखा है?" मेरे पति ने उससे पूछा। मैंने वहाँ रख दिया था। मुझे यह कहने की जरूरत नहीं पड़ी थी कि यह मिशन सफल रहा। वह समझ गए थे मेरी नजर देखकर कि उसका क्या मतलब है!

मेरी बेटी दौड़कर अपने कमरे में गई और तकिए के नीचे देखा।

"पापा-माँ! देखो, दाँत परी ने मेरे तकिए के नीचे पैसे छोड़ दिए!" वह खुशी में दमक उठी, जब उसने एक पाउंड के पाँच चमकदार सिक्के उठाए।

"देखा तुमने, कमरे बदल गए हैं और दाँत परी भ्रमित हो गई। वह कैसे जानती कि तुम अपने कमरे में नहीं सो रही थीं?" मैंने कहा।

"मैं बहुत खुश हूँ, माँ।" मेरी बेटी ने कहा, "दाँत परी ने न केवल मुझे पैसे दिए, बल्कि वह मेरे दाँत को ले जाना भी भूल गई। अब मेरे पास मेरा दाँत और पैसे—दोनों हैं।" वह खुशी से चारों ओर नृत्य कर रही थी।

मैं क्या कह सकती थी? मैं सिर्फ मुसकराई और उसे गले लगा लिया।

ज्यादातर समय दाँत परियों को बहुत फुफ्फुस होना चाहिए, ताकि बच्चे उन्हें खोज न सकें, लेकिन कभी-कभी उन्हें कमांडो की तरह रेंगना पड़ता है और रात में एक दूसरे शयनकक्ष में सोना पड़ता है।

□

प्यार, थोड़ा और गहरा

"मैंने पाया है कि अगर आप जीवन से प्यार करते हैं,
तो जीवन आपसे प्यार करेगा।"

—आर्थर रुबिनस्टीन

विश्वास का जादू

यह मेरी बेटी के स्कूल का 'खेल दिवस' था। वह छह वर्ष की थी। यह बच्चों के लिए एक सुंदर उम्र होती है, माँ के दृष्टिकोण से। ओह! वह आजादी, जो आती है, जब आपके शिशुओं ने बाल निकायों के उस मील के पत्थर को पार किया है और अब मिनी वयस्क हैं। माताओं के लिए इसका मतलब है कि अब उनके डायपर को बदलने की जरूरत नहीं है। वे आपके साथ बातचीत कर सकते हैं, पिछले कुछ वर्षों के बच्चों के बड़बड़ाने के विपरीत। वे आपको बता सकते हैं कि वे क्या चाहते हैं; लेकिन सबसे ज्यादा—वे आपकी बात सुनते हैं, आपको पसंद करते हैं और लगता है कि आप पृथ्वी पर सबसे सुंदर व्यक्ति हैं। साथ ही, जब वे बड़े हो जाते हैं तो वे आपके जैसे रहना चाहते हैं।

यह भारत में तपती गरमी का दिन था। तापमान तेजी से बढ़ रहा था और पूर्वानुमानों ने भविष्यवाणी की थी कि वे 40 डिग्री सेल्सियस तक पहुँचेगा, जो लगभग 104 फॉरेनहाइट है।

भारत में स्कूल जानेवाला हर व्यक्ति जानता है कि स्कूलों को लगता है कि 'खेल दिवस अभ्यास' कितना महत्त्वपूर्ण है! वे तुम्हें अभ्यास-पर-अभ्यास कराते हैं, कभी-कभी हास्यास्पद सहारा, जैसे पेंट किए हुए नारियल के गोले के साथ। मेरे साथ एक बार ऐसा हुआ था, जब मैं छात्रा थी।

मेरी बेटी ऐसी एक ड्रिल का हिस्सा थी। उसे अपने 'खेल दिवस' ड्रिल के लिए उष्णकटिबंधीय मध्य दिन में खड़े होना होगा। वह एक टोपी पहनना चाहती थी। स्कूल जाने के लिए एक निर्धारित टोपी है। उन्होंने सबकुछ निर्धारित किया है—स्कूल के बैग से लेकर, घड़ी से लेकर, दोपहर के भोजन के बैग से लेकर, जूते से, लेकर बाल के बैंड से लेकर छोटी नेकर, जो सभी स्कूल की दुकान पर खरीदी जानी चाहिए। आप कुछ भी अपनी पसंद से नहीं पहन सकते। सब निर्धारित होना

चाहिए। अब तक विद्यालय की टोपी खरीदने के लिए मैं परेशान नहीं हुई थी। अब जब वह चाहती थी तो मैं उसे स्कूल ले गई, ताकि मैं उसके लिए टोपी खरीद सकूँ।

स्कूल की यात्रा के दौरान वह अपने 'खेल दिवस' के बारे में अति उत्साहित थी। उसने मुझे बताया कि मैं स्कूल की दुकान में आने के लिए सहमत हूँ, क्योंकि मैं उसके लिए एक टोपी खरीदने के लिए पृथ्वी पर सबसे प्यारी माँ हूँ।

जब हम स्कूल की दुकान पर पहुँच गए तो हम निराश हुए। उन्होंने माफी माँगी, क्योंकि टोपियाँ खत्म हो गई थीं। कई अन्य माता-पिता भी थे, जो टोपियाँ खरीदने आए थे, लेकिन वे भी निराशा के साथ लौट आए थे। मेरी बेटी का चेहरा उतर गया। वह उस टोपी की प्रतीक्षा कर रही थी, जो उसे धधकते सूरज से बचाती। उसने मुझे देखा और पूछा, "अब हम क्या करेंगे, माँ? बहुत गरमी होगी और तीन घंटों तक मुझे धूप में खड़ा होना पड़ेगा?" (मुझे पता नहीं कि तीन घंटे उसकी कल्पना का एक अंश था, लेकिन भारत में ग्रीष्मकाल के दौरान पंद्रह मिनट भी काफी खराब होता है।)

वह एक मीठी बोली बोलनेवाली बच्ची है और उसकी आँखें ईमानदारी व उत्साह के साथ चमकती हैं। उसने झूठ बोलना नहीं सीखा है (अभी तक)।

जब हम स्कूल की दुकान पर पहुँच गए तो हम निराश हुए। उन्होंने माफी माँगी, क्योंकि टोपियाँ खत्म हो गई थीं। कई अन्य माता-पिता भी थे, जो टोपियाँ खरीदने आए थे, लेकिन वे भी निराशा के साथ लौट आए थे।

मेरी बेटी का चेहरा उतर गया। वह उस टोपी की प्रतीक्षा कर रही थी, जो उसे धधकते सूरज से बचाती।

उसने मुझे देखा और पूछा, "अब हम क्या करेंगे, माँ? बहुत गरमी होगी और तीन घंटों तक मुझे धूप में खड़ा होना पड़ेगा?" (मुझे पता नहीं कि तीन घंटे उसकी कल्पना का एक अंश था, लेकिन भारत में ग्रीष्मकाल के दौरान पंद्रह मिनट भी काफी खराब होता है।)

मुझे नहीं पता था कि उसे क्या कहना है?

"चिंता मत करो," मैंने कहा, "आज मैं सूर्यदेव को कहूँगी, ज्यादा तेज न चमकें।"

"क्या आप ऐसा कर सकती हैं? क्या वह आपकी बात सुनेंगे?"

"बेशक, वह सुनेंगे। क्या तुमने कभी किसी को मेरी बात नहीं सुनते देखा है ?"

वह मुसकराई और खुशी से हाथ लहराया।

जब वह शाम को वापस आई, उसने मुझे कस के गले लगाया, "माँ!" उसने कहा, "सूरज ने वास्तव में आपकी बात सुनी। आज ज्यादा गरमी नहीं थी। माँ, तुम सबसे महान् हो।"

मैंने भी उसे गले लगाया।

और सिर्फ उस पल के लिए मैं फिर से छह वर्ष की होना चाहती थी।

□

एक अजनबी का नेक कार्य

जब मेरे बच्चे बहुत छोटे थे तो गरमियों की छुट्टियाँ हमेशा केरल के एक छोटे से गाँव में बीतती थीं, जहाँ मेरे माता-पिता रहते थे। मेरा शहर बड़े होते बच्चों के लिए एक जादुई दुनिया थी। उन्होंने कभी भी एक बड़े लोहे की बाल्टी का उपयोग करके कुएँ से पानी को खींचते नहीं देखा था, जो एक रस्सी और चरखी की मदद से अच्छी तरह से निकाल लिया जाता था। उन्होंने अपने हाथों में खरगोशों की जोड़ी कभी नहीं ली थी। उन्होंने पेड़ों पर चढ़कर कभी आम तोड़कर नहीं खाए थे। इसलिए केरल हमेशा उनके लिए एक बड़ा रोमांचकारी स्थल था।

मेरे माता-पिता के पड़ोस के सभी लोग बहुत मित्रवत् हैं। वे केवल मलयालम बोलते हैं और किसी भी अन्य भाषा को नहीं समझते हैं। इसलिए मेरे बच्चे, जो अपनी मातृभाषा कोंकणी और अंग्रेजी धाराप्रवाह बोलते थे, उन सबके बीच अनूठा अनुभव कराते थे। उन्होंने स्थानीय बच्चों के साथ दोस्ती की और यह देखना बेहद अच्छा था कि भाषा-अवरोध के बावजूद उन्होंने कैसे एक-दूसरे के साथ संवाद किया और खेले!

मेरे माता-पिता के गाँव के आसपास के इलाकों में भी उनके विचित्र कुटीर, एक बगीचे से घिरे मेरी माँ की प्यारी प्रवृत्ति से जुड़े थे। रबर के पेड़ों ने जंगल का गठन किया था, बीस फीट की गहरी नहर, छोटी पहाड़ियाँ, पके हुए कटहल और अमरूदों से भरे पेड़, छोटी-छोटी दुकानें, जिनमें स्थानीय सामान और अन्य आवश्यक सामान बिकता है, छोटी बेकरी, चाय की दुकानें—ये सब मेरे बच्चों के लिए नए और अनूठे थे। यहाँ जीवन धीमा, इत्मीनान से उनींदा और शांतिपूर्ण है।

एक दोपहर हम हरे-भरे धान के खेतों के मध्य से जा रहे थे। अचानक मेरे बच्चों ने दो मेमने उछल-कूद करते देखे। वे इधर से उधर कूद रहे थे और बहुत तेज थे। धान का खेत तीन फुटबॉल मैदानों के आकार का था। हम वहाँ कुछ समय

के लिए खड़े थे और उनकी विलक्षण स्थिति देखकर झूम उठे थे।

मेरी बेटी, जो उस समय छह वर्ष की थी, अचानक बोली, “माँ, वे बहुत प्यारे हैं! काश, मैं उन्हें पकड़ सकती! मेरा बहुत मन कर रहा है।”

तो मैंने उससे कहा कि हम कोशिश कर सकते हैं, लेकिन जिस क्षण हम उनके पास थे, वे अचानक भाग गए और खेत के लगभग दूसरी तरफ थे।

अचानक एक आदमी उभरा। वह हमें, शहर के निवासियों को देख रहा था, आश्चर्य के साथ। उसने पारंपरिक कपड़े के नाम पर सिर्फ एक लुंगी पहनी हुई थी। वह खुश था कि मैं मलयालम बोल सकती थी। उसने बताया कि वे दोनों मेमने उसके थे और उसके बच्चों को भी उन्हें पालना बहुत पसंद था। यही कारण था कि उसने उन्हें खरीदा था। उसने पूछा कि क्या मेरे बच्चे उन्हें पकड़ना चाहते हैं? मैंने उसे बताया कि वे खुश होंगे, क्योंकि ये चीजें हैं, जो हम शहर में नहीं करते हैं।

फिर उसने धान के खेतों में मेमनों का पीछा किया। यह एक आसान काम नहीं था और एक विशेषज्ञ तरीके से वह उन्हें पकड़ने में कामयाब रहा। फिर उसने एक मेमना मेरे बेटे को और एक मेरी बेटी को दे दिया। मेरे बच्चों को बहुत खुशी हुई, यह कहना कम है, पर मेरे बच्चों ने उन्हें बहुत लंबे समय तक खजाने जैसा पकड़ रखा था। वे उन्हें सहला रहे थे, उनके साथ खेल रहे थे और मेमने भी उनके साथ सहज महसूस कर रहे थे। यह एक अमूल्य अनुभव था।

मेरे बच्चों को बहुत खुशी हुई, यह कहना कम है, पर मेरे बच्चों ने उन्हें बहुत लंबे समय तक खजाने जैसा पकड़ रखा था। वे उन्हें सहला रहे थे, उनके साथ खेल रहे थे और मेमने भी उनके साथ सहज महसूस कर रहे थे। यह एक अमूल्य अनुभव था।

वह एक पूर्ण अजनबी था। मुझे उसका नाम भी नहीं पता है, लेकिन उसका चेहरा और सबसे अधिक महत्त्वपूर्ण बात, वह मेरे बच्चों के लिए उन मेमनों का पीछा करने के लिए परेशानी का सामना कर रहा था, जो मुझे आज तक याद है।

हमने धान के खेतों को बहुत खुशहाल माहौल बिताकर छोड़ दिया और संपूर्ण जीवन काल के लिए यादों को सँजोया। सबकुछ इसलिए, क्योंकि एक पूर्ण अजनबी ने नेकी व दयालुता के साथ एक कार्य करने का फैसला किया—सिर्फ दो बच्चों को खुश करने के लिए।

□

आपसी वैर के बिना भाई-बहन

मेरी बेटी छह वर्ष की थी और वह मुझे हरमाइनी ग्रेंजर की याद दिलाती थी। वह नियमों के लिए एक अनुयायी थी और लगभग हमेशा अपनी कक्षा के शीर्ष पर रहती थी—उज्ज्वल, स्मार्ट, बिल्कुल हरमाइनी जैसे। यदि वह एक पुस्तक में थी तो आप यह सुनिश्चित कर सकते हैं कि उसने यह सीखा था। दूसरे शब्दों में, वह एक शिक्षक के सपनों को साकार करती छात्रा थी। जो कुछ भी शिक्षक कहते थे, वह कुछ भी ले जाना नहीं भूलती थी, भले ही शिक्षक खुद भूल जाएँ।

उस समय जिस स्कूल में मेरे बच्चे जाते थे, वह एक बहुत सख्त स्कूल था। नियमों के लिए सख्त होने के अलावा दूसरी बात, जिस पर उन्होंने जोर दिया था, वह ड्रेस कोड था। उनके यहाँ वरदी के दो संग्रह थे—एक, जो गरमियों में पहनते हैं और दूसरा, जो सर्दियों में पहनते हैं। शीतकालीन वरदी में टाई, रंगीन जैकेट, स्कूल की बेल्ट और स्कूल का पहचान-पत्र थे, जो प्रत्येक बच्चे को अनिवार्य रूप से पहनना पड़ता था। इसके अलावा, लड़कियों को एक गहरे हरे रंग के बालों का बैंड और गहरा हरा रबर बैंड पहनने की जरूरत थी। अगर किसी भी बच्चे को उपर्युक्त उप-साधन के बिना देखा जाता तो उन्हें 'दोषी' का नाम दिया जाता था और दंडित किया जाता था।

उस दिन बच्चों के स्कूल चले जाने के लंबे समय बाद मुझे पता चला कि मेरी बेटी अपना कोट पहनना भूल गई थी। स्कूल ने परिसर में माता-पिता को भी अनुमति नहीं दी थी, जो कि एक बार स्कूल की घंटी बजने के बाद अंदर जा सकें। इसलिए अब कोई रास्ता नहीं था कि मैं उसे उसके पास पहुँचा सकती थी। जब मुझे यह पता चला तो मुझे बुरा लगा, क्योंकि इसका मतलब था कि उसे दंडित किया जाएगा, क्योंकि उस दिन स्कूल में एक विशेष सभा थी।

दंडित होने के नाते और स्कूल में शर्मिंदा होने के बाद कि परम आपदा, उसके

'चेहरे की परेशानी', जैसे दुनिया का अंत हो गया हो, उसकी पुस्तक के अनुसार। सोचकर ही मैं घबरा गई थी, क्योंकि वह उसे सहज भाव से नहीं लेने वाली थी।

ऐसा कुछ भी नहीं था, जो मैं कर सकती थी; लेकिन बच्चों के स्कूल से वापस आने की प्रतीक्षा कर रही थी। मुझे यकीन था कि जब वह घर आएगी, तब उसके चेहरे पर बहुत अधिक आँसू होंगे और मुझे उसे सांत्वना देनी होगी तथा उसे गले लगाना होगा। मैंने अपने आप को मानसिक रूप से तैयार किया, मेरी बाकी शाम को उसे दिलासा देने के लिए थी।

मैं गलत थी। वे स्कूल से वापस आए। मेरी बेटी के चेहरे पर एक बड़ी मुसकराहट थी और उसने एक बड़े आकारवाला जैकेट पहना हुआ था—अपने भाई का। मैं हक्की-बक्की रह गई। स्कूल जाने के लिए बस में चढ़ने के बाद मेरा बेटा, जो उस समय दस वर्ष का था, ने महसूस किया कि उसे दंडित किया जाएगा। उसने अपना कोट उसको पहना दिया। वह पकड़ी नहीं गई थी, बल्कि वह पकड़ा गया था। उन्होंने कहा कि वह एक 'दोषी' था और उसने दंड भुगता। मुझे आश्चर्य है कि जब उसने ऐसा किया तो उसके दिमाग में क्या चल रहा होगा ? अपनी छोटी बहन की रक्षा करने के लिए मैं उस पर बहुत गर्वित थी। मैं खुद उसके स्वार्थ-रहित कार्य से अभिभूत हो गई थी।

उसने अपना कोट उसको पहना दिया। वह पकड़ी नहीं गई थी, बल्कि वह पकड़ा गया था। उन्होंने कहा कि वह एक 'दोषी' था और उसने दंड भुगता। मुझे आश्चर्य है कि जब उसने ऐसा किया तो उसके दिमाग में क्या चल रहा होगा। अपनी छोटी बहन की रक्षा करने के लिए मैं उस पर बहुत गर्वित थी। मैं खुद उसके स्वार्थ-रहित कार्य से अभिभूत हो गई थी।

कभी-कभी जब वे लड़ते थे तो ऐसा लगता था, जैसे कि वे एक-दूसरे से नफरत करते हैं और एक-दूसरे को मार डालेंगे, अगर उन्हें अनुमति दी जाती है! उन दिनों मैं सोचती थी कि मैंने उनकी परवरिश में कहाँ गलती कर दी थी।

लेकिन जिस दिन मेरे बेटे ने ऐसा किया, वह दिन उन दिनों में से एक था, जब मैं खुशहाल महसूस करने के साथ बिस्तर पर गई थी तो यह सोचकर खुश थी कि मैं कुछ तो सही कर रही थी।

□

मुश्किल घड़ी

एक लंबे समय पहले की बात है। एक तुनक-मिजाज वृद्ध व्यक्ति थे, जो मेरे पड़ोस में रहते थे। मैंने कभी उन्हें मुसकराते नहीं देखा था। मुझे नहीं लगता कि किसी ने उन्हें मुसकराते देखा होगा। वह पूरे आवासीय परिसर के चारों ओर टहलते थे, जैसे एक नाराज तानाशाह अपने राज्य का सर्वेक्षण कर रहा हो! वे गुस्सैल, चिड़चिड़े और आपसे लड़ने के लिए तैयार रहते थे, अगर आपने उनसे आँख मिलाने की हिम्मत की। मैंने कभी किसी को उनसे नमस्ते करते या बात करते नहीं देखा था।

जब मैं पहली बार उनके पड़ोस में रहने गई थी, मैंने उनके साथ बातचीत शुरू करने की कोशिश की थी। 'गुड मॉर्निंग' या 'गुड ईवनिंग' के मेरे उत्साही अभिवादानों को सिर के बेरुखी से हिलाने से मुलाकात की गईं। वह कह रहे थे, "तुम्हारी इस अदृश्य दीवार को तोड़ने की हिम्मत कैसे हुई, जो मैंने अपने चारों ओर बना ली थी? मुझे अकेला छोड़ दो।"

उसके बाद भी एक महीने तक मैं उन्हें हैलो करती रही। उसके बाद मैंने प्रयास छोड़ दिया। हालाँकि जब आँखों का संपर्क होता था तो मैं 'नमस्ते' करती थी, लेकिन ज्यादातर समय मैं दूसरी तरफ मुड़ जाती थी। मैं अपने दिन को बिगड़ने देना नहीं चाहती थी।

वह वृद्ध व्यक्ति अपनी पत्नी, बेटे, दामाद और उनके दो बच्चों के साथ रहते थे। एक दिन उनकी पत्नी ने हमें चाय के लिए आमंत्रित किया। मुझे उस निमंत्रण को स्वीकार करने में डर लग रहा था, क्योंकि मुझे उन क्रोधी वृद्ध व्यक्ति के साथ बातचीत करने में कोई दिलचस्पी नहीं थी, लेकिन उनकी पत्नी बहुत स्थिर थीं। यह अच्छा न लगता, इसलिए मैंने 'हाँ' कर दी। मैं उनसे मिलना नहीं चाहती थी और न ही उनसे बात करना चाहती थी।

मैं आश्चर्यचकित थी कि वह आसपास नहीं थे।

वृद्ध व्यक्ति की पत्नी मुझसे बात कर रही थीं। वह प्रसन्न थीं और उनका व्यक्तित्व उनके पति की तुलना में बिल्कुल विपरीत था। वह सहायक, दयालु और विनम्र थीं। उन्होंने भी बहुत बात कीं। शायद वह अकेली थीं या शायद वह मुझे एक अच्छा श्रोता समझ रही थीं।

उन्होंने मुझसे अपने जीवन के बारे में बताया, जब वे यहाँ आए थे, उससे पहले की। वह बात करने में बेहद प्रसन्न थीं और उन्होंने मुझे बहुत सारी चीजें बताईं। उन्होंने मुझे बताया कि वे एक वयस्क बेटे को खो चुके हैं, जो मानसिक रूप से कुछ ठीक नहीं था। उन्होंने बहुत साल उसकी देखभाल की थी। उसे एक विशेष स्कूल ले जाकर, उसे वापस लाकर उसकी देखभाल की। वह विशेष जरूरतोंवाले लोगों की देखभाल के बारे में बहुत कुछ जानती थीं।

पहली बार मुझे यह एहसास हुआ कि इस वृद्ध व्यक्ति को अपने छोटे-छोटे वर्षों में कितना बड़ा बोझ उठाना पड़ा था! कोई आश्चर्य नहीं कि उनका व्यवहार इस तरह से था। शायद इतने वर्षों ने उनका यह हाल कर दिया था, लेकिन अगले ही पल मैं यह महसूस करने में मदद नहीं कर सकती थी कि उनकी पत्नी भी उसी दौर से गुजरी थी। वह काम कर रहे थे और वह प्राथमिक देखभाल करती थीं।

कभी-कभी जब मेरे दो सामान्य व स्वस्थ बच्चे लड़ते हैं, मेरी बात नहीं सुनते हैं और मुझे बहुत ज्यादा गुस्सा दिला देते हैं, जैसे और अभिभावकों को भी आता होगा, यह मुझे लगता था। मुझे आश्चर्य हुआ कि यह जोड़ी पूरी तरह से एक वयस्क की देखभाल करने के लिए कैसे काम करती होगी, जो खुद के लिए कुछ भी नहीं कर सकता था, अपनी सामान्य जरूरतों को भी नहीं! मुझे उनके दर्द का एहसास हुआ, क्योंकि उन्होंने उन लंबे वर्षों के बारे में बताया था, जो उन्होंने अपने बेटे की देखभाल करने के लिए बिताए थे। यादों से दूर होने के लिए उन्होंने अपना वह घर बेच दिया और यहाँ चले आए।

पहली बार मुझे यह एहसास हुआ कि इस वृद्ध व्यक्ति को अपने छोटे-छोटे वर्षों में कितना बड़ा बोझ उठाना पड़ा था! कोई आश्चर्य नहीं कि उनका व्यवहार इस तरह से था। शायद इतने वर्षों ने उनका यह हाल कर दिया था, लेकिन अगले ही पल मैं यह महसूस करने में मदद नहीं कर सकती थी कि उनकी पत्नी भी उसी दौर से गुजरी थी। वह काम कर रहे थे और वह प्राथमिक देखभाल करती थीं। उस हद तक यह तर्कसंगत था कि उन्हें उनके मुकाबले अधिक क्रोधित होना चाहिए था।

फिर भी, जीवन के प्रति उनका रवैया पूरी तरह से अलग था।

इसने मुझे अंडा, गाजर और कॉफी बीन की कहानी की याद दिला दी, जो मैंने पढ़ी थी और हाल ही में सोशल मीडिया पर एक वीडियो के रूप में प्रसारित हो रही थी। जब एक युवा बेटी ने शिकायत की कि उसकी जिंदगी कितनी मुश्किल है और उसके पास समस्याएँ हैं, उसकी माँ उसे रसोईघर में ले गईं और उसे एक अंडा, एक गाजर और एक कॉफी बीन दिया। उसने स्टोव पर पानी के तीन उबलते बरतन रखे और उनमें अपनी बेटी को अंडा, गाजर और कॉफी बीन को छोड़ने के लिए कहा।

उबलते रहने के पंद्रह मिनट के बाद गाजर, जो कि शुरू में कठोर थी, नरम और लचीली होकर बाहर निकली। अंडा, जो शुरू करते समय नाजुक था, वह उबलकर कठोर हो गया। वह केवल कॉफी बीन था, जो अद्वितीय था, जिसने अपने मूल रूप को बरकरार रखा, परंतु इससे पानी का रंग बदल गया था। माँ ने बेटी से पूछा कि वह इनमें से किसका प्रतिरूप है, जब वह प्रतिकूल हो जाए—एक गाजर, अंडा या कॉफी बीन?

उस शाम जब मैं घर आई थी, मैंने उन वृद्ध व्यक्ति और उनकी पत्नी के बारे में लंबे समय तक सोचा था। पत्नी वास्तव में एक कॉफी बीन थीं। मैंने एक अलग नजरिए से उन वृद्ध व्यक्ति को भी देखा। वह जो कुछ था, उसमें खुद की मदद करने में असमर्थ था—एक अंडे की तरह। मैंने सोच लिया कि अब हर दिन उन्हें 'नमस्ते' जरूर करूँगी।

□

एक वादा

मृत्यु कुछ ऐसी है, जो हर किसी को डरा देती है। इसकी कठोरता और अंत को स्वीकार करना कठिन है। हम में से अधिकांश यह दिखाते हैं कि यह अस्तित्व में नहीं है और हम में से अधिकतर इसके बारे में बात करना पसंद नहीं करते। कई माता-पिता अपने बच्चों को बताते हैं कि जिन प्रियजनों की मृत्यु हो गई है, वे 'सितारे' या 'स्वर्गदूत' बन गए हैं और वे हमें देख रहे हैं।

जब हमारे किसी प्रिय व्यक्ति की मृत्यु हो जाती है, हमारे साथ आत्म-क्षति की भावना रहती है। हम अपने दिल में दर्द महसूस करते हैं। हम सामना करने के लिए सीखते हैं। हम उनके बिना जीना सीखते हैं। हमें याद है कि हमारे प्रियजन क्या कहते थे और हम अपनी पूरी कोशिश करते हैं कि उनके बारे में हर विवरण याद करें, ताकि हम उन्हें अपनी यादों में जीवित रख सकें।

मेरे बच्चों को बहुत कम उम्र में मेरे पिता की मृत्यु का सामना करना पड़ा। मेरा बेटा आठ वर्ष का था और मेरी बेटी पाँच वर्ष की थी, जब मेरे पिता, जो मेरे बहुत करीब थे, अचानक हमें छोड़कर आसमान के सितारों के बीच चले गए।

नाना के रूप में मेरे पिताजी हर बच्चे का सच होता सपना थे। वह हम सभी के बहुत करीब थे, खासकर मेरे बच्चों के। मेरे बच्चे उन खेलों को याद करते हैं, जो मेरे पिता ने उन्हें सिखाए थे। मेरे माता-पिता केरल के एक छोटे से गाँव में रहते थे, रबड़ के हजारों वृक्षों के बीच। वहाँ सभी छोटे गाँवों की तरह हरे, सब्ज, शांतिपूर्ण और जीवन की गति इत्मीनान से, धीमी और सुखी थी। वहाँ प्रकृति सबसे खूबसूरत थी। कह सकते हैं कि जैसे कोई भरा-पूरा चित्र है।

अपने नाना-नानी के घर पर किसी भी यात्रा का मतलब अंतहीन आनंददायी घंटे गुजारना था—पेड़ों पर चढ़ते हुए, धान के वृक्षों के मध्य से चलते हुए, मेमनों को सहलाते हुए, पेड़ों से अमरूद तोड़कर खाते हुए, अपने पिता के साथ नदी में

तैराकी करते हुए। मेरे बच्चों को अचानक यह खबर मिली तो वे अवाक् हो गए। वह माँ के साथ बातचीत के दौरान ही गुजर गए। बस, ऐसे ही। एक पल में वह और माँ टी.वी. पर अपने पसंदीदा शो देख रहे थे और अगले पल वह चले गए थे। मेरी माँ ने शुरू में सोचा था कि वह सो गए थे। हालाँकि``हालाँकि एक तरह से यह असामान्य था और वह जागे नहीं थे। उन्हें हृदयाघात हुआ था।

मेरे बच्चों को तब पता लगा था कि मौत इस तरह भी आ सकती है!

हम उस समय ब्रिटेन में रह रहे थे और अकसर मेरा बेटा तथा मैं बात करते थे। लंबे समय के बाद मेरी बेटी पढ़ने के बाद नींद में चली गई थी। मुझे नहीं पता कि रात की चुप्पी या गरम बिस्तर पर घबराहट के साथ घुटने टेकने के लिए उसने मुझे गले लगाया था। उसने मुझे आश्वस्त किया—वह इस बात करने के समय को पसंद करता था। हमने उस रात कई चीजों पर चर्चा की थी। उसने मुझे बताया कि वह क्या सोच रहा था। वह अपने आदानों के खिलाफ अपने विचारों को तौलता था और अपना निष्कर्ष निकाल लेता था।

"माँ, आप क्या सोचती हैं कि मैं कैसे मरूँगा?"

"हम्म, मेरी इच्छा थी कि मैं इसका उत्तर दूँ, लेकिन मुझे नहीं पता, बेटा।" मैंने उसे कसकर गले लगा लिया।

"मैं चाहता हूँ कि भगवान् ऐसी दुनिया बनाएँ, जहाँ कोई पैदा भी नहीं हो और कोई मौत भी नहीं हो और चीजें एक ही रहें!"

एक रात वार्त्तालाप के गुरुत्वाकर्षण ने मेरे गले को बाँध दिया।

"माँ, आप क्या सोचती हैं कि मैं कैसे मरूँगा?"

"हम्म, मेरी इच्छा थी कि मैं इसका उत्तर दूँ, लेकिन मुझे नहीं पता, बेटा।" मैंने उसे कसकर गले लगा लिया।

"मैं चाहता हूँ कि भगवान् ऐसी दुनिया बनाएँ, जहाँ कोई पैदा भी नहीं हो और कोई मौत भी नहीं हो और चीजें एक ही रहें!"

"मेरी भी यही इच्छा है। काश, मैं समय में इस क्षण को स्थिर कर सकती! तुम हमेशा आठ साल के रहो और मैं भी ऐसी ही रहूँ!"

"नहीं माँ, मैं ऐसा नहीं चाहता। तो मुझे हमेशा के लिए स्कूल जाना होगा! ऐसा कौन करना चाहता है? मैं जल्द ही बड़ा हो जाना चाहता हूँ, एक कार खरीदना चाहता हूँ और चारों ओर घूमना चाहता हूँ।"

"एक फेरारी लेना, मुझे फेरारी पसंद है।"

वह एक मिनट के लिए चुप था।

फिर उसने धीमे से कहा, "मैं तुम्हारे बिना मरने से भी नफरत करता हूँ, माँ।" मुझे नहीं पता था कि क्या कहना है ? तो मैं चुप थी।

उसने कहा, "क्या आप मुझसे वादा करती हैं कि आप मुझसे पहले नहीं मरेंगी ?" उसने जोर देकर मुझसे पूछा। उसकी आँखें अँधेरे में चमक रही थीं। उसके छोटे हाथों ने मेरे हाथों को पकड़ रखा था।

"मैं वादा करती हूँ।"

'वादा कभी तोड़ना नहीं चाहिए।' मेरे पिता हमेशा कहा करते थे। मैं हमेशा अपना वादा पूरा करने की कोशिश करती हूँ, लेकिन आज मैंने एक वादा दिया, जो मैं चाहती हूँ कि कभी पूरा न हो।

इसके बाद हम चुप्पी ओढ़कर सो गए। हम में से हर कोई अपने विचारों में खो गया। उस रात मैंने उसे काफी देर तक पकड़कर रखा, हालाँकि वह सो गया था।

□

जितना अच्छा बन सकते हो, वो बनो

"अपने हृदय के मूल में आप परिपूर्ण और शुद्ध हैं। कोई भी और कुछ भी नहीं बदल सकता है।"

—अमित रे

"मानें कि यह किया जा सकता है। जब आपको लगता है कि कुछ किया जा सकता है तो वास्तव में विश्वास करें, आपका मन उसे करने के तरीके को दिखाएगा। समाधान पर विश्वास करना समाधान करने का मार्ग प्रशस्त करता है।"

—डेविड जे. श्वार्ट्ज

हमें गले से लगाओ, हम आपके जैसे ही हैं!

यह घटना एक दशक पहले से भी अधिक समय की थी, लेकिन हर बार जब भी मैं इसके बारे में सोचती हूँ तो मेरे रोंगटे खड़े हो जाते हैं। यह एक उत्तेजक व हृदय-विदारक अनुभव था। इसने मुझे पूरी तरह से हिला दिया और मुझे इतना विनम्र बना दिया कि मैं अभी तक भी ठीक से नहीं उबर पाई। मुझे नहीं लगता कि जीवन भर भी अपर्याप्त होगा इससे निकलने के लिए।

उस समय परिस्थितियों के कारण मैं वहाँ गई थी। हम पुणे में रहते थे और मेरे पति के संगठन में पूरे साल के दौरान निगमित सामाजिक जिम्मेदारियों की गतिविधियों की योजनाएँ थीं, जहाँ कर्मचारी चुन सकते हैं कि उन्हें पूरा करने के लिए वे किस सप्ताहांत को लेना चाहते हैं।

उस विशेष सप्ताहांत में स्वयंसेवक कम थे और इसलिए मैंने टीम के साथ 'मनव्या' जाने के लिए उत्सुकता दिखाई। तब तक मैंने उसके बारे में कभी नहीं सुना था। 'मनव्या' भारत में कुछ गैर-सरकारी संगठनों में से एक है, जो एच.आई.वी./एड्स के लिए आवासीय देखभाल और पुनर्वास के एक निराश्रित/अनाथ बच्चों व महिलाओं को आश्रय देता है।

इसका लक्ष्य एच.आई.वी. के साथ रहनेवाले बच्चों और महिलाओं को उससे लड़ना सिखाता है। आत्मनिर्भर बनाने के लिए और बाधाओं को दूर करने के लिए, एक उचित अवसर प्राप्त करने के लिए; सामाजिक भेदभाव के बिना भोजन, वस्त्र, स्वास्थ्य, आश्रय और शिक्षा के अपने अधिकारों को सुनिश्चित करने के लिए तथा अपने अधिकार के लिए समाज में स्थान दिलाने का प्रयास करता है।

मुझे बताया गया कि बहुत सारे लोग वहाँ जाने और बच्चों के साथ समय

बिताने के लिए तैयार नहीं थे। ऐसा इसलिए हो सकता है कि बेशक हम यह जानते हैं कि किसी को छूकर हमें एड्स नहीं हो सकता, बावजूद इसके हमारे पास अब भी इस बीमारी के लिए मानसिक डर और घृणा है। यह मुझे फिलाडेल्फिया में टॉम हैंक्स की याद दिलाता है।

उस दिन हम सिर्फ तीन ही थे। अन्य दो के पास बच्चों के साथ का कोई पिछला अनुभव नहीं था। उसी दौरान मैं अंतरराष्ट्रीय और वैकल्पिक स्कूलों में बच्चों के लिए कार्यशालाएँ आयोजित करने की सोच रही थी। तीनों में से मैं सबसे अनुभवी थी।

हम सभी थोड़ा परेशान थे। यह पहली बार था कि हममें से कोई ऐसा कुछ कर रहा था। हमने सुना था कि ये बच्चे समाज द्वारा त्याग दिए गए थे और कोई भी उनसे मिलने नहीं आता था। इसलिए, जब कोई मिला करता था तो वे उससे गले मिलते थे और अपने हाव-भावों से अपने प्रेम का प्रदर्शन करते थे। हमने अपनी घबराहट को कम करने और लंबे सफर के बीच समय बिताने के लिए बात करना शुरू कर दिया। उनमें से एक ने महँगे आवासीय स्कूलों के गुणों का बखान करना शुरू किया। वे एक ऐसे स्कूल में गए थे और उन्होंने मुझे अपने बच्चों को इस तरह के स्कूल में भेजने के फायदों को समझाने की कोशिश की। मैंने उन्हें धैर्य से सुना था; लेकिन अपने विचारों में मैंने किसी भी बिंदु को प्रस्तुत करना नहीं चाहा, क्योंकि 'आवासीय विद्यालय बनाम दिन का विद्यालय' पर बहस अनंत है।

जब हम वहाँ पहुँचे तो हम लोगों का स्वागत उन लोगों ने किया, जो उस सामाजिक संस्था को चलाते थे और हमें इस संगठन तथा इसके नियोग के बारे में एक छोटा सा संक्षिप्त विवरण दिया गया। हमें पता लगा कि वहाँ साठ बच्चे हैं। उनमें से सभी एच.आई.वी. पॉजिटिव हैं और कुछ पूरी तरह एड्स से ग्रस्त हैं। कुछ ऐसे भी हैं, जो बस, कुछ दिनों के लिए जीवन पाएँगे। उन्होंने हमें धन्यवाद दिया कि हमने उनके लिए समय निकाला।

जब हम वहाँ पहुँचे तो हम लोगों का स्वागत उन लोगों ने किया, जो उस सामाजिक संस्था को चलाते थे और हमें इस संगठन तथा इसके नियोग के बारे में एक छोटा सा संक्षिप्त विवरण दिया गया। हमें पता लगा कि वहाँ साठ बच्चे हैं। उनमें से सभी एच.आई.वी. पॉजिटिव हैं और कुछ पूरी तरह एड्स से ग्रस्त हैं। कुछ ऐसे भी हैं, जो बस, कुछ दिनों के लिए जीवन पाएँगे। उन्होंने हमें धन्यवाद दिया कि

हमने उनके लिए समय निकाला।

हमें एक बड़े हॉल में ले जाया गया, जहाँ से खुशनुमा हँसी की आवाजें आ रही थीं। जब मैंने वास्तव में बच्चों को देखा तो मैंने महसूस किया कि मैं बिना किसी कारण के घबरा रही थी। यह सिर्फ अन्य बच्चों के समान एक झुंड था, जिसे मैं सँभाल सकती थी। यह मुझे वास्तव में सिर्फ बच्चों का एक सामान्य झुंड की तरह लग रहा था।

यह तब था, जब मैंने उनके बैंगनी चेहरों को देखा। लगभग सभी के मुँह के आसपास एक प्रकार का टिंचर था। मुझे बाद में पता चला कि यह संक्रमण को रोकने के लिए था। उन्हें इसके बारे में आभास नहीं था। वे मुसकराए व हँसे और मेरे हँसने का इंतजार कर रहे थे। मैंने उन्हें थोड़ा नृत्य और एक अजीब गीत सिखाया। मैंने उनसे बात की। उन्होंने मुझे गले लगाया और मैंने उन्हें वापस गले लगाया। मैंने उनसे खूब बातें सुनीं और उन्हें खूब हँसाया। उसके बाद कला के लिए समय था और वे चित्र बनाना चाहते थे—कुछ भी, जो उन्हें चित्रित करने के लिए सही लगा। कई बच्चों ने बहुत खुशी दिखानेवाले चित्र बनाए। वहाँ बहुत कम बच्चे थे, जो अपने पूरे नामों को जानते थे। उन सभी बच्चों को व्यावसायिक देह-व्यापार करनेवाली औरतों ने छोड़ दिया था। जो अपने पूरे नामों को जानते थे, वे उसे गर्व से लिखते थे। आमतौर पर अधिकांश बच्चे मुझसे जुड़ गए थे और मुझसे खुलकर बात भी कर रहे थे; लेकिन एक बच्चा था, जिसे मैं नहीं समझा पा रही थी। मैंने उसे हँसाने की जी-तोड़ कोशिश की, पर वह मुसकराया भी नहीं। उसके द्वारा बनाया चित्र बस, एक रंग के चॉक से घसीटे मारी हुई थी—काली।

बाद में हमने उपहार और चॉकलेट वितरित किए। सबसे असामान्य जो था, वह यह कि कोई भी न हथिया रहा था और न पूछने का दबाव था। वे बच्चे बहुत विनम्र थे। उन्होंने उपहार लिये और 'धन्यवाद' कहा। उन सब में लगभग एक शांत स्वीकृति की भावना थी, क्योंकि उनमें से कई बच्चे सीमित दिन के लिए थे।

बाद में हमने उपहार और चॉकलेट वितरित किए। सबसे असामान्य जो था, वह यह कि कोई भी न हथिया रहा था और न पूछने का दबाव था। वे बच्चे बहुत विनम्र थे। उन्होंने उपहार लिये और 'धन्यवाद' कहा। उन सब में लगभग एक शांत स्वीकृति की भावना थी, क्योंकि उनमें से कई बच्चे सीमित दिन के लिए थे। उनमें से दो ने कहा कि वे एक-एक अतिरिक्त उपहार चाहते थे—खुद के लिए नहीं,

बल्कि अपने दोस्तों के लिए, जो वहाँ आने के लिए बहुत बीमार एवं सक्षम नहीं थे। मैं अंदर गई और उन्हें देखा। वे अपने पलंग पर लेटे थे। उनके पास वे मिठाई और उपहार थे, जो हमने पहले वितरित किए थे। वे बच्चे वास्तव में एक-दूसरे की देखभाल कर रहे थे और एक-दूसरे का ध्यान रखते थे।

दोपहर शाम में बदल गई और हमने उनसे अलविदा ली। इन बच्चों की समस्याओं की तुलना में हमारी हर समस्या कितनी छोटी थी और उन बच्चों को उनका हर दिन सामना करना पड़ता था, बिना किसी गलती के।

जब हम लौट रहे थे तो चुप्पी पसरी थी, क्योंकि किसी के भी बारे में बात करने के लिए कुछ भी नहीं था।

□

एक छोटा काला बिंदु

कई साल पहले एक शिक्षक ने कुछ कहा था, जिसने आज भी गहराई से मुझ पर प्रभाव डाला हुआ है और इन वर्षों में भी मेरे साथ बना हुआ है। वह मेरी गणित की शिक्षिका थीं, जिन्हें मैं बहुत पसंद करती थी और यह शायद कक्षा 7 की बात होनी चाहिए। वह एक दिन बेहद उत्साह के साथ अंदर आईं। उन दिनों हमारे यहाँ एक सफेद बोर्ड था, नियमित ब्लैक बोर्ड के बजाय। सफेद बोर्ड 'महत्त्वपूर्ण बातों' के लिए इस्तेमाल किया जाता था। उस दिन उनके हाथ में एक काला मार्कर था, जिसका मतलब था कि वह सफेद बोर्ड का प्रयोग करने वाली थीं। इसी कारण हम सभी ने शांत बैठकर ध्यान दिया।

उन्होंने बोर्ड के केंद्र में काले मार्कर के साथ एक बिंदु बनाया।

"तुम सबको क्या दिख रहा है?" उन्होंने पूछा।

हमने बोर्ड को देखा। वह एक काले बिंदु से ज्यादा कुछ भी नहीं था। हम सभी ने कहा कि हमने एक काले बिंदु को देखा है।

फिर उन्होंने पूछा, "क्या किसी को काले बिंदु के अलावा कुछ और भी दिखाई दे रहा है?"

किसी को दिखाई नहीं दिया।

फिर उन्होंने कहा, "जिंदगी में लोग अकसर छोटे से काले बिंदु या धब्बे को ही देखते हैं। वहाँ पर सफेद रंग का या कहें कि आशा का एक विशाल विस्तार हो सकता है; लेकिन अगर एक छोटा काला बिंदु है तो आपका ध्यान उसी पर जाता है। हम उस बड़ी तसवीर को देखना भूल जाते हैं। हम उन छोटे-छोटे प्रतीक चिह्न पर ध्यान केंद्रित करना चाहते हैं, जो वास्तव में रुकावट हैं, बड़ी योजना बनाने में और हम मौजूद सफेद अक्स के बारे में भी भूल जाते हैं।"

यह गहन अर्थों को समझता है। यह आज दो दशक से भी अधिक समय

के बाद भी ऐसा ही करता है। यह कुछ ऐसा है, जिसने मुझे कई मुश्किलों से पार कराया है, जिसने मेरे जीवन को सही रास्ते पर मोड़ दिया है।

एक समय, जब मेरे बच्चे बहुत छोटे थे, दोनों को मौसमी बुखार हो गया। मेरे पति उस समय यात्रा पर थे। दोनों बुखार में बहुत तेज तप रहे थे और हर समय मुझे अपने पास चाहते थे। जब बच्चे स्वस्थ हों तो उनकी देखभाल करने में कोई थकान नहीं होती है; लेकिन जब वे बीमार हो जाते हैं तो अकेली अभिभावक के रूप में उनकी देखभाल करना वास्तव में बहुत ही गंभीर हो सकता है और यह हलके ढंग से लिया जा रहा था। जो कोई इस हालात से गुजरा हो, वह आपको बताएगा कि इसका प्रबंधन करना कितना मुश्किल है, जहाँ माता-पिता या ससुरालवालों से कुछ भी मदद नहीं मिलती। हम हमेशा एक एकल परिवार में रहे हैं और इसलिए जब हम में से एक काम पर जाता है तो दूसरा घर व बच्चों को सँभालता है।

वह सुबह विशेष रूप से बुरी थी। न केवल बच्चे बीमार थे, बल्कि ऐसा लग रहा था कि मैं भी उनके साथ बीमार पड़ रही थी। यद्यपि यह काफी नहीं था, आया ने भी अचानक छुट्टी लेने का फैसला किया। मैं एक ऐसे दौर से गुजर रही थी कि समझ नहीं पा रही थी, कैसे सँभाल पाऊँगी अकेले, जब तक मैंने एक अच्छी सहेली के साथ बातें नहीं कीं। वह एक बहुत ही कठिन दौर था, पर उसने जो कुछ कहा, वह मुझे अच्छा लगा।

वह सुबह विशेष रूप से बुरी थी। न केवल बच्चे बीमार थे, बल्कि ऐसा लग रहा था कि मैं भी उनके साथ बीमार पड़ रही थी। यद्यपि यह काफी नहीं था, आया ने भी अचानक छुट्टी लेने का फैसला किया। मैं एक ऐसे दौर से गुजर रही थी कि समझ नहीं पा रही थी, कैसे सँभाल पाऊँगी अकेले, जब तक मैंने एक अच्छी सहेली के साथ बातें नहीं कीं। वह एक बहुत ही कठिन दौर था, पर उसने जो कुछ कहा, वह मुझे अच्छा लगा। एक ही बार में बातें बेहतर लग रही थीं। जो भी उसने कहा था, वह यह कि हँसी सबसे अच्छी दवा है और वास्तव में, यह बिल्कुल सही था।

बाद में मुझे काले बिंदु का सिद्धांत याद आया। हम में से ज्यादातर उस काले बिंदु पर ध्यान केंद्रित करते हैं। संबंधों में, परिस्थितियों में, लोगों में हमारा ध्यान हमेशा उस छोटे काले बिंदु पर खिंचा चला जाता है। ज्यादातर समय हम बड़े सफेद परिवेश को भूल जाते हैं, जो हमें चमकीले रंगों के साथ खुशहाल यादों और हँसी लिये इंतजार कर रहा है। यह केवल तभी संभव है, जब हम उस छोटे से काले बिंदु

को छोड़ दें या इसे चतुराई से और जल्दी से एक बड़ी तसवीर के साथ एकीकृत करें।

काले बिंदु, बस उदास, उदास और क्रोधी लोगों की तरह हमेशा मौजूद रहेंगे। यह मायने नहीं रखता कि आप उन्हें कैसे सँभालते हैं और अगर आपके पास एक ऐसा मित्र है, जो आपको बड़ी तसवीर देखने में मदद करता है तो उस दोस्त को संपूर्ण जीवन के लिए पकड़ो। उन छोटे काले बिंदुओं पर ध्यान केंद्रित मत करो, जो हो सकता है, कुछ समय में हट जाएँ। अपनी मित्रता को बनाए रखने के लिए जो कुछ भी आप कर सकते हैं, वह सब करें।

सच्ची दोस्ती वास्तव में अनमोल है।

□

दो शक्तियाँ

हम कुछ समय के लिए यू.के. में रहते थे। एक छोटे से शांत शहर में, बड़े व शानदार पार्कों के साथ, हरी-भरी हरियाली, खूबसूरत, शांत और निर्मल वातावरण में मुझे ऐसा लगा जैसे मैं एक चित्रकला या एक पोस्टकार्ड की तसवीर के अंदर रह रही थी।

मैं कई बार पार्क में बैठकर अपने बच्चों को देखती थी। बच्चों के साथ काम करने के बाद मैं देख रही हूँ कि सारी दुनिया में बच्चे एक जैसे ही होते हैं। वे खुले दिमाग, उत्सुक, निपुण, ईमानदार और सबसे महत्त्वपूर्ण यह कि वे गलतियाँ करने से वंचित नहीं होते हैं और न डरते हैं।

उस दिन उन बच्चों ने बात की और चर्चा की कि वे बड़े होकर क्या बनेंगे। यह एक गंभीर चर्चा थी और उनके हिसाब से हर शब्द सच था, पूर्ण विश्वास और शून्य संदेह के साथ। एक ने निश्चित किया था कि वह सुपरमैन बनना चाहता था। दूसरे ने कहा कि वह पिज्जा की एक दुकान पर काम करना चाहता था। तीसरे ने कहा कि वह एक विमान चालक बनना चाहता था। एक छोटी सी लड़की ने कहा कि वह एक बड़े दफ्तर में काम करना चाहती थी—अपनी माँ की तरह और दूसरी हेयर स्टाइलिस्ट बनना चाहती थी।

इससे मुझे यह सोचने में मदद मिली कि वे वयस्कों से अलग कैसे हैं! वे कल्पना करने से डरते नहीं हैं और न ही वे अपने सपनों को साझा करने से डरते हैं। वे गिरने से नहीं डरते हैं और यदि वे गिरते हैं तो फिर से उठकर जीवन के साथ आगे बढ़ते हैं। इससे मुझे आश्चर्य हो रहा है कि हम वयस्कों के पास ऐसा उत्साह क्यों नहीं है, जैसा कि बच्चे में होता है, नई चीजों का प्रयास करने के लिए? क्यों हम अपने शांति क्षेत्र में संलग्न हैं, इसलिए बाहर निकलने के लिए अनिच्छुक हैं?

मुझे लगता है कि इसके लिए कई कारण हैं। इसका मतलब है कि समझने का

सबसे आसान तरीका यह स्वीकार करना होगा कि हम में से प्रत्येक के भीतर हमारे जीवन में किसी भी बिंदु पर लगातार दो शक्तियाँ काम कर रही हैं।

हम में से अधिकतर दो विरोधी बल द्वारा अलग किए गए हैं—'मिस्टर हाँ' और 'मिस्टर नहीं'। आप उन्हें 'मिस हाँ' और 'मिस नहीं' भी कह सकते हैं, यदि आप चाहें तो! या सिर्फ Y और N, यह वास्तव में सरल रखने के लिए लिखा गया है।

Y आपको पसंद करते हैं; आप जो भी करते हैं, उसकी सराहना करते हैं। जब आप आईने में देखो, "हाँ, तुम अच्छे लगते हो। तुम मोटे नहीं हो। तुमने वजन नहीं बढ़ाया। तुम्हारा रंग साफ दिख रहा है। तुम चतुर हो। हाँ, मैं तुम्हें पसंद करता हूँ। तुम महान्, खूबसूरत, दुनिया में सबसे अच्छे व्यक्ति हो। मुझे तुम्हारे साथ घूमना पसंद है और तुम मुझे खुश करते हो। तुम प्रतिभाशाली, स्मार्ट और मजाकिया हो। तुम्हारे जीवन में लोग तुम्हें महत्त्व देते हैं और तुम उनके लिए महत्त्वपूर्ण हो।"

N शायद ही उपयोगी है। N तुम्हारी मदद कर सकता है कि तुम अपने आप को थोड़ा और अधिक धक्का दो, क्योंकि N तुम्हें यह यकीन दिला देता है कि तुम ज्यादा अच्छे नहीं हो, लेकिन अगर तुम पूरी तरह से N लेते हो तो तुम पराजित हो जाते हो; हालाँकि यदि तुम Y को पूरी तरह से लेते हो तो तुम खुद को भ्रमित कर रहे होगे। मुझे लगता है कि वहाँ शायद N और Y के मध्य बीच का रास्ता है, जिसे हमें कोशिश करना और चलाना है। यह संतुलन क्रिया कठिन है।

N क्रूर है, एक दुःस्वप्न, जो तुम्हारी परेशानी से प्रसन्न होता है। तुम जो भी करते हो, N उसकी आलोचना करता है, "तुम पतले हो सकते हो, तुम थक गए हो, तुम्हारी आँखों में नीचे काले घेरे कैसे हैं? तुम बस, औसत दिखते हो। मैं तुम्हें बहुत पसंद नहीं करती/करता। तुम जो कर रहे हो, वह कुछ भी अच्छा नहीं है। तुम असफल हो। तुम महत्त्वहीन हो। तुम मूर्ख, भोंदू और बदसूरत हो।"

Y तुम में विश्वास करता है। तुम सोच सकते हो कि तुम कुछ भी हासिल कर सकते हो। N तुम्हें बताता है कि तुम्हारे विचार अच्छे नहीं हैं। N तुम्हें याद दिलाता है कि उपहासित होना क्या है? N तुम्हें वापस पीछे धकेल देता है।

N शायद ही उपयोगी है। N तुम्हारी मदद कर सकता है कि तुम अपने आप को थोड़ा और अधिक धक्का दो, क्योंकि N तुम्हें यह यकीन दिला देता है कि तुम

ज्यादा अच्छे नहीं हो, लेकिन अगर तुम पूरी तरह से N लेते हो तो तुम पराजित हो जाते हो; हालाँकि यदि तुम Y को पूरी तरह से लेते हो तो तुम खुद को भ्रमित कर रहे होगे। मुझे लगता है कि वहाँ शायद N और Y के मध्य बीच का रास्ता है, जिसे हमें कोशिश करना और चलाना है। यह संतुलन साधना कठिन है। मैं Y की तरफ अधिक झुकती हूँ, बस, क्योंकि तुम अंत में अधिक आशावादी और अच्छे व्यक्ति बनने वाले होते हो। इसके अलावा, तुम अपने बारे में अच्छा महसूस करते हो।

मनोवैज्ञानिक मानते हैं कि यह N की वजह से है कि बहुत से लोग इसे स्वीकार करते हैं या प्रशंसा करते हैं। जब तुम ईमानदारी से किसी की प्रशंसा करते हो तो इसे प्रशंसा के रूप में स्वीकार करने और धन्यवाद देने के बजाय वे इसे चापलूसी के रूप में खारिज करते हैं या वे निष्ठुरता की खोज करते हैं, जो कहीं नहीं होती। जब तुम असली प्रशंसा करते हो तो वे संदेह करते हुए इसे सच नहीं मानते। यह एक व्यक्ति को उपहार देने जैसा है और जैसे उसने हमारे चेहरे पर वापस फेंक दिया हो!

जब मैं यह पुस्तक लिखने की सोच रही थी, N ने मुझे रोकने की कोशिश की। दरअसल, N और कई अन्य लोग N की आवाज में थे। मुझे खुशी है कि Y उन्हें हराने में कामयाब रहा।

N आपको अच्छाई में विश्वास नहीं देता—चाहे यह अपने आप में या दूसरों में हो। कई लोग दूसरों को यह बताने में हिचकिचाते हैं कि वे वास्तव में उन्हें पसंद करते हैं या अगर वे कुछ अच्छा काम करते हैं तो उसकी प्रशंसा करते हैं। तुम देखोगे, उस वक्त काम पर N है। "वह व्यक्ति क्या सोच सकता है? क्या वह सोचेगा कि मुझे कुछ चाहिए और इसीलिए मैं उसकी प्रशंसा कर रही हूँ? मैं कैसे बोलूँगी?"

जब हम अपने शांति क्षेत्रों से बाहर निकलने की कोशिश करते हैं तो हममें से ज्यादातर के अंदर एक निरंतर लड़ाई चलती है, जो कि चमकती आँखों के बीच में स्वीकारना है और अस्वीकृत को नकारना है।

जब मैं यह पुस्तक लिखने की सोच रही थी, N ने मुझे रोकने की कोशिश की। दरअसल, N और कई अन्य लोग N की आवाज में थे। मुझे खुशी है कि Y उन्हें हराने में कामयाब रहा।

यदि तुम वास्तव में अपने सपने को आगे बढ़ाना चाहते हो और N एकदम से सामने खड़ा हो जाता है तो N को बता देना सबसे बेहतर है कि वह वहाँ से हट जाए और उसे झटके के भगा दो। N को अंदर मत आने दो। उसे हमेशा बाहर ही रखो।

यह सरल दार्शनिक तथ्य कई सकारात्मक विचारकों द्वारा पेश किया गया है और कई पुस्तकों में भी वर्णित है। पाउलो कोएल्हो, रहोंडा बर्न, रॉबिन शर्मा, नॉर्मन विंसेट पेले—ये सभी एक समान अंतर्निहित संदेश देते हैं। उनका मानना है कि लोग अपने विचारों को आकार दे सकते हैं और आकर्षण के कानूनों का उपयोग करके अपने जीवन को बदल सकते हैं। उनमें से अधिकतर यह कहते हैं कि हमें दिल की गहराई से और बुरी तरह से चाहकर अपनी सोच को साकार करना चाहिए (न केवल एक बेवजह इच्छाधारी सोच को)।

वास्तव में ये शब्द शक्तिशाली हैं—'विश्वास करो और निश्चय ही सब प्राप्त होगा, जो तुम चाहते हो।'

□

डायरी-लेखन

जब से मैं याद कर सकती हूँ, तब से मेरे पास एक डायरी थी। मुझे लगता है कि मैंने एक डायरी में लिखना शुरू किया था, जब मैं सात या शायद आठ वर्ष की थी। मुझे नहीं पता था कि मैं इसे क्यों रखना चाहती थी; जबकि यह जोखिम हमेशा बना रहता कि कोई दूसरा इसे देख लेगा। मैं केवल इतना जानती थी कि जब मैं अपने विचारों को लेखनी से उकेरने की इच्छा रखती हूँ तो दुनिया मुझे बहुत बेहतर समझ में आती। मेरी डायरी मेरे विचारों को धीमा करने का एक तरीका था, जो मेरे मस्तिष्क के माध्यम से घूमनेवाली जानकारी को संसाधित करने और सोचने व कारखाई का सर्वोत्तम तरीका तय करने के लिए होते थे। मेरी डायरी ने मुझे मेरी भावनाओं, मेरे विचारों और मेरी जिंदगी को संयोजित करने का बल दिया। इससे मेरी भविष्य की योजना तैयार करने में मदद मिली।

आज सबसे सफल लोग डायरी-लेखन की वकालत करते हैं। जिन पुस्तकों में मैंने पढ़ा है, उनमें से एक जूलिया कैमरन की एक अद्‌भुत पुस्तक 'दि आर्टिस्ट्स वे' में कुछ पंक्तियाँ लिखी हैं, जिन्होंने मुझसे बात की—

"दर्द के समय में, जब भविष्य के बारे में सोचना बहुत भयानक होता है और पिछली बातें याद करना बहुत पीड़ादायी होता है। मैंने "अभी इस वक्त में ध्यान देना सीख लिया है। वर्तमान क्षण में मैंने हमेशा खुद के लिए एकमात्र सुरक्षित स्थान पाया है।"

तो आपको एक डायरी क्यों रखनी चाहिए? यह आपकी मदद कैसे करेगी?

1. **अब तक के अभिलेख :** डायरी को ध्यान में रखते हुए अब आपके पास आपके अभिलेख हैं।

   आपकी वर्तमान वास्तविकता। आपके लक्ष्य आपके सपने, आपकी आकांक्षाएँ। इन सबका दर्ज होना महत्त्वपूर्ण है, क्योंकि वे अस्थायी हैं,

क्षणिक हैं। वे बाद में आपको धोखा दे सकते हैं; लेकिन एक बार जब आप उन्हें अपनी डायरी में लिख लेते हैं तो वे आपके लिए बदलाव की आकांक्षा के लिए लगातार यादगार के रूप में कार्य करते हैं और यह आपकी तरक्की के लिए बहुत महत्त्वपूर्ण है।

2. **खाँचा बनाने का समय :** एक डायरी के बिना एक दिन दूसरे में विलीन हो जाता है, फिर तीसरे में विलीन हो जाता है। बीतता समय एक धुँधलापन देता है और एक डायरी के साथ एक लक्ष्य, एक नक्शा, एक 'जाने के लिए स्थान' संरक्षित हो जाता है। यह आपके जीवन को आकार देने की मूल योजना है।
3. **यह मजेदार है :** यदि आपको एक पत्रिका में लिखना नीरस लगता है तो आप एक बुलेट डायरी बना सकते हैं या 'शुभकामनाओं' की स्क्रैप बुक बनाएँ और इसे मजेदार बनाएँ। इसे जैसा आप चाहते हैं, वैसा बनाएँ। कोई कठोर नियम नहीं हैं।
4. **विकास का रिकॉर्ड :** आप देखेंगे कि आपने कितने समय से शुरू किया और कुछ वर्षों में आप कितने बढ़ गए हो!
5. **स्पष्ट विचार-प्रक्रिया :** जब आप एक डायरी में लिखना शुरू करते हैं तो आपकी विचार-प्रक्रिया स्पष्ट हो जाती है। आप अधिक मुखर बनना शुरू करते हैं। आपके सपने सच होने लगते हैं।

जब से मैं बच्ची थी, तब से मैं एक डायरी रखती हूँ। मैं हर रोज नहीं लिखती, लेकिन मैं नियमित रूप से लिखती हूँ। वर्ष 2005 के बाद से मैंने सिलसिलेवार डायरी रखना बंद कर दिया। इसके बजाय जब मेरा लिखने का मन करता है, तब लिखती हूँ और तिथि लिख देती हूँ।

आप भी कोशिश करो। आप भी अलग-अलग डायरियों के बारे में पढ़ें, जिन्हें आप रख सकते हैं।

फिर लिखना शुरू करें और देखें कि यह आपको कहाँ ले जाती है!

मैं निश्चित रूप से एक बात कह सकती हूँ—आपके पास बहुत कुछ होगा हासिल करने के लिए।

□

संकल्प

प्रत्येक वर्ष के अंत में दुनिया भर में लोग अपने नए साल के संकल्पों को निर्धारित करते हैं। कुछ सिर्फ एक सप्ताह में तोड़ देते हैं, कुछ लोग तकरीबन तीन महीनों तक इनसे जुड़े रहते हैं और कुछ लोग वास्तव में संकल्पित होते हैं तथा उन्हें पूरा करने में कामयाब होते हैं।

मुझे भी संकल्प बनाना पसंद है, क्योंकि यह मुझे एक नई शुरुआत की तरह लगता है। आप तकनीकी तौर पर वर्ष के किसी भी दिन संकल्प कर सकते हैं। हर दिन एक नई शुरुआत करने के लिए उतना ही अच्छा होता है, लेकिन नए साल के बारे में कुछ खास बात होती है। इसमें संभावनाओं का वादा होता है। जैसे कि एक नए साल की पूर्व संध्या पर मैं अपना प्रस्ताव बनाने के लिए बैठ गई थी, मैं बस, हर गुजरते दिन के साथ सोचने में मदद नहीं कर सकती थी कि हम हर गुजरते दिन में अपनी मौत के करीब हैं!

मेरे नए साल के संकल्प, जो इतने सालों तक रोजमर्रा की जिंदगी की नीरस और छोटी-छोटी बातों से ज्यादा नहीं थे, वे अचानक ही जैसे बहुत जरूरी हो गए। मैंने फैसला किया कि मैं एक सूची बनाऊँगी, जिसका सभी पालन कर सकते हैं। दरअसल, इनके हिसाब से न चलना मुश्किल होता।

जब मेरे मित्रों ने इसे पढ़ा, उन्होंने पूरे दिल से इसे समर्थन दिया। कई लोग इस सूची के प्रिंटआउट भी ले चुके थे और उन्हें अपनी अलमारी पर लगा दिया था।

मेरी सूची में यही है—

1. **दिल से हँसो :** 'विकीपीडिया' ने हँसी की व्याख्या इस रूप में की है—'एक श्रव्य अभिव्यक्ति या मजे की उपस्थिति या मनोरंजन या प्रसन्नता और आनंद की आवक भावना' के रूप में। विज्ञान ने सिद्ध किया है कि

हँसी हमारी प्रतिरक्षा प्रणाली को मजबूत करती है, हमें बीमारियों से लड़ने में मदद करती है और उच्च रक्तचाप, स्ट्रोक, गठिया एवं अल्सर जैसी बीमारियों से जुड़ी समस्याओं को कम करती है।

60 देशों में 6,000 'हँसी योग क्लब' हैं। इनमें से कुछ हँसी के क्लब, जो मेरे पड़ोसी क्षेत्र में बन गए हैं, उन्होंने मुझे चौंका दिया। शुरू में मैं उनके शोर से चौंकी थी। करीब चालीस लोगों का एक समूह था और सब एक साथ इकट्ठे होते थे, फिर बिना किसी कारण के पागलों की तरह हँस रहे थे। यह एक अवधारणा थी और मैंने कभी भी पहले यह नहीं देखा था। पहले मैंने सोचा कि गरमी के मौसम के बीच में यह गड़गड़ाहट थी और यह हैरान करने वाला था। बाद में जब मैंने उन्हें देखा, मैं भी हँस पड़ी, क्योंकि हँसी संक्रामक होती है।

> *अनुसंधान से पता चलता है कि कुछ पीढ़ियाँ पहले स्वस्थ इनसान हँसी में बीस मिनट या उससे ज्यादा समय बिताते थे, लेकिन आज के समय में ज्यादातर देशों में हँसने का समय पाँच मिनट से भी कम है। हर कोई एक अच्छा हँसी से प्यार करता है।*

मनुष्य ही प्रकृति में एकमात्र ऐसे जानवर हैं, जो हँस सकते हैं (जो सियार करते हैं, वह असली हँसी नहीं है।) अनुसंधान से पता चलता है कि कुछ पीढ़ियाँ पहले स्वस्थ इनसान हँसी में बीस मिनट या उससे ज्यादा समय बिताते थे, लेकिन आज के समय में ज्यादातर देशों में हँसने का समय पाँच मिनट से भी कम है। हर कोई एक अच्छी हँसी से प्यार करता है। कोई आश्चर्य नहीं कि हास्य शो और स्टैंड-अप कॉमेडियन टेलीविजन शो पर भरे हुए हैं। यदि आपके पास एक पागल मित्र है, जो आपको बहुत ज्यादा हँसाता है तो उस दोस्ती को सँभालकर रखें। इन्हें सँजोएँ। ये अनमोल हैं।

2. **बच्चों के साथ समय व्यतीत करें :** अमेरिका के स्वास्थ्य और मानव सेवा विभाग ने एक अध्ययन किया, जिसने मापा कि कैसे लोगों ने लाभ उठाया, जब उन्होंने बच्चों के साथ आधे घंटे या उससे अधिक समय व्यतीत किया। उन्होंने सुझाव दिया कि अगर आपके पास अपने बच्चे नहीं हैं तो स्थानीय बाल केंद्र में स्वयंसेवक बन जाइए या भतीजियों व

भतीजे या दोस्तों के बच्चों पर भरोसा कीजिए। यदि आप बच्चों के साथ हिलेंगे-मिलेंगे तो यह साथ आपके भीतर के बच्चे को जाग्रत् करेगा। यदि आपके पास अपने बच्चे हैं तो हर दिन समय निकालें और वास्तव में ध्यान दें कि वे क्या चाहते हैं? हम में से बहुत से माता-पिता होने के नाते इतने व्यस्त हो जाते हैं (उठो, अपने दाँत ब्रश करो, अपना होमवर्क करो, जल्दी करो या तुम्हें देर हो जाएगी) कि हम उनके एक दोस्त बनना भूल जाते हैं। मेरी एक सहेली हमेशा कहती है, "बच्चों को सिर्फ उपहार न दें, बल्कि खुद को उन्हें एक उपहार के रूप में पेश करें।"

3. **झक्की और चिड़चिड़े लोगों से बचें :** ऐसे लोगों के बीच रहें, जो जीवन में प्यार की गरमाहट ला सकें।
4. **अगर आप किसी से प्यार करते हैं तो कह दें :** शब्दों को कहना वाकई महत्त्वपूर्ण है। अगर यह संभव नहीं है तो इसे दिखाएँ। एक अप्रत्याशित आलिंगन बहुत कुछ कह सकता है। उन लोगों को बताने का कोई मौका नहीं खोना चाहिए, जिनसे आप वास्तव में प्यार करते हैं। यदि आप शर्मीले हैं तो लिखकर भेजें। आज के समय में इ-कार्ड भेजें या एक वास्तविक कार्ड भेजें, जो समझ आए, वह करें, लेकिन व्यक्त करें। यह न केवल आपको अपने बारे में अच्छा महसूस कराएगा, बल्कि वह उस व्यक्ति को भी रोमांचित करेगा, जो आपके एक स्नेह का पात्र है (बशर्ते यह पारस्परिक प्रेम हो)। कोई भी भविष्यवाणी नहीं कर सकता कि अगले चौबीस घंटे में क्या होगा? इसलिए जब आप जो महसूस करते हैं, तभी इसे व्यक्त करें। यह हमेशा के लिए सच नहीं हो सकता; लेकिन ऐसा करते समय अधिकतर खुशनुमा हसीन पल बनते हैं।

> *आज के समय में इ-कार्ड भेजें या एक वास्तविक कार्ड भेजें, जो समझ आए, वह करें, लेकिन व्यक्त करें। यह न केवल आपको अपने बारे में अच्छा महसूस कराएगा, बल्कि वह उस व्यक्ति को भी रोमांचित करेगा, जो आपके एक स्नेह का पात्र है (बशर्ते यह पारस्परिक प्रेम हो)। कोई भी भविष्यवाणी नहीं कर सकता कि अगले चौबीस घंटे में क्या होगा?*

5. **अपने शरीर के साथ संतुष्ट रहें :** जब तक हम तंदुरुस्त और स्वस्थ हैं, हमें खुश होना चाहिए। आखिरकार, हम 'प्लेबॉय' के लिए मॉडल बनने नहीं जा रहे हैं, जो एक स्वास्थ्य व योग्यता की पत्रिका है और

न ही हम एक अश्लील फिल्म में जाने-माने सितारे हैं। हमारा मीडिया छह पैक एब्स और असंभव रूप से पतली महिलाओं के साथ पुरुषों की छवियों पर बमबारी करता है। हम में से अधिकांश एक आदर्श शरीर की धारणाओं को ऐसे सितारों से जोड़ देते हैं। इसका यह अर्थ नहीं है कि हमें अपना वजन कम करने का प्रयास नहीं करना चाहिए। यदि कोई उचित रूप से स्वस्थ है तो आपको खुश होना चाहिए। मेरी एक सहेली को एक बीमारी अंतिम चरण पर थी और उसका कोई निदान नहीं था। उसकी जिंदगी शायद तीन महीने तक की थी। उसके दो बच्चे छह वर्ष और तीन वर्ष के थे। एक अन्य सहेली के पति, जो एक उच्च अधिकारी के पद पर थे, वह एक मस्तिष्क ट्यूमर की वजह से युवावस्था में ही गुजर गए अपनी पत्नी को दो बेटियों के साथ इस दुनिया में छोड़कर। कोई भी कभी नहीं सोचता कि ऐसा कुछ उसके साथ भी हो सकता है। मुझे एहसास हुआ कि अगर कोई स्वस्थ होता है तो उसे कितना आभारी होना चाहिए! जब मैं टायफाइड के साथ अस्पताल में थी तो अपने जीवन के लिए लड़ रही थी। वह एक आँख खोलनेवाला क्षण था। तब मुझे एहसास हुआ कि एक चित्र-परिपूर्ण शरीर मायने नहीं रखता है, पर वास्तव में स्वास्थ्य का उपहार हमारे लिए सबसे बड़ा आशीर्वाद है।

6. **छोटी चीजों का आनंद लें :** सूर्योदय को देखें। हर दिन आपके लिए यह एक उपहार है। फूलों को देखें, अगर कोई फूल न हों तो समुद्र में तरंगों या हरियाली को देखें या नीला आसमान या सौम्य बहती शांत नदी या एक झील की स्थिरता या एक चील की उड़ान। अगर यह सब न हो तो कैसा लगेगा ? क्या प्रकृति अद्‌भुत नहीं है ? नई यात्रा पर चलो, सड़क पर कैंप लगाओ। प्रकृति के साथ पुनः जुड़ो। मेरी पसंदीदा गतिविधियों में से एक है—मेरे झूले पर लेटना और सितारों को देखना।

जो भी आप चुनते हो, उसे जियो, प्यार करो और खूब हँसो।

□

सफेद झूठ

लगभग हम सभी अपने आप से झूठ बोलने के दोषी हैं। यह हम क्यों करते है? हम खुद को क्यों मूर्ख बनाते हैं?

हम ऐसा करते हैं, क्योंकि यह आसान तरीका है। कठोर सच्चाई यह है कि हम में से अधिकांश आलसी हैं। हम कम-से-कम प्रतिरोध के पथ चाहते हैं। हम चाहते हैं कि चीजें आसानी से हो जाएँ। दूसरा कारण, हम ऐसा डर के कारण करते हैं। हम में से अधिकतर परिवर्तन से डरते हैं। हमें अज्ञात वस्तु से डर लगता है। हमें अस्वीकृति से डर लगता है।

कई वर्षों में मैंने पता लगाया है कि कई बार मैं भी खुद को थोड़ा सफेद झूठ बोलने की दोषी रही हूँ; लेकिन यह इसे ठीक नहीं करता है! जब मैं सच्चाई का सामना करती हूँ। मैं खुश होती हूँ, जब मैं काम करती हूँ और उस पर काररवाई करती हूँ, जो मैं कर सकती हूँ।

यहाँ सात सफेद झूठ हैं, जो हम सब अपने आप से कहते हैं—

1. **अगर सिर्फ———(खाली स्थान भरिए) मेरी जिंदगी में वापस आ जाए, मैं बेहद खुश हो जाऊँगी :** मेरी किताबें बेस्टसेलर्स बनने के बाद सैकड़ों लोगों ने मुझे अपने खोए हुए प्रेम के बारे में लिखा। कभी-कभी वह व्यक्ति उस रिश्ते से बाहर चला जाता। कभी-कभी वे किसी से धोखा पा जाते। वे सोचते रहते हैं कि अगर चीजें, फिर से वैसी ही हो जाएँ, जैसी वे हुआ करती थीं तो उन्हें बेहद खुशी होगी।

मेरे लिए मेरी सबसे बड़ी निजी हानि हुई थी, जब मैंने अपने पिता (जो कि मेरे लिए दुनिया थे) को खो दिया। तब वर्ष 2006 में अचानक इस सच का सामना करना पड़ा। एक दिन भी ऐसा नहीं था, जब मैंने फोन पर अपने पिता से बात नहीं की हो। वह पूरी तरह से स्वस्थ थे और फिर एक पल में ऐसा हुआ,

जब वह नहीं थे। लगभग तीन सालों तक मैं पूरी तरह से दु:खी थी, इतनी कि मुझे कमजोरी महसूस हुई। मुझे लगता था कि अगर मेरे पिता मेरे आसपास हों तो मैं हमेशा खुश रहूँगी।

यहाँ तक कि मैं आज तक इस सच से इनकार नहीं कर सकती कि किसी-किसी दिन मुझे उनकी बहुत याद आती है, इतनी कि मुझे शारीरिक रूप से भी दर्द होता है, खासकर जब मैं सफलता हासिल करती हूँ और वह इसे साझा करने के लिए मेरे साथ नहीं हैं; लेकिन मैं अब भी पहचानती हूँ कि मेरा जीवन कैसे बदल गया है, क्योंकि वह अब मेरे साथ नहीं हैं और खुद को सँभालना सीख लिया है।

2. **मैं ऐसा करूँगी, यदि मेरे पास समय होगा :** हममें से कई लोग खुद को मूर्ख बनाते हैं, 'मैं सचमुच ऐसा करना चाहता हूँ, लेकिन मेरे पास समय नहीं है।' यह एक बड़ा झूठ है। सच तो यह है कि समय तो बस, एक बहाना है। यदि आप सचमुच कुछ करना चाहते हैं तो आप हमेशा समय निकालते हैं या समय बनाते हैं। यदि यह आपके लिए महत्त्वपूर्ण है तो आप करेंगे। आप अपने टी.वी. देखने के समय में कटौती कर सकते हैं (निजी तौर पर मैं टी.वी. बिल्कुल नहीं देखती हूँ और आई.एम.डी.बी. पर अनुमान पढ़ने के बाद ही फिल्में देखती हूँ)। या शायद आप फोन पर समय बरबाद करते हैं? (मुझे नहीं पता कि आपके लिए क्या काम है, लेकिन जब मैं लिखती हूँ तो मैं फोन का और दरवाजे की घंटी का भी जवाब नहीं देती।) हम एक घंटे पहले उठ सकते हैं (हाँ, सिर्फ सात घंटे की नींद पर्याप्त है। आपको अपनी आँखों के नीचे कोई भी काले

> *यदि आप सचमुच कुछ करना चाहते हैं तो आप हमेशा समय निकालते हैं या समय बनाते हैं। यदि यह आपके लिए महत्त्वपूर्ण है तो आप करेंगे। आप अपने टी.वी. देखने के समय में कटौती कर सकते हैं (निजी तौर पर मैं टी.वी. बिल्कुल नहीं देखती हूँ और आई.एम.डी.बी. पर अनुमान पढ़ने के बाद ही फिल्में देखती हूँ)। या शायद आप फोन पर समय बरबाद करते हैं?*

घेरे नहीं मिलेंगे।) अगर हम वास्तव में कुछ करना चाहते हैं तो!

3. **अगर वजन थोड़ा अधिक है और हलका थुलथुल पेट या कमर के पास थोड़ा सा मांस है तो यह ठीक है, खासकर यदि आप शादी-शुदा/मध्यम आयु वर्ग के/बुजुर्ग हैं :** यह बिल्कुल ठीक नहीं है। निजी तौर पर मैं बहुत से लोगों को जानती हूँ, जो अपने चालीसवें वर्ष, पचासवें और यहाँ तक कि '70 के दशक में हैं और फिर भी कमाल के आकार में हैं। मैं भी सत्तर साल के एक बुजुर्ग को जानती हूँ, जो किसी भी दिन ताकत में एक बीस वर्षीय को कड़ी टक्कर दे सकते हैं। मैं वास्तव में उनके जैसी बनना चाहती हूँ, जब (और अगर) मैं उनकी उम्र तक पहुँचूँगी।

यह एक और झूठ है, जो हम खुद को बोलते हैं। मैं इसके लिए भी दोषी हूँ कई बार, जब मैं कुछ नहीं करना चाहती हूँ, मुझे लगता है कि सिर्फ अपने आप से झूठ बोलना आसान है, यह सोचकर कि मुझे अंततः 'किसी दिन' जो चाहिए, वह मिल जाएगा; लेकिन वह 'किसी दिन' कभी नहीं आता है और अचानक कितने साल बीत जाते हैं और अब यह करना असंभव है।

जब आत्म-सम्मान (विशेष रूप से ईर्ष्या विभाग में) की बात आती है तो स्वस्थ होने के कारण और हम काम अद्‌भुत तरीके से करते हैं। स्वस्थ जीवन-शैली जीने के लिए व्यायाम करना वास्तव में महत्त्वपूर्ण है।

मेरी एक दोस्त ने एक बार मुझसे कहा, "लेकिन तुम शादीशुदा हो और दो बच्चों की माँ भी, तो तुम वजन बढ़ा सकती हो।" मैं उस दोस्त की हत्या कर सकती थी। अपने आप को ऐसे जाने देना बहुत ही भयानक है, सिर्फ इसलिए कि कोई विवाहित है या माता-पिता बन गया है।

4. **मैं किसी दिन उसको आसपास पाऊँगी, जैसे ही__________ (योग्य रूप में) :** यह एक और झूठ है, जो हम खुद को बोलते हैं। मैं इसके लिए भी दोषी हूँ कई बार, जब मैं कुछ नहीं करना चाहती हूँ, मुझे लगता है कि सिर्फ अपने आप से झूठ बोलना आसान है, यह सोचकर कि मुझे अंततः 'किसी दिन' जो चाहिए, वह मिल जाएगा; लेकिन वह 'किसी दिन' कभी नहीं आता है और अचानक कितने

साल बीत जाते हैं और अब यह करना असंभव है। विलंब समय का सबसे बड़ा चोर है। यदि आप ऐसा करना चाहते हैं तो आज करो, अभी करो और नहीं, यह इंतजार नहीं कर सकता।)

5. **यदि केवल______________ नहीं होता तो मैं बेहतर होता :** यह फिर से 'इच्छा हो सकती थी' विलाप था। मैं भी इसके लिए दोषी थी, लेकिन फिर मुझे एहसास हुआ कि कुछ घटनाएँ हुईं और सिर्फ इसलिए कि वे कुछ और घटनाएँ हुईं तो और भी घटनाएँ हुईं और हालाँकि यह मेरे दर्द का कारण बना, पर इसने मुझे एक व्यक्ति के रूप में विकसित करने में मदद की। मैंने अपने बारे में, लोगों के बारे में, जीवन के बारे में बहुत कुछ सीखा। आज मैं उन चीजों को स्वीकार करती हूँ और कम चिंतित हूँ, जिससे मुझे बहुत दुःख हुआ; मैं इसके बारे में कुछ भी नहीं कर सकती थी, लेकिन इसके साथ जा सकती थी।

> *कृपया ध्यान दें कि मैं संबंध-विच्छेद की वकालत नहीं कर रही हूँ, क्योंकि सिर्फ आपके साथी को आपका दृष्टिकोण नहीं दिख रहा है। इतनी धारणात्मक होने के लिए यह वास्तव में मूर्खतापूर्ण होगा; लेकिन मुझे लगता है कि कुछ चीजों के लिए हमें प्रयास करना चाहिए, अगर यह आपके लिए बहुत मायने रखता है।*

6. **मुझे करना होगा ____________________(मैं उपयुक्त रूप में हूँ), वरना मेरा साथी मुझसे गुस्सा हो जाएगा :** यह शायद एक झूठ है। यह हम चतुराई से विश्वास करते हैं कि हमें यह स्वीकार करना भी मुश्किल हो सकता है कि हम झूठ बोल रहे हैं। वास्तव में, हमारे पास विकल्प है। हमारे पास साथी को समझाने का विकल्प है, लेकिन इसमें टकराव और समझा जाना शामिल है। हममें से अधिकतर उससे बचना चाहते हैं। मेरे पास टूटी हुई यारियाँ हैं (जिससे मुझे दर्द होता है), बस, इसलिए कि मैं दूसरे छोर से बहुत ज्यादा दबाव महसूस कर रही थी कि मैं उनके आदर्श दृष्टिकोण के अनुरूप चल सकूँ कि मुझे कैसा होना चाहिए। मैंने कोशिश की (बहुत कुछ)

समझाने के लिए, दूसरे व्यक्ति को इसे मेरे दृष्टिकोण से देखने के लिए; लेकिन मैं सफल नहीं हुई। आज मैं खुश हूँ, क्योंकि मैं अपने आप से सच्ची हूँ।

कृपया ध्यान दें कि मैं संबंध-विच्छेद की वकालत नहीं कर रही हूँ, क्योंकि सिर्फ आपके साथी को आपका दृष्टिकोण नहीं दिख रहा है। इतनी धारणात्मक होने के लिए यह वास्तव में मूर्खतापूर्ण होगा; लेकिन मुझे लगता है कि कुछ चीजों के लिए हमें प्रयास करना चाहिए, अगर यह आपके लिए बहुत मायने रखता है।

7. **मैं बहुत प्रतिभाशाली नहीं हूँ :** आप हैं! यह सब लगातार प्रयास करते रहने से है। कुछ बहस कर सकते हैं—यह कैसे हो सकता है, जब उनकी कलात्मक रुचि नहीं है। मैं ऐसे लोगों से कहूँगी कि आपको सही शिक्षक नहीं मिला है। हाँ, प्राकृतिक उपहार और जो कि खेती की जाती है, उसके बीच एक फर्क है, लेकिन यह निश्चित रूप से जोती जा सकती है। उदाहरण के लिए, मैं बिल्कुल भी नहीं हूँ (सतीश बहुत संगीतमय हैं और उन्हें संगीत की समझ भी है। वह बहुत अच्छा गाते हैं और स्वयं ही धुनों को भी बनाते हैं तथा की-बोर्ड व गिटार भी बजा सकते हैं।) लेकिन मैंने की-बोर्ड से खेलना सीख लिया था और मेरे पास कोई ऐसा प्राकृतिक उपहार नहीं था। मुझे दोगुना कठिन काम करना पड़ता था, लेकिन मैंने इसे खेला था। वही चित्रों को चित्रित करने के लिए कह सकती हूँ, खेल खेलना होता है—वास्तव में कुछ भी। आप कर सकते हैं, यदि आप वाकई में कड़ी मेहनत करते हैं।

तो आज आप अपने आप को कौन सा झूठ कहने से रोकोगे?

□

डी.आई.वाई

जब आपका जीवन नियंत्रण से बाहर हो और आप उसे जोड़ने के लिए पूरी तरह से असहाय हों तो ये आठ चीजें हैं, जो आपको करनी चाहिए, तुरंत बेहतर महसूस करने के लिए—

1. **सही होनेवाली चीजों पर ध्यान दें :** अकसर हम इसके बारे में भूल जाते हैं, जो चीजें हमारे लिए सही जा रही हैं। क्या आपके सिर पर छत है? शानदार बात! क्योंकि दुनिया भर में लगभग 10 करोड़ बेघर लोग हैं। क्या आपके पास एक नौकरी है? शानदार! दुनिया में लगभग 20.2 करोड़ से अधिक बेरोजगार लोग हैं। प्राय: हम इन चीजों को नजरअंदाज करते हैं, लेकिन अगर आप वास्तव में इसके बारे में सोचते हैं तो यह वास्तव में आशीष है, जिसकी गणना की जानी चाहिए। यदि आपके पास नौकरी और रहने के लिए एक घर है तो दुनिया के लिए कृतज्ञता भेजें।
2. **इसके बारे में बात करने या सोचने से इनकार करते हैं :** अगर आप अपनी ओर से पूरी कोशिश कर चुके हैं तो अपने दिमाग और जुबान को ताला लगा दीजिए। जब कभी आप अपने साथी मित्र या कर्तव्य से बँधे लोगों के बीच स्वयं को उलाहना देते पाएँ तो उसी समय चुप हो जाएँ। कहने से कुछ नहीं होगा, चुप रहने में भलाई है।
3. **व्यायाम :** यदि आपके हाथ में कोई समस्या है तो आप उसके निदान के लिए एक्सरसाइज क्यों नहीं करेंगे? इसके बारे में कुछ भी नहीं कर सकते हैं। ठीक है, आपके शरीर को व्यायाम खोल देता है और एंडॉर्फिन स्रावित होता है, जो अच्छा लगता है। यह अवसाद से लड़ता है। यह आपको तंदुरुस्त बनाता है। यह आपको वसा जलाने में मदद

करता है, जो कि उस अनूठे प्लम केक को खाकर बढ़ी है। व्यायाम आपको थका देता है। आप बिस्तर पर करवटें लेने के बजाय अपनी परेशानियों के हल खोजते हुए सोने की भी कोशिश करते हैं। तो अपने पैदल चलने के जूते पहनें, अपने पसंदीदा पॉडकास्ट या संगीत में प्लग इन करें और सड़क पर दौड़ें। चलो!

4. **नए लोगों से मिलें :** बाहर जाएँ और नए लोगों से मिले-जुलें। सोशल मीडिया से दूर रहें। जब आपके जीवन में कुछ अच्छा न हो रहा हो तो अन्य लोगों की तसवीरों को देखकर और उनके जीवन के बारे में सोचने से खुद को रोकें। फेसबुक पर हर कोई खुश है। एक ऐसी कक्षा में शामिल हों, जिसमें आप हमेशा भाग लेना चाहते थे। उस दोस्त के पास जाएँ, जिससे आप लंबे अरसे से मिलना चाह रहे थे। यदि आपके पास नए लोगों से मिलने का अवसर हो तो उसे हाथ से न जाने दें। इससे आपको जीवन के बारे में एक अलग नजरिया मिलेगा। उस मुद्दे से अपना मन हटा लें, जिसके बारे में आप कुछ नहीं कर सकते हैं।
5. **ऐसा कुछ करो, जो आपने पहले कभी नहीं किया है :** जब मैंने एक स्थिति के बारे में खुद को पूरी तरह से असहाय पाया, जिसका मैं एक बार सामना कर रही थी, मैं अष्टांग योग में शामिल हो गई। यह मैंने पहले कभी नहीं किया था, भले ही मैंने तीस से अधिक वर्षों तक योग का अभ्यास किया हो। उसने मेरा ध्यान केंद्रित किया, एकाग्रता दी और मुझे अपने आप के सबसे तेज संस्करण में बदल दिया, जो कि मैं कभी भी अपने जीवन में नहीं रही। मैंने अपनी सभी ऊर्जाएँ उसमें रख दीं और उस मुद्दे को नजरअंदाज कर दिया, जिसका मेरे पास कोई हल नहीं था, जिसका मैं कुछ भी नहीं कर सकती थी। मैंने दिन में एक बार ऐसा कहना शुरू किया और समाधान सामने आने तक करती रही।
6. **कुछ बनाएँ :** कुछ करने के बारे में सोचें, कुछ बनाएँ। यदि आप लंबे समय से रंगों के साथ खेलते हैं तो स्थानीय आर्ट स्टोर पर जाएँ। कुछ सामान खरीदें और अपनी भावनाएँ रंग में डाल दें। आप जितना चाहें, उतना पेंट कर सकते हैं। महत्त्वपूर्ण बात यह है कि सिर्फ अपने आप

को खुला छोड़ दें। मनोवैज्ञानिक शोध यह साबित करता है।

7. **अपने कमरे को साफ करें :** यदि आप पूरे घर को साफ करने के लिए ऊर्जा नहीं लगा सकते हैं तो अपने कमरे को साफ करो। उन सभी चीजों से छुटकारा पाएँ, जिनकी अब आपको आवश्यकता नहीं है। वह करो, जो मैरी कोंडो आपको बताती हैं। मैंने कोशिश की है। यह काम करता है। यह आपको हलका, अधिक सकारात्मक और खुश महसूस कराता है।
8. **इसे समय दें :** कृपया याद रखें कि चाहे समस्या को सुलझाने की आप कितना भी कोशिश करते हैं, इसके हल करने के लिए एक समय निश्चित है। तब आप हालात बदलने या सुधरने तक कुछ नहीं कर सकते। कभी-कभी एक चीज को अकेला छोड़ना सबसे अच्छा समाधान है।

□

दस बातें, जो मैंने अपने बच्चों से सीखीं

यह कई साल पहले 'मातृ दिवस' पर लिखा गया था। वर्षों बाद इन ज्ञान के बीज अभी भी अच्छे हैं, यहाँ तक कि हमारे वयस्क जीवन में भी। यहाँ दस बातें हैं, जिन्हें मैंने अपने बच्चों से सीखा है—

1. जब कोई आपको देखकर मुसकराता है तो देखें कि मुसकराहट उनकी आँखों तक पहुँचती है या नहीं। यदि केवल उनके होंठ मुसकराते हैं और उनकी आँखें नहीं तो उनसे बहुत सावधान रहें।
2. एक चुंबन के साथ कसकर गले लगाना सारी समस्याओं को हल कर सकता है।
3. जब आप कहते हैं कि 'मैं आपसे प्यार करती हूँ' तो यह आपकी मदद करता है, अगर आप कहते हैं—लऽऽऽऽऽऽऽऽऽऽऽऽऽऽऽव
4. कोई फर्क नहीं पड़ता कि आपका पेट कितना भरा हुआ है! एक चॉकलेट-आइसक्रीम के लिए जगह है।
5. 'बस अभी', किए जाने वाले काम के हिसाब से दो मिनट से दो घंटों के बीच कहीं भी हो सकता है।
6. अगर कोई आपसे नाराज है तो बस, अपने बिस्तर के नीचे तक छिपें, जब तक वह शांत नहीं हो रहा, लेकिन यह सुनिश्चित करें कि वे आपको वहाँ नहीं हैं।
7. जब आप कुछ गिरा देते हैं तो उसे जल्दी से साफ करें, यदि आप नहीं चाहते कि दूसरों को उसके बारे में जानना चाहिए।
8. कभी-कभी सच बोलना ठीक नहीं है, अगर यह किसी को बुरा महसूस कराता है।
9. झूठ कभी नहीं बोला जाए तो बहुत बढ़िया बात होती है, खासकर जब

आपने अपना होमवर्क नहीं किया है।

10. कुछ लोग कह सकते हैं कि वे आपके दोस्त हैं, क्योंकि वे आपके खिलौनों के साथ खेलना चाहते हैं।

'मातृ दिवस' पर, जैसा कि मैंने फिर से कहा—मैं आभारी हूँ कि मुझे मौका मिला दो अद्‌भुत बच्चों की माँ होने के लिए। इसने सच में मुझे धैर्य, दया, समझ, दृढ़ता और सबसे ऊपर—प्रेम की प्रेरणा शक्ति के बारे में सिखाया है।

यदि आप भाग्यशाली हैं कि आपके पास माँ है तो आपको उन्हें फोन करना चाहिए और उन्हें बताएँ कि आपके जीवन में क्या हो रहा है! यह उन्हें बहुत खुश कर देगा। आपको आश्चर्य होगा कि माताओं को खुश करने के लिए यह बहुत है।

यदि आप स्वयं एक माँ हैं तो आप जानती हैं कि मैं किस बारे में बात कर रही हूँ!

□

इक्यावन चीजें और गिनती

मैं दस वर्षों से ब्लॉगिंग कर रही थी। यह एक लंबा समय है, इतना कि जो मैंने अपने दैनिक जीवन में सीखा, उसे इसमें शामिल किया है।

1. आप कभी भी सभी को खुश करने में सक्षम नहीं होंगे।
2. आपके पास ऐसे लोग होंगे, जो आपको नीचा दिखाना चाहेंगे।
3. तुच्छ टिप्पणियों को अनदेखा करें। कुछ लोग ऐसे ही होते हैं।
4. सबसे निकृष्टतम चीज, जो आप एक व्यक्ति के साथ कर सकते हैं, जो उत्साहपूर्वक आपके साथ कुछ साझा कर रहा है, उसके प्रति उदासीन होना।
5. नकारात्मकता को जड़ से खत्म करने की जरूरत है।
6. अपने जीवन में खुद को 'बुद्धिमान' मानना छोड़िए कि मुझे सब पता है। ऐसे विचारों के लिए प्रवेश निषेध रखिए।
7. यदि आप हर बार थकान महसूस करते हैं उस व्यक्ति से बात करके तो शायद वह आपकी सारी ऊर्जा सोख रहा है। सावधान हो जाइए!
8. जो आपको पसंद है, उसे ढूँढ़िए।
9. हर दिन एक खुशनुमा काम करिए।
10. अनदेखी करना सीखिए।
11. सोशल मीडिया पर तुच्छ बातों का जवाब देने में समय बरबाद मत कीजिए।
12. कुछ गमगीन दिन भी आएँगे।
13. कभी बहुत अच्छे दिन भी जरूर आएँगे।
14. अधिकतर लोग मृदुभाषी, दयालु, सहृदय और प्यारे होते हैं।
15. जो संसार आप देखते हैं, वह आप ही का प्रतिबिंब होता है।

16. आप जो भी भेजते हैं, वही आप प्राप्त करेंगे।
17. आप हमेशा अपने जैसा साथ खोज लेंगे।
18. अपना काम खुद करें।
19. अन्य लोगों के जीवन में दखल न दें।
20. तर्क-युक्त व सुसंगति में रहें।
21. जो आप कहते हैं, उसे ध्यान रखें और मानें।
22. अपने आप को प्यार करें।
23. किसी एक के लिए स्वार्थ-रहित काम करना चाहिए।
24. आपके संदेश सेवा ऐप पर एक 'अवरुद्ध' (ब्लॉक) सुविधा है। उसका इस्तेमाल करें।
25. आपके जीवन में वास्तविक लोगों के लिए आभारी रहना बहुत महत्त्वपूर्ण है।
26. हर दिन लिखें। जरूरी नहीं कि आप उसे प्रकाशित भी करें।
27. स्वयं को खास महसूस कराएँ।
28. दुनिया हमेशा आप पर मेहरबान नहीं रहेगी।
29. कुछ दिन आपको त्रस्त करेंगे।
30. असली व सच्ची दोस्ती में निवेश करें और कद्र करें।
31. यहाँ तक कि आपके सबसे करीबी दोस्त आपको कुछ समय पर दुःख देंगे।
32. हालात बदलते हैं।
33. अहंकार एक शक्तिशाली भाव है। इसे अपने पास न आने दें।
34. नम्र रहें।
35. खुद को सर्वश्रेष्ठ न समझें।
36. गहरा श्वास लें।
37. कुछ बातों को जाने दें।
38. सर्वोत्तम—अभी आने वाला है।
39. जीवन आपकी तरफ वक्र गेंदें फेंकेगा। सड़क के साथ मुड़ने की कोशिश करें।
40. सफलता की यादें आपको याद रखनेवाली यादों से मापी जाती हैं।
41. नम आक्षेपों को शायद धूप की (सकारात्मकता) एक स्वस्थ खुराक की आवश्यकता होती है।

42. आप यह कर सकते हैं।
43. आप शायद अभी निराशाजनक महसूस कर सकते हैं, लेकिन ज्वार हमेशा बदलता है।
44. लोगों से आमने-सामने मिलिए।
45. कुछ समय अकेले बिताइए।
46. कई 'ध्यान चाहनेवाले' होते हैं। खुद से पूछें कि क्या वे उसके हकदार हैं?
47. अपनी रचनात्मक ऊर्जा का उपयोग किया जाना चाहिए।
48. अपनी आत्मा को और साथ ही अपने शरीर को पोषित कीजिए।
49. ध्यान लगाइए।
50. पढ़िए।
51. और आखिरी बात—आप बहुत आगे तक जा सकते हैं, हालाँकि आप सोचते हैं कि आप नहीं चल पाओगे।

□

वेव-लैंथ

"ऐसा क्यों है कि हम कुछ लोगों के साथ तुरंत जुड़ जाते हैं, जिनके साथ हमने अभी मुलाकात ही की है और कुछ के साथ, चाहे हम उन्हें सालों से जानते हैं तो भी उनसे खुद को कभी जोड़ नहीं पाते?" मेरी सहेली ने मुझसे पूछा, जब उसने अपनी चप्पलें पैरों से उड़ाईं और उस बेंत की कुरसी में और गहरे धँस गई, जिस पर वह बैठी थी।

हम उसकी छत पर बने उद्यान में बैठे चाय पी रहे थे और खुशनुमा मौसम का आनंद ले रहे थे। भारत में गरमियों के मौसम के आगमन से ठीक पहले खूबसूरत फूल, जो भू-दृश्य क्षेत्र में खिले थे और हवा में झूम रहे थे।

"मैंने इसका भी अनुभव किया है, शायद यह एक ऊर्जा से मेल खाता है या वेव-लैंथ का एक मेल हो सकता है। हमें ऐसा लगता है कि हम उन्हें हमेशा के लिए जानते हैं, है न?" मैंने कहा। मैंने उसे तब एक महिला के बारे में बताया, जिससे एक उड़ान के दौरान मेरी मुलाकात हुई थी, जिससे मुझे तुरंत आत्मीयता हो गई थी। उसने मुझे अपनी जिंदगी की कहानी बताई और मैंने सुनी। हमने अपने फोन नंबरों का आदान-प्रदान किया, जो मैंने कभी नहीं किया था।

उस महिला ने भी कहा कि वह मेरे साथ एक गहरा संबंध महसूस कर रही थी। हम एक-दूसरे के साथ में बहुत खुश महसूस कर रहे थे। वह अजीब बात थी। मेरी सहेली समझ गई। उसने कहा कि उसे भी ऐसे एक एहसास का अनुभव हुआ था और फिर, इसमें उसने जोड़कर कहा कि कुछ लोगों के साथ उसे तुरंत झुँझलाहट महसूस हुई, भले ही उन्होंने एक शब्द भी नहीं कहा।

मैंने उसे तब बताया, जो मैंने कुछ समय पहले पढ़ा था। लोग ताप-नाशक यंत्र और अपवाहिकाओं (रेडिएटर्स/ड्रेन्स) में वर्गीकृत किए जाते थे।

"क्या? ताप-नाशक यंत्र और अपवाहिका? तुम्हारा क्या मतलब है?" मेरी सहेली ने पूछा

''चीजों को गरम या ठंडा रखने के लिए ही एक्सचेंजर या फिर गंदे पानी की निकासी वाली नालियों की बात नहीं कर रही।''

"हाँ-हाँ, मुझे पता है।"

फिर हम चर्चा करने लगे कि कुछ लोगों के साथ बातचीत करना हमें कैसे उत्साहित करता है तथा हमें ऊर्जा मिलती है और कुछ लोगों के साथ बातचीत करने से हमारी ताकत चली जाती है। इसलिए शब्द 'ताप-नाशक यंत्र और अपवाहिका' इस्तेमाल किया है।

'ताप-नाशक यंत्र' वे लोग हैं, जो आपसे ऊर्जा के साथ बात करेंगे। आप उन्हें देखकर खुश होते हैं। आपको उनसे बात करना अच्छा लगता है। आप उनसे बातचीत करने के लिए तत्पर रहते हैं। जब आप उनसे अलग होते हैं तो आप अपने बारे में अच्छा महसूस करते हैं। आप उनसे थोड़ा अधिक प्यार करते हैं। जब आप उनके बारे में सोचते हैं तो आप उनके साथ अगली मुलाकात के लिए तत्पर रहते हैं।

'ताप-नाशक यंत्र' वे लोग हैं, जो आपसे ऊर्जा के साथ बात करेंगे। आप उन्हें देखकर खुश होते हैं। आपको उनसे बात करना अच्छा लगता है। आप उनसे बातचीत करने के लिए तत्पर रहते हैं। जब आप उनसे अलग होते हैं तो आप अपने बारे में अच्छा महसूस करते हैं। आप उनसे थोड़ा अधिक प्यार करते हैं। जब आप उनके बारे में सोचते हैं तो आप उनके साथ अगली मुलाकात के लिए तत्पर रहते हैं। वे साथ में खुश हैं—सकारात्मक, उत्साही और जिंदगी से भरे। जरूरी नहीं कि वे आपके दोस्त हों। वे डाकघर के बाबू से लेकर सामान वितरण करनेवाला लड़का या जो समाचार-पत्र वितरणकर्ता है, या डाकिया अथवा आपका सहकर्मी, जो कभी भी आप से बात नहीं करता है या वह सहपाठी, जो परिचित है, लेकिन दोस्त की तुलना में कुछ ज्यादा है। ताप-नाशक यंत्र के रूप में वर्गीकृत होने के लिए लोगों का एकमात्र मापदंड यही है कि जब आप उनके साथ बातचीत करते हैं तो आप खुश, सकारात्मक और ऊर्जावान् हो जाते हैं।

दूसरी ओर, अपवाहिकाएँ आपको नीचा महसूस कराती हैं। वे कुछ अप्रिय नहीं कहतीं, लेकिन उनसे बात करने के बाद आप पूरी तरह से सूखापन महसूस करते हैं। आपके उत्साह का स्तर गिर जाता है। आप अस्पष्ट रूप से असंतुष्ट होते

हैं; लेकिन इसके लिए कोई कारण नहीं होता है। अपवाहिकाएँ चाहे आपसे बहुत विनम्रतापूर्वक और सुखद बात करें, लेकिन उनके साथ बातचीत करने के बाद आप कुछ अपर्याप्त महसूस करते हैं। आपको लगता है, जैसे कि कुछ दूर ले जाया गया है। फिर से, एक दोस्त या रिश्तेदार एक अपवाहिका हो सकता है। यह जरूरी नहीं वे लोग हों, जिनसे आप घृणा करते हैं, बल्कि वह आपके जीवन में कोई भी हो सकता है, जो आपको ऐसे तरीके से अपर्याप्त महसूस कराता है, कह नहीं सकते।

मेरी सहेली ने कहा कि अपवाहिकाओं को 'भावनात्मक पिशाच' भी कहा जा सकता है। उसने कहा कि जब वह छोटी थी तो वह उनके लिए एक बड़ी समस्या थी; क्योंकि वह हमेशा लोगों की देखभाल करना चाहती थी, उन्हें बेहतर महसूस कराना चाहती थी, उनकी समस्याओं को सुलझाना चाहती थी।...उन्हें कुछ समय लगता था यह समझने में कि वे वास्तव में मदद नहीं चाहते हैं। अधिकांश लोगों को सिर्फ मेरा अविभाजित, निरंतर ध्यान और एकमात्र तरीका चाहिए होता है कि वे बेहतर महसूस कर पाएँ। इसके बाद वे आपको बताएँगे कि वे कहाँ हैं!

एक और मित्र ने बात को आगे बढ़ाया। उसने कहा कि उसने फ्रिज से भी मुलाकात की है (ठंडे लोग, जो आपको ठंडा कर देते हैं), स्नान से भी (जो लोग इतना स्वागत करते हैं कि वे आपके साथ रहना चाहते हैं और वे स्थिति पैदा कर रहे हैं) और यहाँ तक कि रासायनिक शौचालय से भी (वे फिर से बकवास से भरे होते हैं)। उसने कहा कि वह एक ऐसे व्यक्ति को जानता था, जो एक खाद्य प्रोसेसर और एक अपशिष्ट-निपटान इकाई के बीच में एक जोड़ था।

एक और मित्र ने बात को आगे बढ़ाया। उसने कहा कि उसने फ्रिज से भी मुलाकात की है (ठंडे लोग, जो आपको ठंडा कर देते हैं), स्नान से भी (जो लोग इतना स्वागत करते हैं कि वे आपके साथ रहना चाहते हैं और वे स्थिति पैदा कर रहे हैं) और यहाँ तक कि रासायनिक शौचालय से भी (वे फिर से बकवास से भरे होते हैं)। उसने कहा कि वह एक ऐसे व्यक्ति को जानता था, जो एक खाद्य प्रोसेसर और एक अपशिष्ट-निपटान इकाई के बीच में एक जोड़ था।

मैं जितनी बड़ी हो रही हूँ, उतना ही मैं निश्चितता से हूँ। जो कुछ भी मैं चाहती हूँ, मैं हूँ। मुझे अब पता है कि मैं 'अपवाहिकाओं' के साथ अपना समय नष्ट नहीं

करना चाहती हूँ। जीवन में कई खूबसूरत, सकारात्मक और उत्थानकारी चीजें हैं। इतनी सुंदरता, इतनी खुशी, जीवन छोटा है और गुजर रहा है। प्रत्येक पल का आनंद लेने के लिए यह पूरी तरह से हमारे ऊपर निर्भर है।

जाहिर है, ऐसे भी दिन होते हैं, जब आप उदास व निराश महसूस करते हैं और जैसे कि सबकुछ खो गया हो। जब ऐसा होता है तो यह समय है, उस व्यक्ति को फोन करने का, जो आपके लिए सबसे अच्छा 'ताप-नाशक यंत्र' है, जिसे आप जानते हैं। □

परिवार या कॅरियर

कुछ समय पहले मेरे उपन्यासों में से एक की पदोन्नति के लिए हमने सोशल मीडिया पेजों पर एक अभियान चलाया था, जिसे 'प्रीति से पूछो' कहा जाता था। पाठक मुझसे जो कुछ चाहते थे, पूछ सकते थे और मैं हर सप्ताह एक प्रश्न पूछती थी।

एक सवाल, जो मुझसे पूछा जा रहा था, वह है—हमें अपने जुनून या परिवार के बीच किसका चयन करना चाहिए? आप दोनों—परिवार और काम के प्रबंध में बहुत सफल हैं। इसके लिए क्या करना चाहिए? आप दोनों का प्रबंधन कैसे करती हैं?

मैं क्या सोचती हूँ, वह यह है—

परिवार एक मूल इकाई है, जहाँ से हम अपना जीवन प्रारंभ करते हैं। हम अपने परिवारों से सीखते हैं। यह हमें अपनी सामाजिक स्थितियों से निपटने में मदद करता है। एक तरह से यह परिवार है, जो हमें हमारे व्यक्तित्व को खाका प्रदान कर रहा है। फिर हम बड़े होते हैं, नौकरी करते हैं और अपने परिवारों को शुरू करते हैं।

मुझे नहीं लगता कि कोई भी सही काम-जीवन संतुलन में हो सकता है। एक निश्चित समय में आपको हमेशा दोनों के द्वारा खींचा जाएगा। मुझे पता है, क्योंकि मैंने इसका सामना किया है। मैंने एक महत्त्वपूर्ण साहित्य उत्सव भी छोड़ दिया है, जिसमें मुझे जाना था; क्योंकि उसी समय मेरी बेटी का स्नातक समारोह भी होना था। एक और बार मैं अभिभावक-शिक्षक मीटिंग में शामिल नहीं हुई, क्योंकि मुझे मिलने की समय-सीमा थी। हमेशा मेरे लेखन और मेरे परिवार के साथ समय व्यतीत करने के बीच एक खिंचाव रहता है। हालाँकि मैं यहाँ तक कोशिश करती हूँ कि सप्ताहांत अपने परिवार के लिए पूरी तरह से खाली रखूँ, किंतु कभी-कभी यह असंभव हो जाता है, क्योंकि कुछ काम आ जाता है। एक पत्रकार एक निश्चित

समय-सीमा के साथ फोन कर सकता है, जो मेरा इनपुट चाहता है, या मेरे अखबार का संपादक एक अतिरिक्त कॉलम लिखने का अनुरोध कर सकता है, जिसे मुझे लिखना है या फिर एक प्रतिष्ठित साहित्य उत्सव हो सकता है, जिसके लिए मैं मना नहीं कर सकती।

मैं प्रत्येक विशेष परियोजना के लिए अपने विकल्पों पर गौर करती हूँ और फिर निर्णय लेती हूँ कि क्या स्वीकार या अस्वीकार करना है।

जब मेरे बच्चे बहुत छोटे थे, मैंने अपने व्यावसायिक कॅरियर को छोड़ने का फैसला किया, क्योंकि मैं उनके पास हर समय रहना चाहती थी। अब वे बड़े हो गए हैं और इसलिए स्वतंत्र हैं। मेरे मन में कोई संदेह नहीं था कि यह वह रास्ता था; जिस पर मैं चलना चाहती थी, लेकिन अगर आप मुझसे पूछें कि यह आसान था तो मैं कहूँगी कि बेशक ज्यादा नहीं था। तब वापस, जब मैंने उसका चुनाव किया, मैंने कुछ समय के लिए अपनी आर्थिक स्वतंत्रता को छोड़ दिया। मैं उस बारे में बहुत खुश नहीं थी। हालाँकि मैंने अपना सबकुछ बच्चों के पालन-पोषण में लगा दिया। मैं उन विकल्पों की तलाश कर रही थी, जो मुझे स्कूल में वापस आने के लिए घर आने की इजाजत देते थे, क्योंकि मैं उनके साथ समय बिताना चाहती थी, जब वे बड़े हो रहे थे। मैं पूरे समय सिर्फ लिखती थी, जब वे बड़े हो गए। कोई गारंटी नहीं होती कि मैं सफलता से मिलूँगी, हालाँकि मैं भाग्यशाली थी कि चीजें अच्छी तरह से सँभाली गईं।

मैं उन विकल्पों की तलाश कर रही थी, जो मुझे स्कूल में वापस आने के लिए घर आने की इजाजत देते थे, क्योंकि मैं उनके साथ समय बिताना चाहती थी, जब वे बड़े हो रहे थे। मैं पूरे समय सिर्फ लिखती थी, जब वे बड़े हो गए। कोई गारंटी नहीं होती कि मैं सफलता से मिलूँगी, हालाँकि मैं भाग्यशाली थी कि चीजें अच्छी तरह से सँभाली गईं।

जब आप कोई विकल्प बनाते हैं तो आपको स्वयं से ये सवाल पूछने होते हैं—

1. आपके लिए अच्छी कमाई करना कितना महत्त्वपूर्ण है?
2. अपने को बनाए रखने के लिए आपको कितने घंटे काम करना है? वर्तमान/वांछित जीवन-शैली?
3. क्या आप अपने परिवार के प्राथमिक कमानेवाले हैं?
4. अपने परिवार के साथ समय व्यतीत करने में सक्षम होना आपके लिए कितना महत्त्वपूर्ण है?

एक बार जब आप इन प्रश्नों का उत्तर देंगे तो आप एक स्पष्ट विकल्प बनाने में सक्षम होंगे।

मेरे लिए, अगर आप मुझसे पूछें कि मैं अपना जुनून या अपने परिवार में से किस का चुनाव करूँगी तो मैं निश्चित रूप से 'परिवार' कहना चाहूँगी; लेकिन अगर यह परिवार मेरे जुनून के रास्ते में बाधा डालता है और खड़ा होता है (मैं बहुत भाग्यशाली हूँ कि मेरा परिवार मेरे साथ सहायक की तरह है) तो मैं स्पष्ट रूप से नाखुश हो जाऊँगी। उस मामले में मैं एक फोन करूँगी और वह चुनूँगी, जो मुझे अधिक संतोष देता है; क्योंकि अगर हम खुश हैं तो ही हम अपने प्रियजनों को खुश कर सकते हैं।

हम अपना ध्यान रखने के लिए अपने प्रति जवाबदेह हैं। तभी आप अपना सौ प्रतिशत अपने परिवार के साथ-साथ अपने जुनून को भी दे सकते हैं और अगर आपका व्यवसाय आपका जुनून है तो आपके हाथ जैकपॉट लगा है।

□

राइटर्स हाई

अधिकांश धावक एक 'रनर्स हाई' की बात करते हैं। जब आप सशक्त गतिविधि में शामिल हो जाते हैं तो आप एंडॉर्फिन हॉर्मोन की गिरफ्त में होते हैं, जिसमें उत्साह और खुशी की भावना हो। कल मैंने एक लेखक के जुनून को छूने की एक छोटी सी कोशिश की। यह ऐसा कुछ था, जिसका मैंने कभी अनुभव नहीं किया था। मैंने कल 7,256 शब्दों को लिखा था। यह मेरे पूरे लेखन के व्यावसायिक समय में एक ही दिन में लिखे गए शब्दों की अधिकतम संख्या थी।

मैंने अपने आप को पीठ पर थपथपा दिया था और जब एक दोस्त ने यह पूछने के लिए मैसेज किया कि 'लेखन' कैसा चल रहा है ? मैंने कहा, "बेहद शानदार! मैंने आज एक लेखक की ऊँचाई को छूना चाहा था। यह मेरे पूरे जीवन में एक ही दिन में लिखे गए शब्दों की सबसे बड़ी संख्या है।"

"वाह! कमाल कर दिया। ऐसे ही बढ़ती रहो!" उसने वापस उत्तर में लिखा।

लेकिन मुझे नहीं लगता कि वह समझ पाई थी कि मेरे लिए यह कितना बड़ा कारण था खुश होने के लिए!

एक पुस्तक लिखना वास्तव में एक बहुत बड़ा काम है। आपको एक कहानी के बारे में सोचना होगा (एक पूरी तरह से मूल कहानी, जिसे पहले कभी किसी ने नहीं लिखा हो, जो खुद अपने आप में एक बड़ा कार्य है), एक विषय, पात्र (जो समान और विश्वसनीय हों, जो लोगों को उससे जोड़ सके), संवाद, उनके साथ क्या हुआ ? आपको स्पष्ट रूप से लिखना होगा, लेकिन सबसे ज्यादा आपको अपने आप को कंप्यूटर पर बैठने के लिए खुद को अनुशासित करना होगा।

और शब्द के बाद शब्द लिखते रहना है। दिन के बाद दिन। यह एक L.O.N.E.L.Y. (एकाकी) पेशा है।

आपको लोगों के साथ शामिल होना होगा, उनमें रुचि रखनी होगी, उन्हें समझना

होगा, उनके साथ सहानुभूति दिखानी होगी और फिर अजीब तरह से अलग होना होगा, लिखने में सक्षम होने के लिए।

आपकी प्रगति को देखने के लिए वास्तव में कोई भी नहीं है और आप किसी के प्रति भी जवाबदेह नहीं हैं। इससे इसे और अधिक कठिन बना दिया जाता है। आपको एक साल, दो साल, यहाँ तक कि पाँच साल भी लग सकते हैं एक पुस्तक लिखने में। यह पूरी तरह आप पर और सिर्फ आप पर निर्भर है और आप अकेले हैं।

मेरे पास खुद को धक्का देने के अपने तरीके हैं। कभी-कभी मैं ऐसे साथी लेखकों के साथ प्रतिस्पर्धा करती हूँ, जो एक पुस्तक पर काम कर रहे हैं। हम एक दूसरे के 'मेसिज' का दिन के अंत में जवाब देते हैं और पूछते हैं, 'WC ?' (WC मतलब शब्द गणना। 2,300 या 3,200 टाइप करने में बहुत खुशी होती है, या जो भी शब्द नंबर एक ने लिखा है। एक दिन अच्छी तरह से खर्च किए जाने की संतुष्टि का एक अर्थ।)

कभी-कभी मैं एक मित्र को बताती हूँ (जिसे मैं पूरा करने के लिए मर रही हूँ) कि मैं उनके साथ बाहर जाऊँगी। जब मैं 'x' संख्या में शब्दों को लिख लूँगी, तब वे जाँचते रहते हैं कि मैंने कितने शब्द लिखे हैं, ताकि हम बाहर जा सकें।

मैं अपनी प्रगति अपने बच्चों और पति तथा घर और आया के साथ-साथ अपने कुत्ते को भी बताती हूँ। केवल यही वे लोग हैं, जो वास्तव में मेरी शब्दावली की परवाह करते हैं; या कह सकते हैं कि वे ही हैं, जो मेरी बात सुनेंगे (ओह! और वह दोस्त भी, जिसे मैं 'एक्स' शब्द को पूरा करने के साथ बाहर जाने का वादा करती हूँ।)

मैं अपनी प्रगति अपने बच्चों और पति तथा घर और आया के साथ-साथ अपने कुत्ते को भी बताती हूँ। केवल यही वे लोग हैं, जो वास्तव में मेरी शब्दावली की परवाह करते हैं; या कह सकते हैं कि वे ही हैं, जो मेरी बात सुनेंगे (ओह! और वह दोस्त भी, जिसे मैं 'एक्स' शब्द को पूरा करने के साथ बाहर जाने का वादा करती हूँ।)

अधिकांश पूर्ण लंबाई के उपन्यासों में न्यूनतम 60,000 शब्द हैं।

ये इस तरह से वर्गीकृत किए जाते हैं—

500-1,000 शब्द—कहानी की झलक।

1,000-10,000 शब्द—छोटी कहानी।

10,000–40,000 शब्द—संकलित लघु कथाएँ।

40,000–60,000 शब्द—लघु उपन्यास।

60,000 और ऊपर—उपन्यास।

कल मैंने उस पुस्तक के 60,000 शब्दों को पार कर दिया, जिस पर मैं काम कर रही हूँ। (उस समय मैं लेखन की ऊँचाई पर थी।)

"ओह, इसका मतलब यह है कि पुस्तक जल्द ही खत्म होगी ?"

"नहीं, असली काम अब शुरू हुआ है!" मैंने जवाब दिया।

अधिकांश लोगों को नहीं पता है कि एक पांडुलिपि पूरी हो जाने के बाद एक प्रकाशक चुना जाता है। पुस्तक को प्रकाशित करने के लिए न्यूनतम चार-छह महीने लगते हैं।

> *कभी-कभी चौथा और पाँचवाँ। (मेरे पास सारे शब्द, जिनकी जाँच करनी है, सामने होते हैं, जब तक कि वे धुँधले न दिखने लगें और मैं लैपटॉप के सामने ही सो जाती हूँ।)*
> *हम फोंट के बारे में झगड़ते हैं, एक विस्मयादिबोधक चिह्न के बारे में भी। एक शब्द दोहराए जाने पर भी।*

पांडुलिपि पहले संशोधन के माध्यम से निकलती है। यदि कोई संरचनात्मक परिवर्तन होने हों तो लेखक को सुझाए जाते हैं। लेखक तब परिवर्तन को शामिल करता है या संपादक को यह समझाता है कि परिवर्तन क्यों नहीं होना चाहिए।

फिर पुस्तक की जाँच शुरू होती है।

पहला दौर पूरा हो जाता है और पांडुलिपि लेखक के पास वापस आ जाती है। आमतौर पर यह एक युद्ध की तरह दिखता है, जिसमें सभी सुधार लाल रंग के घावों की तरह दिखते हैं। मेरे पास जब यह परिणाम पहली बार आया तो मैं बहुत परेशान, हताश और दुःखी हुई। ऐसे लगा जैसे कोई मजाक हो यह।

फिर सुधार किए जाते हैं और पांडुलिपि को वापस भेज दिया जाता है।

प्रत्येक अल्प विराम, प्रत्येक पूर्ण विराम, प्रत्येक शब्द की जाँच बार-बार की जाती है।

फिर पुस्तक की जाँच का दूसरा दौर होता है, फिर तीसरा।

कभी-कभी चौथा और पाँचवाँ। (मेरे पास सारे शब्द, जिनकी जाँच करनी है, सामने होते हैं, जब तक कि वे धुँधले न दिखने लगें और मैं लैपटॉप के सामने ही सो जाती हूँ।)

हम फोंट के बारे में झगड़ते हैं, एक विस्मयादिबोधक चिह्न के बारे में भी। एक शब्द दोहराए जाने पर भी।

हर एक विस्तार मायने रखता है।

फिर मुखपृष्ठ की बारी।

और फिर पुस्तक का शीर्षक।

और स्वीकृतियाँ।

और अध्याय के शीर्षक।

और यह कैसे अंतिम रूप से संस्करण में प्रकट होना चाहिए।

और मूल रूप से यह एक बड़ा क्षण है, जब पुस्तक ठीक हो जाती है और मुद्रण के लिए जाती है। मेरी आखिरी पुस्तक के लिए आखिरी क्षण तक हम बदलाव कर रहे थे। यह एक रॉकेट-विस्फोट की तरह कुछ है। जब तक यह चला नहीं जाता है, मैं दम साधे रहती हूँ।

तनाव यहीं खत्म नहीं होता है।

जब आप अपने हाथों में पुस्तक को पकड़ते हैं (बहुत ही अधिकार से, लेखक प्रतियाँ), यह वास्तव में एक पल है, जो मुझे हर बार रुलाता है।

हर बार।

कोई फर्क नहीं पड़ता, आपने कितनी पुस्तकें लिखी हैं। एहसास हर बार एक ही है।

लेखक की दुनिया में आपका स्वागत है।

यह एक अकेला स्थान है, एक पागल-सी जगह; एक ऐसी जगह है, जो आपको निराशा की गहराई में चोट-सी देती है, जब आप उन शब्दों को नहीं ढूँढ़ पाते हैं, लेकिन उसी समय एक जगह है, जो आपको आसमान से भी ऊँची उड़ान भरने देती है, जब चीजें सही दिशा में जाती हैं।

□

उपसंहार
यह पुस्तक कैसे बन गई

जिंदगी को अचानक हक्का-बक्का करना आता है। जब तक यह मेरे साथ नहीं हुआ, मैंने हमेशा यही सोचा कि ये ऐसी चीजें हैं, जो अन्य लोगों के साथ होती हैं। ये ऐसी चीजें हैं, जो बॉलीवुड की फिल्मों में होती हैं। ये वे चीजें हैं, जिनके बारे में हम पढ़ते हैं और जिनके बारे में सुनते हैं। यह आपके साथ कभी नहीं हो सकता है।

फिर भी यह हुआ। स्वस्थ लोग बिना किसी कारण के मर जाएँ, ऐसा आमतौर पर नहीं होता।

लेकिन 7 सितंबर, 2006 एक सामान्य दिन नहीं था। ठीक है, यह एक सामान्य दिन के साथ शुरू करने जैसा लग रहा था। मेरे पति यात्रा कर रहे थे और दिल्ली में थे, जो असामान्य नहीं था। बच्चे स्कूल चले गए थे, जो बहुत सामान्य था। स्कूल के बाद घर। उन्होंने पिज्जा खाने की इच्छा व्यक्त की, जो फिर से बहुत असामान्य बात नहीं थी। मैं उनको एक पास की पिज्जा शॉप में ले जाने के लिए सहमत थी, जो फिर से असामान्य नहीं था।

उनका एक दोस्त उनके साथ खेल रहा था और मैं उनकी माँ से अनुमति लेने के बाद उसे भी साथ में ले गई, क्योंकि उसे घर जाने के लिए कहना मुझे अव्यावहारिक लग रहा था। बच्चों को बाहर घूमना पसंद आया था। हम सभी पिज्जा खा रहे थे और एक खुशनुमा समय बिता रहे थे—आनंदमय खुशी के साथ, इस बात से अनजान कि दुनिया के दूसरे भाग में क्या हो रहा था! कुछ ऐसा, जिससे मेरा विश्वास मेरे दोस्तों से टूट जाएगा, जीवन के प्रति मेरा दृष्टिकोण बदल जाएगा और एक व्यक्ति के रूप में भी जो मुझे पूरी तरह से बदल देगा।

हम घर आए और मेरे दोनों बच्चों के साथ खेल रहा बच्चा अपने घर वापस

चला गया। मैंने बच्चों को जल्दी बिस्तर पर सोने भेज दिया और अपने पति को फोन किया कि मैं ठीक हूँ और जल्दी सोना चाह रही थी, क्योंकि मैं बहुत थक गई थी और मैंने उनसे कहा कि मुझे फोन न करें अभी। (जब वह यात्रा कर रहे होते हैं तो आमतौर पर फोन करते हैं और हम बातें करते हैं, अपने पिछले दिनों के बारे में।) और फिर मैं बिस्तर पर सोने चली गई।

रात्रि 10.30 बजे मेरा फोन घनघनाया। यह मेरे पति थे। उन्होंने कहा कि मेरे पिताजी का निधन हो गया था। मुझे विश्वास नहीं हो रहा था कि मैं क्या सुन रही थी!

मम्मी-पापा के पुणे आने के टिकट बुक थे। (जहाँ मैंने अभी स्थानांतरण किया था, उस महीने के अंत में।) मेरे भाई की पत्नी आठ महीने की गर्भवती थी। मेरे पिताजी को कोई बीमारी नहीं थी। लोग उन्हें उनकी वास्तविक उम्र से कम ही जानते थे। वह अगले दिन भी बैठकों की तैयारी कर रहे थे, क्योंकि वह सक्रिय रूप से कई चीजों में शामिल रहते थे। इसके अलावा, वह सिर्फ 66 साल के थे, जो कि इस दुनिया से जाने की उम्र नहीं थी, जिसे वास्तव में 'बुढ़ापा' नहीं कहा जा सकता था।

"क्या, क्या?" मैं चिल्लाई। मेरा भाई, जो मुंबई में था, उसे सूचित किया गया था और उसने मेरे पति को फोन किया था। उन्होंने फैसला किया कि यह सबसे अच्छा था कि मेरे पति मुझे बताएँ।

मैं घबराहट में थी। मुझे नहीं पता था कि मुझे किसने सँभाला। मुझे लगता है, जब ऐसा कुछ होता है तो हम उसे मानने से इनकार कर देते हैं। मम्मी-पापा के पुणे आने के टिकट बुक थे। (जहाँ मैंने अभी स्थानांतरण किया था, उस महीने के अंत में।) मेरे भाई की पत्नी आठ महीने की गर्भवती थी। मेरे पिताजी को कोई बीमारी नहीं थी। लोग उन्हें उनकी वास्तविक उम्र से कम ही जानते थे। वह अगले दिन भी बैठकों की तैयारी कर रहे थे, क्योंकि वह सक्रिय रूप से कई चीजों में शामिल रहते थे। इसके अलावा, वह सिर्फ 66 साल के थे, जो कि इस दुनिया से जाने की उम्र नहीं थी, जिसे वास्तव में 'बुढ़ापा' नहीं कहा जा सकता था।

मुझे केरल (जहाँ मेरे माता-पिता रहते थे) के लिए तुरंत प्रस्थान करना पड़ा। मेरे पति एक विश्वसनीय टैक्सी के लिए अपने दफ्तर के संपर्क के माध्यम से व्यवस्था करने में कामयाब रहे। पुणे से कोच्चि तक कोई सीधी उड़ान नहीं थी,

अतः यह निर्णय लिया गया कि बच्चे और मैं मुंबई में मेरे भाई के घर जाएँगे।

मेरे भाई की पत्नी गर्भावस्था के अपने अंतिम चरण में यात्रा नहीं कर सकती थी, इसलिए हमने फैसला किया कि हम अपने बच्चों को उनके साथ छोड़ देंगे और मेरे भाई व मैं केरल के लिए रवाना होंगे। भाई ने टिकट की व्यवस्था की और हम दोनों को मुंबई से लेकर कोच्चि के लिए सुबह 5 बजे उड़ना था।

मेरे बच्चे उस वक्त आठ एवं पाँच वर्ष के थे और मेरे पिताजी के बेहद करीब थे। मैं सहजता से जानती थी कि उनके लिए यह सहन करना बहुत मुश्किल होगा। अगर वे मेरे साथ नहीं आए तो ही ठीक होगा।

जब हम अपने भाई के घर पहुँचे तो मैं अविश्वसनीय रूप से शांत थी। मुझे लगता है कि हम दोनों अस्वीकृति में थे। मेरे भाई के दो घनिष्ठ मित्र आ चुके थे और पूरी रात हमारे साथ रहे थे। हम विभिन्न चीजों के बारे में बातें कर रहे थे और हँसते व मजाक करते रहे थे, जैसे कि यह रोजमर्रा की एक सामान्य बात थी। मुझे लगता है कि यह हमारा दुःख से सामना करने का तरीका था।

यह लगभग रात के 12.30 बजे का समय था, जब कैब पहुँची। मेरे बच्चे गहरी नींद में सो रहे थे। मैंने टैक्सी चालक को मेरे निद्रा में लीन बच्चों को कैब में ले जाने के लिए कहा। मुझे याद है कि कुछ कपड़े मैंने अपने बैग में डाले थे और बच्चों के लिए एक और बैग पैक किया था। पुणे से मुंबई तक सड़क मार्ग से करीब 3 घंटे लगते हैं। बीच में मेरे बच्चे जाग गए और पूछा कि हम कहाँ जा रहे हैं? मैं आँसुओं से तर हो गई और उन्हें बताया कि उनके नाना ठीक नहीं थे और उनके चाचा एवं मैं उन्हें देखने जा रहे थे। ('आखिरी बार के लिए' मैंने नहीं जोड़ा।) फिर मैंने अपने आँसू जल्दी से पी लिये और बहादुर होने का नाटक किया, क्योंकि मैं उन्हें चिंता में नहीं रखना चाहती थी।

जब हम अपने भाई के घर पहुँचे तो मैं अविश्वसनीय रूप से शांत थी। मुझे लगता है कि हम दोनों अस्वीकृति में थे। मेरे भाई के दो घनिष्ठ मित्र आ चुके थे और पूरी रात हमारे साथ रहे थे। हम विभिन्न चीजों के बारे में बातें कर रहे थे और हँसते व मजाक करते रहे थे, जैसे कि यह रोजमर्रा की एक सामान्य बात थी। मुझे लगता है कि यह हमारा दुःख से सामना करने का तरीका था।

यहाँ तक कि स्थिति की गंभीरता ने हमें प्रभावित नहीं किया। मुझे याद है

कि यह एक बड़ा साहसिक कार्य था। मैंने मजाक में अपने भाई से कहा था कि हमें जो कुछ भी खाने के लिए दिया जा रहा है, वह सब खा लें; क्योंकि अगले 24 घंटों तक हम खा नहीं पाएँगे। हमने विभिन्न रिश्तेदारों से चर्चा की। जब से हमने केरल छोड़ दिया था, तब से हमने कभी सबको एक साथ नहीं देखा था।

जब हम पहुँचे तो यह पूरी तरह से अलग दृश्य था। वहाँ खूबसूरत झोंपड़ी के बाहर इंतजार कर रहे लोगों की भीड़ थी, जहाँ मेरे माता-पिता रहते थे। हर कोई हमारे आगमन की प्रतीक्षा कर रहा था। मैंने अपना बैग बाहर फेंक दिया और अपनी माँ की तरफ दौड़ती हुई गई थी। उन्होंने मुझे गले लगा लिया और बहुत तेज रोई थीं। मैंने उन्हें चुप कराया और उन्हें सांत्वना दी थी। मेरे भाई को मुर्दाघर से मेरे पिताजी के शरीर को लाना था। उस क्षण में जब वे शरीर को फ्रीजर से बाहर निकाल रहे थे और उसने मेरे पिताजी के जमे हुए पैरों को देखा तो उसके अंदर एक गहरी सी टीस उठी। मेरे पिताजी, जो इतने उत्साही, जिंदादिल, सकारात्मक व प्रेरक थे और हमारे जीवन में जिनकी एक बड़ी उपस्थिति थी—अब एक संख्यावाला टैग लिये सिर्फ एक मृत शरीर थे।

अगले सत्रह दिनों के लिए मेरा भाई और मैं अपनी माँ के साथ रहे। आने-जानेवालों का ताँता लगा था। मेरे पिता एक ऐसे व्यक्ति थे, जो हर किसी के साथ बातचीत करते थे और हर किसी के साथ पूरी तरह से खुले व स्वाभाविक ढंग से बात करते थे—चौकीदार से लेकर एक बहुराष्ट्रीय कंपनी के प्रमुख तक; और यहाँ तक कि मंत्री और राजनेता जैसे लोगों से उन्हें अपने कार्यक्षेत्र में जीवन के सभी स्तरों से लोगों से मिलना पड़ता था और हमेशा उनके साथ एक राग का सामना करना पड़ा। पिताजी हमेशा दूसरों की मदद करने में विश्वास करते थे। उन्होंने सेवानिवृत्ति के बाद एक ट्रस्ट शुरू कर दिया था और उन लोगों की मदद करने के लिए वे बहुत सारे सामाजिक कार्य करते थे, जो गरीब थे, छोड़ दिए गए थे या उपेक्षित थे। यह बुजुर्गों व गरीबों के कल्याण के लिए 'सोसाइटी' नामक एक पंजीकृत ट्रस्ट है और अब यह मेरी माँ के द्वारा चलाया जा रहा है।

वे गाँव के बच्चों को अंग्रेजी बोलना और पढ़ना सिखाते थे।

लोग उनके अंतिम संस्कार में पूरे देश से आए। आमतौर पर यह पिताजी थे। जब कोई भी घर आता था, वह सभी से बातें किया करते थे। पिताजी बात करना पसंद करते थे और माँ, मेरे भाई और मैं सिर्फ उनकी छाया थे। वह बातचीत करते और आगंतुकों के साथ बातचीत करते थे, जबकि हम सिर्फ बैठकर मनोरंजन

करते थे। मेरे भाई और माँ बहुत अधिक बोलनेवाले नहीं हैं और इतने स्वाभाविक रूप से मुझ पर यह जिम्मेदारी मेरे पिताजी से आई थी। लोगों के साथ बातचीत करने के लिए मैं जिम्मेदार थी। मुझे लगता है कि यह मेरे सबसे मुश्किल कामों में से एक था, जो मैंने अपने जीवन में कभी किया हो। एक ओर मेरा दुःख, मेरा सदमा, मेरा क्रोध, मेरा दर्द। मैं जो कुछ करना चाहती थी, वह सब उलझ गया था और मुझे शांत रहना था। मैं भावनात्मक रूप से अपने पिताजी के करीब थी और मेरे पिताजी ने मुझसे बहुत प्यार किया था। मैंने जो कुछ किया, वह मेरे पिताजी की आँखों में परिपूर्ण था। हम फोन पर लगभग हर दिन एक-दूसरे से बात करते थे और पिछले दिन मैंने उनसे बात की थी। उस घर की हर चीज ने मुझे मेरे पिताजी की याद दिला दी। मुझे इससे नफरत थी। मैं चीखना चाहती थी। मैं मरना चाहती थी। मैं सिर्फ एक बार उनसे बात करना चाहती थी। मैं चिल्लाना चाहती थी और अपने पिता को वापस पाना चाहती थी।

लोग उनके अंतिम संस्कार में पूरे देश से आए। आमतौर पर यह पिताजी थे। जब कोई भी घर आता था, वह सभी से बातें किया करते थे। पिताजी बात करना पसंद करते थे और माँ, मेरे भाई और मैं सिर्फ उनकी छाया थे। वह बातचीत करते और आगंतुकों के साथ बातचीत करते थे, जबकि हम सिर्फ बैठकर मनोरंजन करते थे। मेरे भाई और माँ बहुत अधिक बोलनेवाले नहीं हैं और इतने स्वाभाविक रूप से मुझ पर यह जिम्मेदारी मेरे पिताजी से आई थी।

बेशक, मैं यह सब उन लोगों को नहीं बता सकती, जो लोग आ-जा रहे थे। मैं देख सकती थी कि वे भी दुःखी थे। उनमें से कुछ खुलेआम रो पड़े और हमें बताया कि मेरे पिताजी ने उन्हें क्या सिखाया! मैंने उन्हें सांत्वना देकर ढाँढ़स बँधाया।

मैं सदमे के घेरे में थी। मुझे याद हैं वे घटनाएँ, जो क्रमशः हुई थीं। मैं पूरी तरह से अपनी भावनाओं को अलग करने में सक्षम थी और जैसे ही मैंने आगंतुकों को फिर से सुनाया, शांत रूप से शांत दिखाई देती थी, क्योंकि मैं सौवीं बार यह बता रही थी, जिस तरह से उनका देहांत हो गया था! कैसे उन्होंने अपना खाना लिया, वह कैसे माँ के साथ टी.वी. देख रहे थे। अपनी आराम-कुरसी पर बैठे-बैठे कैसे उन्होंने अचानक बात करना बंद कर दिया। उन्होंने अपनी आँखें बंद कर ली

थीं और चले गए थे। मैं अपनी आँखों में या मेरे चेहरे पर थोड़े-से अफसोस या दर्द के बिना विस्तार से कह सकती हूँ। सभी ने कहा कि मैं अविश्वसनीय रूप से बहादुर थी। मुझे होना चाहिए था। यह एकमात्र तरीका था, जिससे मैं अपने दर्द को छिपा सकती थी। यह मुकाबला करने का एकमात्र तरीका था—मेरे अवसाद से उबरने का एकमात्र तरीका।

हम अपनी माँ को वापस हमारे साथ ले आए। वह मेरे भाई के साथ रहेंगी, जब तक कि उनकी पत्नी को बच्चा न हो। मुझे नहीं लगता कि हम उन हवाई टिकटों को भी याद करते हैं, जिन्हें पहले माँ और पिताजी के लिए आरक्षित किया गया था। क्या किसी व्यक्ति को अदृश्य यात्री के रूप में गिना जाता है? हमने यह जानना नहीं चाहा।

हम अपनी माँ को वापस हमारे साथ ले आए। वह मेरे भाई के साथ रहेंगी, जब तक कि उनकी पत्नी को बच्चा न हो। मुझे नहीं लगता कि हम उन हवाई टिकटों को भी याद करते हैं, जिन्हें पहले माँ और पिताजी के लिए आरक्षित किया गया था। क्या किसी व्यक्ति को अदृश्य यात्री के रूप में गिना जाता है? हमने यह जानना नहीं चाहा।

जब मैं पुणे लौट आई, मेरे पति और बच्चों के लिए जीवन हमेशा की तरह फिर से शुरू हुआ। बच्चों के पास जाने के लिए स्कूल था। मेरे पति को काम पर जाना पड़ा। मैंने अभी तक सोच-कौशल पर कार्यशालाओं को फिर से शुरू नहीं किया था, जो मैंने उस समय बच्चों के लिए शुरू की थीं।

इसके अलावा, मैं भावनात्मक रूप से ऐसा करने के लिए तैयार नहीं थी। मैं खुद को बेहद अकेला महसूस करती थी। कई दिनों तक मैं सो नहीं पाती थी। हर दिन जब मैं उठती तो सबसे पहला खयाल आता था कि मेरे पिताजी अब साथ नहीं थे और यह ऐसा था, जैसे किसी ने मुझे जोर से थप्पड़ मारा हो! मैं अकसर टूट जाती थी और मेरे बच्चों तथा पति को इसकी आदत पड़ गई थी। मुझे कहीं बाहर जाना अच्छा नहीं लगता था। फिर भी, मैं इतनी बुरी तरह से लोगों के बारे में, इस बारे में बात करना चाहती थी।

लोगों को पता नहीं है कि जब कोई मौत के बारे में बात करता है तो कैसे जवाब देना चाहिए? आमतौर पर एक असुविधाजनक मौन पसर जाता है। अधिकांश लोग सुनना नहीं चाहते हैं। यह एक खराब खोज थी, जिसे मैंने ढूँढ़ा था। तब

तक मेरे पास इतने सारे दोस्त थे। मैं खुशहाल, मजाकिया, स्मार्ट और मजेदार थी, लेकिन जब ऐसा हुआ तो लोग मुझे अलग तरह से देख रहे थे। उन्होंने मेरे आँसू देखे और मेरा दर्द देखा। मैं पूरी तरह से टूट गई थी। जब मुझे पता चला कि जो लोग मुझसे बात करते थे, वे अब पूरी तरह से मुझे टाल रहे थे। एक मित्र ने मुझसे कहा, "मैं इस बारे में बात करने के लिए तैयार नहीं हूँ। कृपया मुझे कुछ मत बताओ।" मुझे विश्वास नहीं हो रहा था। यह वह दोस्त था, जिसके साथ मैं बात करती थी, हँसा करती थी और मेरे साथ उसे आनंद आता था, जब सब चीजें सही थीं। पुराने समय के लिए मुझे एहसास हुआ कि मैं एक बेवकूफ और मूर्ख औरत हूँ। लोग मुझे केवल इसलिए चाहते थे, क्योंकि मैं मनोरंजन का एक स्रोत थी। उनके लिए यह एक मनोरंजन था, इसलिए नहीं कि वे वास्तव में परवाह करते थे। मेरे जीवन में कई बार मुझे एहसास हुआ कि हर कोई, जो आपके साथ हँसता है, वह आपका दोस्त हो, यह जरूरी नहीं है।

मुझे जागने और जोंबी की तरह काम करना याद है। मेरे बच्चों को स्कूल भेजना और मेरे पति के काम के लिए जाने के बाद, मैं इंटरनेट पर लॉग-इन कर, मेरे दर्द के बारे में किसी से बात करना चाहती थी। मेरे ज्यादातर दोस्तों ने कहा कि 'आप इससे बाहर निकल आएँगे।' जैसी बातें, 'उनकी आत्मा को शांति मिले' और 'कम-से-कम उन्होंने भुगता नहीं था' और फिर अचानक बात करते हुए वे गायब हो जाते थे।

मुझे जागने और जोंबी की तरह काम करना याद है। मेरे बच्चों को स्कूल भेजना और मेरे पति के काम के लिए जाने के बाद, मैं इंटरनेट पर लॉग-इन कर, मेरे दर्द के बारे में किसी से बात करना चाहती थी। मेरे ज्यादातर दोस्तों ने कहा कि 'आप इससे बाहर निकल आएँगे।' जैसी बातें, 'उनकी आत्मा को शांति मिले' और 'कम-से-कम उन्होंने भुगता नहीं था' और फिर अचानक बात करते हुए वे गायब हो जाते थे। हँसो तो दूसरे भी आपके साथ हँसते हैं; अगर रोना है तो तुम अकेले हो। यह बहुत पुराना मुहावरा है, जो कि वास्तव में सच है।

मैं अपने बच्चों और अपने पति के सामने अपना रोना नहीं रोक पाती थी; पर फिर भी मैंने उनके सामने एक खुशनुमा चेहरा लगा रखा था। आखिर वे मुझे कितनी देर तक दिलासा दे सकते थे? मेरे पति बेहद सहायक थे और हमेशा मुझे

सुनने के लिए तैयार रहते थे, लेकिन मुझे यह बुरा लग रहा था कि हर दिन जब वह काम से घर आते थे तो वह मुझे आँसुओं में देखते थे। ऐसे व्यक्ति से निपटना आसान नहीं है, जो हर समय रोता रहता हो और जो पूरी तरह से बदल गया था, उससे, जैसा वह हुआ करता था।

समझदार रहने के एक असाधारण प्रयास में मैंने पेंटिंग शुरू की—एक शौक है, जो थोड़ी देर के लिए दब सा गया था। मैंने ब्लॉग भी लिखना शुरू कर दिया। मैं एक सोशल नेटवर्किंग साइट में शामिल हो गई और नए दोस्त बनाए। एक विशेष व्यक्ति, जिससे मैं ऑनलाइन मिली (और जिसे मैं वास्तविक जीवन में कभी नहीं मिली), ने मेरी बहुत मदद की। उन्होंने अभी अपनी नौकरी छोड़ दी थी और अमेरिका में कॉलेज में शामिल होने के अपने रास्ते पर थे। इससे पहले कि वह शामिल होते, उन्हें कुछ महीने पहले ही वह कॉलेज मिला था, वह मेरे साथ घंटों तक बातचीत करते थे। वह मुझे फोन भी करते थे और हम बात भी करते थे। हमने लंबे समय तक बातचीत की और उन्होंने मेरी मदद भी की।

ब्रिटेन में मेरी एक कलाकार से भी मुलाकात हुई (जिसे मैं लंदन में जाने के बाद जब वास्तविक जीवन में मिली थी), जिसके साथ मैंने इ-मेल्स का आदान-प्रदान करना शुरू कर दिया था। उसने भी यह दर्द देखा था (उसने अपने माता-पिता और बच्चे, दोनों को खो दिया था) और जो मेल वह भेजते थे, वह महसूस कराती थी, जैसे वह मेरे दिमाग को पढ़ रहे थे। वह पूरी तरह से मेरे दुःख, मेरे क्रोध, मेरी पीड़ा को समझ गए।

ब्रिटेन में मेरी एक कलाकार से भी मुलाकात हुई (जिसे मैं लंदन में जाने के बाद जब वास्तविक जीवन में मिली थी), जिसके साथ मैंने इ-मेल्स का आदान-प्रदान करना शुरू कर दिया था। उसने भी यह दर्द देखा था (उसने अपने माता-पिता और बच्चे, दोनों को खो दिया था) और जो मेल वह भेजते थे, वह महसूस कराती थी, जैसे वह मेरे दिमाग को पढ़ रहे थे। वह पूरी तरह से मेरे दुःख, मेरे क्रोध, मेरी पीड़ा को समझ गए। उन्होंने मुझे शक्ति दी, जैसे मेरे दूसरे दोस्त ने। मैं उनकी दयालुता कभी नहीं भूलूँगी और मैं बहुत आभारी हूँ कि वे उस समय मेरे जीवन में आए।

फिर मैंने लिखना शुरू कर दिया। इंटरनेट के अलावा मेरे लेखों को पत्रिकाओं

और समाचार-पत्रों के लिए अपना रास्ता मिल गया था। मेरा घाव भरने लगा। धीरे-धीरे मैं जीवन में वापस आ रही थी। अब मुझे एहसास हुआ कि जीवन कितना कमजोर हो सकता है और हमें वास्तव में इसे पकड़ना पड़ेगा और पछतावा किए बिना जीना होगा। मुझे स्वस्थ होने के मूल्य तथा एक और दिन रहने के मूल्य का एहसास हुआ।

मेरी भावनाएँ मेरे लेखन में प्रदर्शित होती थीं और फिर बहुत से लोगों ने मुझे लिखना शुरू कर दिया था कि कैसे, किस तरह मेरे लेखन ने उन्हें आशा दी थी, कैसे उनका दृष्टिकोण बदल गया था और उन्हें कितना सकारात्मक बना दिया था! कई लोगों ने मुझे यह सब एक पुस्तक में रखने के लिए प्रोत्साहित किया और आपके हाथों में यह पुस्तक उसी का परिणाम है।

मुझे आशा है कि आप इसे पढ़ना पसंद करेंगे, जैसे मैंने इसे संकलित करने का आनंद लिया।

जियो, प्यार करो और हँसते रहो। जीवन का उपहार मूल्यवान् है। यदि आप कुछ करना चाहते हैं तो अभी इसे करें। इसे कल पर न छोड़ें; और अगर आप किसी से प्यार करते हैं तो उन्हें जताएँ, उन्हें दिखाएँ और आपको जो महसूस होता है, उसे व्यक्त करें। अफसोस के बिना जिएँ और हँसी एवं जीवन के उपहार का आनंद लें। इसका हर एक क्षण मूल्यवान् है।

□□□